Himmelstürmer Verlag

Originalausgabe
1. Auflage Oktober 2000
Veröffentlicht im Himmelstürmer Verlag, Hamburg
Homepage: http://www.himmelstuermer.de
Umschlaggestaltung: Werbebüro Pingel, Hamburg
Foto: Bavaria Bildagentur
Druck: Interprint Limited, Malta
ISBN 3-934825-05-2

Felix K.

# GEKAUFTES FLEISCH

Himmelstürmer Verlag

# INHALTSVERZEICHNIS


Nur wer sich verschenkt, verkauft sich teuer genug . . . 9
Ein Stricher ist einer Stricher ist ein Stricher . . . . . .. 15
Jugend zählt, sonst nichts! . . . . . . . . . . . . . . . . . . . . . 19

Acht verschiedene Strichertypen:
- Der Zufallsstricher und der Gelegenheitsstricher . . . 25
- Der professionelle Stricher . . . . . . . . . . . . . . . . . . . 25
- Der normale Stricher . . . . . . . . . . . . . . . . . . . . . . . . 26
- Der Edelstricher . . . . . . . . . . . . . . . . . . . . . . . . . . . . 26
- Der Beschaffungsstricher . . . . . . . . . . . . . . . . . . . . 27
- Der Kind- und Knabenstricher . . . . . . . . . . . . . . . . . 28
- Der alternde Stricher . . . . . . . . . . . . . . . . . . . . . . . . 29
- Der Callboy (Stricher) . . . . . . . . . . . . . . . . . . . . . . . 31

Acht verschiedene Freiertypen:
- Der Freier, der es am liebsten umsonst will . . . . . . . 35
- Der Freier, der nie zufriedenzustellen ist . . . . . . . . . 36
- Der Freier, der sich nicht entscheiden kann . . . . . . . 37
- Der Freier, der weiß, was er will . . . . . . . . . . . . . . . . 39
- Der Freier, der nie wieder kommt . . . . . . . . . . . . . . . 40
- Der Freier, der keiner sein will . . . . . . . . . . . . . . . . . 41
- Der Freier, der nur kann, wenn er auf Liebe macht . 42
- Der verliebte Freier . . . . . . . . . . . . . . . . . . . . . . . . . . 43

Aussagen von Strichern gegenüber Freiern, und was diese damit häufig wirklich ausdrücken wollen . . . . . 45
Aussagen von Freiern gegenüber Strichern, und was diese damit häufig wirklich ausdrücken wollen . . . . . 65

Drei Interviews:
Markus: "Es ist wie eine eigene Welt!" . . . . . . . . . . . . 89
Janek: "Ich kann nur jedem davon abraten!" . . . . . . . . 95
Joe: "Für mich ist das die ehrlichste Sache der Welt.". . .99

Ist Freier gleich Freier – 16 Begegnungen:
- Joachim oder mein erster Freier . . . . . . . . . . . . . . . 107
- Dieter oder ein Freier, wie man ihn sich wünscht . . . . 109

- Franz oder der weltmännische Charmeur . . . . . . . . . 111
- Benny oder ein besonderes Coming-out . . . . . . . . . 114
- Helmut oder der Ausnahmezustand . . . . . . . . . . . . . 116
- Rainer oder der Callboyschreck . . . . . . . . . . . . . . . . 119
- Hans oder der ungezogene Internatsschüler . . . . . . 121
- Gunnar oder der sensible Großstadtcowboy . . . . . . . 123
- Berthold oder der gewichtige Tonspezialist . . . . . . . 126
- Petrus oder der liebenswerte Opernknigge . . . . . . . . 129
- Trude oder die feuerspuckende Bartante . . . . . . . . . 132
- Wolfgang oder der irre Kamikaze . . . . . . . . . . . . . . 134
- Prof. H. Glaube oder die Wahrheit unter . . . . . . . . . . 137
Nadelstreifen 141
- Martin oder der penetrante Fußfetischist . . . . . . . . . 139
- Ödipussi oder die Tunte, die ihr Mütterchen bestahl 141
- Charlotte oder das Kindheitstrauma . . . . . . . . . . . . . 144

Sex ist nicht gleich Sex – 21 Sexpraktiken, aus der Sichtweise eines Strichers oder Callboys:

- Telefon & Telefonwichser . . . . . . . . . . . . . . . . . . . . 149
- Wichspost / Wichsbriefe / Wäscheversand . . . . . . . . 153
- Erotische Massage . . . . . . . . . . . . . . . . . . . . . . . . . 156
- Striptease . . . . . . . . . . . . . . . . . . . . . . . . . . . . . . . 158
- Nacktputzservice . . . . . . . . . . . . . . . . . . . . . . . . . . 160
- Wichsen / Handbetrieb . . . . . . . . . . . . . . . . . . . . . . 162
- Französisch / Oralverkehr . . . . . . . . . . . . . . . . . . . . 163
- Griechisch / Analverkehr . . . . . . . . . . . . . . . . . . . . . 164
- Rimming / Arschlecken . . . . . . . . . . . . . . . . . . . . . . 166
- Dildos & Dildospiele . . . . . . . . . . . . . . . . . . . . . . . . 167
- Brustbehandlung / Tittentrimm . . . . . . . . . . . . . . . . 168
- Damenwäscheträger . . . . . . . . . . . . . . . . . . . . . . . . 170
- Intimrasur . . . . . . . . . . . . . . . . . . . . . . . . . . . . . . . 172
- Fußfetischismus . . . . . . . . . . . . . . . . . . . . . . . . . . . 173
- Natursekt & Kaviar / Dirty Sex . . . . . . . . . . . . . . . . 175
- Baby- & Windelsex . . . . . . . . . . . . . . . . . . . . . . . . . 177
- Rollenspiele / Erziehungsspiele . . . . . . . . . . . . . . . . 179

- Fisting / Faustficken . . . . . . . . . . . . . . . . . . . . . . . . . 183
- Englische Erziehung / Rohrstock / Peitsche . . . . . . . . .185
- Kliniksex / Klistiersex . . . . . . . . . . . . . . . . . . . . . . . . 188
- Fesselsex / Bondage . . . . . . . . . . . . . . . . . . . . . . . . . 189
- Kindersex / Pädophilie / Päderastie . . . . . . . . . . . . . 191

Als Strapsboy Denise auf Kundenfang . . . . . . . . . . . . 193

Drogen und andere Stimulanzen in Verbindung mit käuflichen Sex
- Viagra . . . . . . . . . . . . . . . . . . . . . . . . . . . . . . . . . 199
- Poppers . . . . . . . . . . . . . . . . . . . . . . . . . . . . . . . 200
- Alkohol . . . . . . . . . . . . . . . . . . . . . . . . . . . . . . . . 202
- Ecstasy . . . . . . . . . . . . . . . . . . . . . . . . . . . . . . . . 204
- Kokain . . . . . . . . . . . . . . . . . . . . . . . . . . . . . . . . 206
- Heroin . . . . . . . . . . . . . . . . . . . . . . . . . . . . . . . . . 208

Einige der Bars, in denen ich angeschafft habe
- Exquisit-Bar /Hotel Florida . . . . . . . . . . . . . . . . . . 213
- Rudis Night Club . . . . . . . . . . . . . . . . . . . . . . . . . 214
- Haralds Hotel . . . . . . . . . . . . . . . . . . . . . . . . . . . 215
- Bermuda Dreieck . . . . . . . . . . . . . . . . . . . . . . . . . 216
- Pinochio . . . . . . . . . . . . . . . . . . . . . . . . . . . . . . . 216
- Tabasco . . . . . . . . . . . . . . . . . . . . . . . . . . . . . . . 216
- Le Fiacre . . . . . . . . . . . . . . . . . . . . . . . . . . . . . . 217

- Stundenhotel Marke: Blasender Engel . . . . . . . . . . . 218

## Nur wer sich verschenkt, verkauft sich teuer genug !

Ich war ein Stricher, ein Callboy, ein Dressman, ein Model, ein männlicher Prostituierter, ein gesellschaftlich Geächteter; was immer Ihr wollt! Und genau genommen bin ich es noch immer! Denn obgleich ich meinen Körper heute nicht mehr für Geld verkaufe, wird ein Teil in mir ein Leben lang das bleiben, was es über fünf Jahre lang für unzählige Männer war - ein Stück käufliches Fleisch!

Ein Stricher ist ein schlecht bezahlter Schauspieler, der sich meist auf Grund widriger Lebensumstände dazu gezwungen sieht, selbst die unmenschlichsten Rollen anzunehmen, bei denen er oft nicht nur seinen Körper voll einzubringen hat. Doch den Applaus der Massen darf er sich für seine Darbietungen nicht erhoffen, selbst wenn seine Auftritte mitunter alles von ihm abverlangen. Vielmehr werden ihm seine Bemühungen, insbesondere von den Freiern, als ein falsches, verlogenes Spiel vorgehalten. Und das, obgleich seine Dienste eher von hoher Schauspielkunst zollen als von betrügerischen Machenschaften! So fordern beispielsweise viele Freier von einem Stricher, dass dieser die ihm zugedachte Rolle nicht nur glaubhaft darstellt, sondern auch soll er vielen Freiern vorgaukeln, dass er gar keine Rolle spielt - sondern dass alles, was er tut, er selbst ist! Und eben dies treibt viele männliche Prostituierte in einen Gewissenskonflikt - sind sie schließlich keine emotionslosen Maschinen, die Gefühle auf Knopfdruck erzeugen und verschwinden lassen können. Vergleichen wir den Stricher bzw. den Callboy ruhig weiterhin mit einem Schauspieler und betrachten einmal die Drehbedingungen, denen Strichjungen in der Regel ausgesetzt sind. Und wir erkennen, diese sind meist alles andere als menschenwürdig! So würde z.B. kein Regisseur von einem Schauspieler verlangen, dass dieser tatsächlich zu der Person mutiert, die er darstellen soll. Was ein Regisseur von einem Schauspieler erwarten darf, ist dass dieser möglichst glaubhaft die ihm zugedachte Rolle ausfüllt - nicht mehr und nicht weniger! Von einem Stricher hingegen verlangt der zahlende Kunde meist weitaus mehr, nämlich einen brutalen Spagat zwischen schauspielerischer Glanzleistung einerseits und gefühlsmäßiger Wahrhaftigkeit anderseits! So ist es der (un)ausgesprochene Wunsch etlicher Freier, dass ein Stricher ihnen den Part des begehrlichen und zumindest partiell auch begehrenden Liebhabers bzw. Sexualpartners mimt. *Das heißt im Klartext:* Der Stricher soll seine Darbietung so gefühlsecht wie nur eben möglich rüber bringen - am besten derart perfekt, dass der Freier nichts von dem Theater bemerkt, das um seine Person gespielt wird. So kann sich der Freier nämlich leichter vorgaukeln, dass der Stricher tatsächlich Lust bei und mit ihm empfindet und nicht allein eine reine Dienstleistung abspult; ungeachtet der Tatsache, dass sich dies in weit mehr als 99% aller Fälle genauso und nicht anders verhält!

Die permanenten gefühlsmäßigen Manipulationen und Täuschungmanöver von Seiten der Stricher gegenüber den Freiern, insbesondere aber gegenüber sich selbst, hinterlassen bei ihnen häufig weitaus tiefere Spuren, als sie sich dies selbst eingestehen mögen. So behaupten z.B. die meisten Stricher und Callboys, dass sie eine klare Trennlinie zwischen ihrem Job und ihrem *normalen* Leben ziehen können. Doch gegenüber einem Schauspieler finden sich Stricher und Callboys schnell in einem Gefühlschaos wieder, weil ihnen ein Umschalten zwischen Schauspielerei und realem Leben meist nicht möglich ist. So kann die Mehrheit der Stricher nach einem kräftezehrenden *Drehtag* nicht einfach nach Hause gehen und sich die Maske abstreifen, denn die meisten Stricher haben einfach kein (vernünftiges) Zuhause oder/und es fehlt ihnen an ausreichender sozialer Absicherung. Bei diesen Strichern beschränkt sich das Dasein oft allein auf die einfache und gleichzeitig elementare Formel: *Vor dem Freier ist nach dem Freier!* Sie sind in einem hohen Maße von den Einnahmen durch ihre Freier abhängig und haben ihr Leben ihrem Job unterzuordnen, und nicht etwa umgekehrt, wie viele von ihnen es gern darzustellen versuchen. Heute weiß ich, dass derartige Aussagen reine Schutzbehauptungen sind, die ein Stricher zu seiner Verteidigung sowie zur Gewissensberuhigung auffährt. Doch jeder Stricher oder Callboy, der sich auf diese Weise mit seiner Tätigkeit auseinandersetzt, stellt sich im Grunde genommen keiner Auseinandersetzung! Vielmehr flüchtet er vor der unangenehmen Wahrheit, indem er konsequent leugnet, dass ihn das, was er tut, in irgendeiner Form berührt! Die Wahrheit aber ist, dass Stricher oder Callboys Gefühle zwar in gewisser Weise manipulieren können, sie sind aber nicht dazu fähig, vollständige Kontrolle über diese auszuüben! Und jedes unterdrückte oder verfälschte Gefühl schafft sich zwangsläufig an anderer Stelle und zu nicht vorhersehbarer Zeit sein Ventil. So spielt der Stricher also weniger mit seinen eigenen und den Gefühlen des Freiers (wie auch umgekehrt), sondern vielmehr sind es die Gefühle, die beiden Parteien einen gewaltigen Streich spielen!

Stricher belügt Freier und Freier betrügt Stricher! Und so lügen sie sich im Grunde genommen beide selbst in die Taschen!

Als Stricher lernt man schnell, dass annähernd jeder Freier in gewisser Weise betrogen werden will. So reden sich beispielsweise etliche Freier ein, dass der von ihnen Auserwählte genau genommen kein richtiger Stricher ist, womit folglich sie auch keine normalen Freier mehr wären, und schlussfolgern, dass das, was sie beide miteinander verbindet, nicht als eine reine Geschäftsbeziehung angesehen werden darf. Und dies ist nur eine skurrile Form von Selbstbetrug seitens der Freier! Und kann man es ihnen übel nehmen? Pure Fleischeslust lässt sich von der Sehnsucht nach Nähe, Geborgenheit, Zärtlichkeit und damit nicht zuletzt auch nach Liebe nicht so leicht trennen, wie es manche gerne hätten! Aber wehe dem Freier, der sich mit einem Stricher oder Callboy eine aufrichtige Liebesbeziehung erhofft! Dies allerdings ist nicht nur ein häufiger Wunsch in diesem Milieu, sondern es finden sich auch sehr viele dieser Verbindungen, die fast ausnahmslos zum Scheitern verurteilt sind! Und das dies so ist, liegt in der Natur der Sache! Die Mehrheit der *Liebesbeziehungen* zwischen Strichern und Freiern hält nämlich einer genaueren Betrachtung nicht stand. Fast immer gleichen sie einem Possenspiel oder einem schlecht inszenierten Drama, das lauter Verlierer hinterlässt. So fühlt sich ein Freier nach einer solchen Affäre meist finanziell, ein Stricher hingegen emotional ausgenutzt. Ich persönlich kenne z.B. keinen einzigen Stricher oder Callboy, der bei dem Versuch, mit einem seiner Freier eine *intensivere* Bindung einzugehen, im Nachhinein sich nicht käuflicher gefühlt hätte, als bei einer ganz gewöhnlichen, ordinären Ficknummer.

Die Geschichte vom Stricher, der seinen Körper allein aus purer Lust verkauft, ist tausendfach wiedergekäut worden und trifft doch so gut wie niemals zu! Sie mag wohl eher dem Wunschdenken einiger Freier entsprungen sein, als dass sie uns verwertbares Wissen darüber liefert, wie solche Beziehungen tatsächlich zu bewerten sind.

Sicherlich gibt es Männer, die die Vorstellung, sich als Stricher oder Callboy zu verkaufen, oder besser noch, von jemanden verkauft zu werden, sexuell erregt. Doch sind dies keine Stricher, sondern Männer, die ihre devoten Fantasien auf eben diese Weise ausleben wollen. Und wie sollte ein richtiger Stricher oder Callboy für gewöhnlich auch Lust mit einem seiner Freier verspüren, geht er seiner Tätigkeit doch fast ausnahmslos aus dem Zwang heraus nach, Geld verdienen zu müssen, um sein Überleben zu sichern oder seine Sucht zu finanzieren, was auf dasselbe hinausläuft.

Wie kann ein Stricher oder Callboy aber mit Männern Sexualverkehr praktizieren, die er optisch, charakterlich oder aus welchen Gründen auch immer abstoßend findet? Die Antwort lautet: Er kann es nicht und tut es dennoch! Dies mag im ersten Moment paradox klingen, ist aber ein Fakt! Und wie schafft er diesen Spagat? Zunächst einmal sei gesagt, dass Psyche und Körper eines Strichers und Callboys stets auch Abwehrhaltungen einnehmen. Genau genommen weigert er sich sogar, mit einer Person intime Kontakte einzugehen, die er sexuell nicht anziehend oder gar als abstoßend empfindet. Die Vorstellung, mit einer solchen *Unperson* einen Intimkontakt eingehen zu müssen, ruft auch bei Strichern mehr oder weniger stark ausgeprägte Blockaden und Ekelgefühle hervor, worunter häufig auch ihre Libido leidet. Nur, und hier findet sich der Unterschied zu einen *normalen* Menschen, hat ein Stricher aus der Not heraus gelernt, seine Gefühle *zu beherrschen*. Die häufigste Art der Gefühlsmanipulation liegt bei dem Stricher darin, *nichts* zu fühlen, eine Mauer um sich herum zu errichten, durch die *nichts* bis zu ihm durchzudringen vermag! Dieser Schutzwall schirmt ihn allerdings nur scheinbar vor Angriffen bzw. Berührungen ab und lässt ihn außerdem zunehmend gefühlskalt werden. Dieser Stricher zeigt und empfängt Gefühle, ohne sie tatsächlich zu spüren, und er gaukelt Emotionen vor, die nicht im Geringsten seinen tatsächlichen Gemütszustand wiedergeben, wobei das steife Glied, das viele Freier gern als Beweis für *aufrichtige* Geilheit deuten, für die meisten Stricher eine leicht herbeizuführende Täuschung ist, denn ein *professioneller* Stricher kann sich auch an einem Sack Kartoffeln aufgeilen, wenn es nötig sein sollte. Und dies sei an dieser Stelle nicht als Beleidigung eingeschoben! Je länger und häufiger derartige Gefühlsmanipulationen begangen werden, desto wahrscheinlicher wird es dazu kommen, dass der Stricher irgendwann überhaupt keine Trennlinie mehr zwischen Arbeit und Freizeit (siehe oben) ziehen kann. Eine andere Form der Gefühlsmanipulation seitens der Stricher besteht darin, sich einzureden, alte, dicke und/oder hässliche Männer sexuell begehrenswert zu finden. Ein derartiges *Umpolen* funktioniert! Es ist lediglich eine Frage der Zeit und erfordert die Herabsetzung der eigenen Persönlichkeit, - ist also in gewisser Weise als ein besonderer Ausdruck von Masochismus zu bezeichnen. Der Stricher lernt quasi zu lieben, was er eigentlich verabscheut. Er versucht seine

*Erfüllung* in einem Sexualpartner zu finden, der ihn eigentlich abtörnt. Nicht wenige Stricher und Callboys verrichten allein nach diesem selbstzerstörerischen Muster ihren Job, indem sie nämlich ihre Aversion in eine (groteske) Form der Lust umwandeln!

Und trotz alledem sind Gefühle die Hauptzutat in der Prostitution, wenngleich sich die Emotionen eines Strichers von denen eines Freiers meist grundlegend unterscheiden! So findet sich auf der einen Seite im Regelfall die Begierde (Freier) und auf der anderen Seite die Ablehnung (Stricher). Diese Gefühlsgegensätze passen nicht nur auf den ersten Blick wenig zusammen, sondern sie bleiben auch nach mehrmaliger Betrachtung im Prinzip unvereinbar! Das, was sie leidlich zusammenfügt, ist allein das Geld!

Diese Veröffentlichung orientiert sich ausschließlich an authentischen Erlebnissen und Begegnungen, die mir während meiner Stricher- und Callboyzeit widerfahren sind. Dennoch handelt es sich bei *Gekauftes Fleisch* nur ansatzweise um eine Autobiografie. Vielmehr liegt hier ein hoffentlich berührender wie unterhaltsamer Einblick in das Handeln und Denken von Strichern, Callboys und ihren Freiern vor.

Hier wird das Geschäft um Lust, Nähe, Sehnsucht und käufliche Liebe durchleuchtet. Kompromisslos deckt *Gekauftes Fleisch* die Lügen und den Selbstbetrug auf, denen viele Freier und Stricher bei ihren Zusammenkünften Anheim fallen. *Gekauftes Fleisch* erzählt von teils unfreiwillig komischen, bisweilen aber auch schier unglaublichen Sexwünschen ebenso detailliert, wie es auf die verschiedenen Stricher- und Freiertypen eingeht oder aber den Jugendwahn innerhalb dieser Szene dokumentiert. Darüber hinaus werden Freier/Stricher-Verbindungen skizziert, Sexpraktiken aus Sicht eines Models erläutert, Interviews mit Betroffenen geführt und noch viele weitere interessante Einblicke geboten.

# Ein Stricher ist ein Stricher ist ein Stricher

Die männliche Prostitution kennt Zufallsstricher Gelegenheitsstricher, Beschaffungsstricher, Bahnhofsstricher, Kindstricher, Barstricher, Clubstricher, Edel- oder Luxusstricher und Callboys, die sich mitunter auch als Models und Dressmen verkaufen *(mehr zu den verschiedenen Strichertypen ab Seite 25)*. All diese Etikettierungen sollen auf Unterschiede hinwiesen, die zwischen den einzelnen Gruppen bestehen, die mitunter allerdings nur so minimal bis nicht existent sind, dass sich eine Unterteilung allein aus Vernunftgründen heraus nicht rechtfertigt, wenn man die Beschaffungs- und Kindstricher einmal außen vorlässt! Dennoch wird eine klare Unterteilung bzw. Abgrenzung insbesondere von den Prostituierten selbst vorgenommen. So wollen beispielsweise selbst ernannte Edel- oder Luxusstricher mit gewöhnlichen Barstrichern meist nichts zu tun haben! Und Callboys distanzieren sich in der Regel von Bar-, Club-, Edel- und Luxusstrichern, und werden wiederum von selbst ernannten Dressmen oder Luxusmodels gemieden. Und alle zusammen pflegen eine ausgewachsene Aversion gegenüber den Beschaffungsstrichern, die ihren Körper verkaufen, um sich ihre Drogensucht zu finanzieren. Doch damit nicht genug: In den Reihen der Beschaffungsstricher geht das Ab- und Ausgrenzen munter weiter. So gilt ein schwuler Stricher hier häufig als der allerletzte Dreck. Und dieser wiederum hält einen kriminellen Stricher für den Abschaum. Auf eben diese Weise nehmen die meisten Stricher für sich in Anspruch, etwas Besseres darzustellen als ihre Leidensgenossen. Doch, wie auch immer sie die Sache drehen und wenden, es bleibt dabei: sie tun allesamt ein- und dasselbe - sie prostituieren sich - sie verkaufen ihre Körper! Worin also liegen die erwähnenswerten Unterschiede, wenn es denn überhaupt welche gibt? Verhält es sich nicht im Grunde genommen so, dass Geächtete die Ausgestoßenen als niedere Wesen diffamieren, um ihre eigene Niedrigkeit besser ertragen zu können? Der bedeutendste, und meist auch einzige Unterschied zwischen oben genannten Gruppierungen ist der des voneinander abweichenden Honorars, das ein Stricher oder Callboy für seine Dienste erhält. Die Höhe des Honorars errechnet sich für gewöhnlich nicht etwa nach der Qualität eines Strichers, denn ein Barstricher bringt in der Regel keine schlechteren Leistungen als ein Callboy, sondern sie ist meist allein davon abhängig, wo der männliche Prostituierte in der Stricher-Hierarchie steht. Schafft er beispiels-

weise auf dem Bahnhof an, hat keine Wohnung und ist zu allem Unglück auch noch drogensüchtig, so kassiert er aus eben diesen Gründen nur einen Bruchteil dessen, was ein Callboy für seine Dienste einstreicht. Seine Notsituation wird gnadenlos ausgenutzt! Im Klartext bedeutet dies, dass ein Bahnhofs- oder Beschaffungsstricher für weniger Geld mehr Leistung erbringen muss! Und dies ist nichts Außergewöhnliches, sondern allein ein Spiegelbild unserer Gesellschaft: Denn vielerorts verhält es sich so, dass die, die im schlimmsten Dreck malochen, meist auch jene sind, die am wenigsten Kohle für ihre Arbeit erhalten! Ein Callboy oder Dressmen ist im Grunde genommen nichts weiter als ein Stricher, der allein durch glücklichere Umstände z.B. eine Wohnung zur Verfügung hat, in der er seine Freier empfangen kann. Und bereits allein deswegen kann er sich als Callboy bezeichnen, ohne seinen Sexservice dafür verbessern zu müssen; eher kann vom Gegenteil ausgegangen werden.
Zurück zu der Rivalität und Uneinigkeit zwischen den verschiedenen Gruppierungen in der männlichen Prostitution. Hierzu stelle man sich einmal folgendes Szenario vor: Eine Gruppe von Vergewaltigungsopfern unterteilt sich in höher und niedriger zu wertschätzende Opfergruppen, einfach nur auf Grund der Tatsache, dass die einen Opfer in einem Bahnhof und die anderen in einem Luxusappartement missbraucht worden sind. Ein absurder Vergleich? Nicht, wenn man einen Augenblick darüber nachsinnt. So verbindet Prostituierte laut diverser psychologischer Gutachten weitaus mehr mit Vergewaltigungsopfern, als dies eine oberflächliche Betrachtung aufzeigen kann.
Da die männlichen Prostituierten in einer ständigen, harten Konkurrenz zueinander stehen, helfen sie einander nicht, sondern fallen im Gegenteil nicht nur verbal übereinander her.
Also noch einmal: Ein Stricher ist nicht mehr oder weniger wert als ein Edelstricher, ein Callboy oder Dressman! Kurz gesagt: *Ein Stricher ist ein Stricher ist ein Stricher!* Mit einem kleinen, aber feinen Unterschied. Der Beschaffungsstricher muss seinen Körper in höchster Not für dreißig Mark am Bahnhof verscherbeln; der nächste bietet sich für einen Hunderter an einer Clubbar feil, und ein Callboy kassiert zweihundert Mark für vergleichbare Dienste in einem angemieteten Appartement. Und lässt sich dieses Band noch weiter knüpfen? Werfen wir einmal einen kritischen Blick auf die dreidimensionalen Anziehpuppen, die auf den Laufstegen der Modewelt zu Hause sind. Was haben diese Damen und Herren mit Prostituierten zu tun? Auf den ersten Blick reichlich wenig. Aber was lässt denn die Konten der

muskelgestählten, makellosen Models anschwellen? Wohl doch nur fadenscheinige, Attribute wie: Persönlichkeit, Ausstrahlung, Aura und Charisma. Nein, womit männliche Models hauptsächlich wuchern müssen, ist mit ihrer erotischen Ausstrahlung, ihren Sex-Appeals, - genau wie ihre artverwandten Berufskollegen, die Stricher und Callboys. Und so betrachtet, unterscheiden sich männliche und weibliche Topmodelle in vielerlei Hinsicht kaum von Prostituierten, denn auch sie verkaufen ihren Körper. Sie bieten den Massen ihre nackte Haut feil, präsentieren u.a. ihre Waschbrettbäuche, ihre Oberweite, die glatte Haut oder makellosen Beine. Und dies alles dient einem Zweck: Sie sollen Anreiz dafür sein, ein Produkt zu kaufen - das Produkt aber sind sie selbst!
Wenn man es einmal ganz krass und etwas provokativ formulieren möchte, so kann man sagen: Topmodels sind tausendfach überbezahlte Wichsvorlagen! Und die meisten Models wissen nur allzu gut, worum es in ihrem Job wirklich geht und wofür man sie im Prinzip engagiert. Auch ist es ein offenes Geheimnis, dass sich viele Models für ihre Karriere prostituieren mussten und das etliche (Nachwuchs-)Models-Wettbewerbe allein zu dem Zweck ausgeschrieben werden, lüsterne Altgigolos mit frischen Mädchen zu versorgen, wie jüngst verdeckte Ermittler dunkle Machenschaften selbst angesehener Modellagenturen ans Tageslicht gebracht haben. Ja, und selbst unter denen, die auf dem Gipfel sind, finden sich immer noch genügend Damen und Herren, die sich auf gewisse Weise auch weiterhin prostituieren. Nehmen wir als Beispiel nur einmal die vielen weiblichen Topmodelle, die einen steinreichen, tatterigen Greis, gegen Zahlung eines satten Handgeldes zu einem Opernball begleiten, wo sie sich von ihm betatschen und befummeln lassen. In Callboykreisen umschreibt man diese Form der Prostitution ganz nüchtern als Begleitservice. Aber wenn eine weltberühmte, kaffeebraune Schönheit dergleichen tut, so nennt man dies plötzlich ganz anders, denn sie gilt schließlich als Künstlerin. Hingegen werden Stricher und Huren, die an den Wänden der Großstadtbahnhöfe lehnen, und die sich jeden Tag aufs Neue einem Überlebenskampf stellen müssen, nicht allein als Verlierer der Gesellschaft hingestellt, sondern gleichzeitig auch noch als deren Schandflecke diffamiert.

Ich bin Strichern aus fast allen Teilen der Welt begegnet, wie aus Rumänien, Indochina, Thailand, Brasilien, Ghana, Polen, Südafrika, Frankreich, Türkei, Amerika etc. Und es befand sich wirklich kein Einziger unter ihnen, dessen Persönlichkeit mit der Kennzeichnung

Stricher auch nur annähernd zu erfassen wäre! Man sollte nie außer Acht lassen, dass jeder Stricher oder Callboy seine ureigene Geschichte mit sich trägt, die einen plausiblen Grund dafür liefert, warum er seinen Körper verkauft. Ich erinnere mich da nur an einen Thailänder, der in Hamburg angeschafft hatte, um seiner schwerkranken Mutter die Behandlung im eigenen Land zu ermöglichen. Ich begleitete ihn einige Male zu einer internationalen Apotheke, wo ich als sein Übersetzer fungierte. Auch erinnere ich mich an jenen Callboy, der als Heimkind mehrfach vergewaltigt wurde, und seine frühkindlichen traumatischen Erlebnisse durchs Anschaffengehen fatalerweise zu verarbeiten versuchte.

## Jugend zählt, sonst nichts!

Die Jugend ist doch viel zu kurz, als dass es sich lohnt, ihr bis in alle Ewigkeit nachzutrauern! Und trotzdem oder gerade deswegen hört man von überallher die von einer tiefen Schwermut gespeisten Glorifizierungen und Erinnerungen über eben jenen kurzen Zeitabschnitt unseres Daseins.
Es gibt mehrere Möglichkeiten, sich in die eigene Jugendzeit zurück zu katapultieren, um so die Vergangenheit, zumindest zum Schein, mit neuem Leben zu erfüllen. Die Schwärmerei und Träumerei werden dabei am häufigsten angewandt, um das ach so goldene Zeitalter der Jugend *neu zu erleben.* Als Stricher oder Callboy bekommt man es allerdings mit einer weitaus lebendigeren Form der Sehnsucht nach Jugendlichkeit zu tun. Dabei begnügt sich der Jugendträumer nicht allein mit der bloßen Schwärmerei, sondern kauft sich ein Stück (seiner eigenen) Jugend (zurück). Dies erreicht er, indem er sich einen möglichst unverbrauchten Jüngling (Jungen, Burschen, Boy, Heranwachsenden etc.) besorgt und sich dann beispielsweise auf des *Knabens Wunderhorn* ein Stück des eigenen, längst verjährten Frühlings herbei zu blasen versucht.
Acht von zehn Freiern sind auf der Suche nach möglichst jungen (16-23 Jahre) Strichern! Und annähernd hundert Prozent aller Freier suchen nach Strichern oder Callboys, die Frische und Vitalität ausstrahlen. Um es auf den Punkt zu bringen: Es ist meist allein die Jugend/Jugendlichkeit, die einen Freier in die Arme eines käuflichen Boys treibt eben die Jugend, die von den meisten von ihnen bereits abgefallen ist! Und aus diesem Grund darf ein Stricher auch niemals alt werden! Sobald nämlich der letzte Rest Jugendlichkeit von ihm abgefallen ist, hat für ihn in der Regel die letzte Stunde als Liebesdiener geschlagen! Natürlich kann er umsatteln und sich z.B. als Sadomeister verkaufen, doch seine Zeit als begehrter Sprössling ist unwiederbringlich verloren gegangen! Und ein alternder Stricher muss sich schon weitaus mehr einfallen lassen als einfach nur präsent zu sein! Doch nicht allein aus diesem Grund fürchten sich insbesondere Stricher und Callboys vor dem Alter. Ein nicht unerheblicher Teil ihrer Angst wird durch die entwürdigende Art und Weise genährt, wie ihnen eine Vielzahl ihrer Freier das *In-die-Jahre-kommen* vorlebt. So sind z.B. annähernd alle Kunden eines Strichers weitaus älter als er selbst, und meist auf der verbissenen Suche nach jungen

Sexualpartnern, ganz so wie Ertrinkende nach einem Rettungsboot. Sie begehren das vermeintlich Unberührte, Unbefleckte und Reine. Ihre Blicke zielen vordergründig auf aufgehende Knospen der Männlichkeit. Und auch suchen viele Freier das Kindliche und Naive in einem Stricher oder Callboy. Aus alledem lernt dieser nun folgende Lektion: Freier bzw. ältere Männer wollen sich allein an seiner Jugend laben. Sie sind ganz versessen darauf, sein junges, festes Fleisch abzutasten, daran zu schnüffeln, es zu küssen und zu liebkosen, es zu streicheln und zu umklammern; sich seinen Odem einzuverleiben und sich mit ihm zu vereinigen. Ja, sie wollen seine Jugend, sie wollen allein seine Jugend, und nichts als seine Jugend! Eben diese Erkenntnis gewinnt annähernd jeder Stricher anhand seiner Freier, und will deshalb nicht alt werden, weil seine gesammelten Eindrücke ihm Angst machen! Und was soll ein Stricher auch vom Älterwerden halten, wenn er in seinem Job fast ausnahmslos mit älteren Männern *verkehrt*, die für gleichaltrige Männer oder Frauen keinerlei sexuelle Empfindungen hegen, und für die ihr eigenes Alter nur eine Geißel, ein Ballast oder ein Fluch ist, wenn es darum geht, ihre eigene sexuelle Anziehungskraft zu umschreiben? Und wie, bitte schön, soll ein Stricher dem Ergrauen ohne Furcht entgegen treten, wenn sich viele seiner betagten Freier vor ihrem eigenen Anblick dermaßen ekeln, dass sie diese Abneigung gegenüber sich selbst für einige selige Augenblicke in den Armen eines wohlgeformten Jünglings vergessen machen wollen? Ja, was soll ein Stricher von ergrauten Männern denken, die vor ihm auf die Knie fallen, ihn anhimmeln, ihn einen Adonis taufen, als einen göttlichen Wunderknaben weihen oder als einen Prinzen der Schönheit verehren? Die all dies aber nur so lange tun, wie er dem Ideal von Jugend entspricht! Wehe also, die jugendliche Anmut eines Strichers oder Callboys verglimmt. Dann wird derselbe Stricher von denselben Freiern, die ihn einst als einzigartige Herrlichkeit umschrieben, glattweg übersehen. In ihren Augen ist er nunmehr nichts weiter als ein hüllenloses Nichts! Denn mit dem Augenblick, in dem ein Stricher seine Jugend eingebüßt hat, ist er uninteressant für den *jugendgeilen* Freier geworden. Alt, so die landläufige Meinung vieler Freier, ist man schließlich selbst, und für dieses Kümmernis gibt man keinen Pfennig her! Und nun letztmalig gefragt: Was soll ein Stricher vom Altwerden halten? Die Antwort: Es jagt ihm eine Heidenangst ein! Auch deshalb, weil er spürt, wie sein ganzes Dasein, sein gesamter Wert von seiner Jugend allein abhängig gemacht wird. Wurde er vielleicht noch als Knabe hofiert und mit Komplimenten sowie lukrativen Angeboten überschüttet, bleiben ihm die Freier mit zunehmendem Alter mehr und mehr aus. Und aus dem begehrenswerten Jüngling, der er einmal war und von dessen Frische jeder kosten wollte, ist schon bald ein alternder Stricher erwachsen, der in diesem Milieu schnell zu einer unerwünschten Person wird. Es sei denn, er wechselt die Fronten! Als Objekt der Begierde hat er allerdings ausgespielt! Er ist verbraucht - ausgelaugt! Seine Jugend ist erloschen; lang lebe die Jugend!

Nicht selten geschieht es, dass sich ein Freier in einen käuflichen Engel verliebt. Auch hierbei ist zu beobachten: Die Liebe entflammt meist zu sehr jungen Strichern! Eine solch innige Hinneigung zu einem jugendlichen Stricher lässt viele, insbesondere ältere Freierherzen höher schlagen, obgleich die Zuneigung meist auf Einseitigkeit beruht. Und viele verliebte Freier wissen sogar um diesen Umstand, wollen aber mit dieser Wahrheit nicht gern konfrontiert werden - denn wer will schon aus einem schönen Traum gerissen werden? Und außerdem: Liebe macht ja bekanntlich blind! Die meisten Freier berichten, dass sie sich durch die Anwesenheit eines jungen Strichers verjüngt fühlen, und dies gilt umso mehr, wenn sie sich in einen Stricher verliebt haben bzw. eine vermeintliche Liaison zwischen ihm und einem Strichjungen besteht. Verliebte Freier sind meist allerdings leichte Beute für berechnende Stricher, denn sie haben ihren Blick für die Wirklichkeit eingebüßt. Allein schon, dass sie plötzlich von Liebe sprechen, obgleich sie ihren *Geliebten* doch für dessen *Liebesdienste* (wie auch immer) bezahlen, spricht für ihr eingeschränktes Urteilsvermögen. Erstaunlich ist auch, wie viele Freier es doch als ein Wunder bezeichnen, dass sie sich in einen jungen Stricher verlieben konnten/können. Dabei ist es doch wohl eine der leichtesten Übungen, als ein welk gewordener Baum die alten Sinne für einen blühenden Setzling, in unserem Fall, einen makellosen Jüngling, begeistern zu können. Allein im umgekehrten Fall wäre es durchaus angebracht, von einem Wunder zu sprechen! Übrigens lieben Freier meist nur vordergründig den Stricher und in der Hauptsache dessen Jugend!

Einige Freier erinnern bei ihrer Suche nach einem geeigneten Stricher an alte, blutarme Vampire, die sich durch einen Biss ins junge Fleisch stets aufs Neue zu regenerieren versuchen. Mit Wehmut und Gier in den Augen nehmen sie ihre *Opfer* ins Visier, und saugen diese aus. Und je älter und gebrechlicher manch ein Vampir wird, desto jünger und vitaler muss das willige Fleisch sein! Bei manchen Freiern scheint es dann fast so, als dienten ihnen die Liebesjungen als eine lebensverlängernde Bluttransfusion.

Als Stricher oder Callboy lebt man zweifelsohne von seiner Jugend.

Und daran wird sich so lange nichts ändern, so lange es scharenweise Männer (Freier) gibt, die in ihrem sexuellen Erleben irgendwo zwischen der Pubertät und Frühtwen hängen geblieben sind, und die ihre frühen sexuellen Erlebnisse nun ihr Leben lang mit einem Jüngling reproduzieren müssen! Dieser Freiertyp bildet nämlich ganz ohne Zweifel die Hauptklientel eines Strichers!

Die Jugend zählt und sonst nichts! Dies trifft nicht nur auf die männliche Prostitution zu, sondern spiegelt sich in vielen Bereichen unserer Gesellschaft wider. Somit ist der Jugendwahn in der männlichen Prostitution nur eine logische Erscheinung einer Besorgnis erregenden Entwicklung.

*Was an der Jugend schön ist, ist nicht von Dauer.*
*Gut an der Jugend ist, dass sie nicht von Dauer ist.*
Robert Poulet

# Acht verschiedene Strichertypen

## DER ZUFALLSSTRICHER UND DER GELEGENHEITSSTRICHER

Der Zufallsstricher ist kein eigenständiger Strichertypus. Vielmehr können sich aus ihm die nachfolgenden Varianten herausbilden. Ein hoher Prozentsatz von Strichern ist quasi über einen Zufall in das Stricher- oder Callboymilieu (ab-) gerutscht. Inwieweit jemand allerdings sein Schicksal herausgefordert bzw. ihm entgegengeeilt ist, ist schwer abzuschätzen. Auf jeden Fall aber ereignen sich solche *Zufälle* insbesondere auf (Großstadt-) Bahnhöfen, in (Gay-)Saunen oder aber in (schwulen) Pornokinos. Hier werden Jünglinge häufig mehr oder weniger direkt daraufhin angesprochen, ob sie *sich etwas Geld* verdienen möchten. Derartige Schlüsselerlebnisse reichen dann mitunter aus, um den Beginn einer Stricher- oder Callboylaufbahn einzuläuten. Sozialpsychologen sprechen in einem solchen Zusammenhang gern von einer sich selbst auferlegten Bestimmung, die allein auf ihre Initialzündung wartet.

Gelegenheitsstricher sind hingegen jene, die sich durch das zeitweilige Verkaufen ihres Körpers ein Zubrot verdienen. Der Gelegenheitsstricher bildet sich in der Regel aus dem Zufallsstricher heraus und steht häufig auch als Zwischenstadium zum professionellen Stricher. Doch es gibt auch etliche Stricher, die ihren Körper als Haupteinnahmequelle nutzen, sich dennoch (aus den unterschiedlichsten Motiven heraus) den Gelegenheitsstrichern zuzählen.

Im erweiterten Sinne lassen sich auch die Boys zu den Gelegenheitsstrichern zählen, die sich z.B. von einem oder mehreren Männern finanziell aushalten lassen, ihre Dienstleistungen aber in hübsche Formulierungen verpacken. So nennen sie die Bezahlung ihres Freiers, der von ihnen natürlich nicht als Freier angesehen wird, da sie sich ansonsten als Stricher outen müssten, einfach Sponsoring oder freundschaftliche Geste.

Und zu guter Letzt gibt es noch die Gruppe von Gelegenheitsstrichern, die die Neugierde oder sexuelle Abenteuerlust (meist nur einmalig) auf den Strich treibt.

## DER PROFESSIONELLE STRICHER

Ein professioneller Stricher bestreitet durch das Vermieten/Verkaufen seines Körpers in der Regel den Hauptanteil seines Lebensunterhaltes. Diesen kann er sich an Bahnhöfen, in einschlägigen Bars oder als Callboy in einem angemieteten Appartement verdienen. Bis auf die zuerst genannten Zufalls- und Gelegenheitsstricher lassen sich prinzipiell alle danach angeführten Strichertypen als professionell bezeichnen, wenngleich gesagt sein muss, dass professionell in diesem Fall nicht mit berufsmäßig gleichzusetzen ist, und auch nicht, dass Stricher ihren Job gewerbsmäßig angemeldet haben. *Dies ist wie folgt zu verstehen*: Die absolute Mehrheit der Stricher und auch Callboys verkauft ihren Körper aus einer Notsituation heraus. Dabei bedürfen sie einer professionellen Einstellung, um sich in diesem harten Milieu zu behaupten. Professionell bezieht sich also auf die Einstellung! Die verschiedenen Strichertypen lassen sich wie folgt charakterisieren:

## DER NORMALE STRICHER

Der gewöhnliche Stricher ist auf Bahnhöfen, in Clubs oder einschlägigen Bars zu finden. Man trifft ihn aber auch in Pornokinos, in Parks (Cruising Areas) sowie in Saunen oder in anderen schwulen Einrichtungen. Eine gewöhnliche Stricherlaufbahn beginnt sehr häufig bereits unter dem achtzehnten Lebensjahr; oft sogar sehr viel früher! Die ersten Erfahrungen werden dabei meist auf Bahnhöfen oder aber im direkten Umfeld (Heim etc.) gesammelt. Nur die wenigsten Stricher haben einen vernünftigen Schulabschluss oder aber eine abgeschlossene Berufsausbildung. Zum überwiegenden Teil stammen Stricher aus Problem-Elternhäusern und verfügen zudem meist nur über ein schwach ausgeprägtes Selbstbewusstsein, welches sie häufig im Strichermilieu zu stärken versuchen. Mitunter versuchen Stricher aber auch unbewusst, einen frühkindlichen Missbrauch zu verarbeiten.

## DER EDELSTRICHER

Ein Edelstricher unterscheidet sich von einem gewöhnlichen Stricher meist hauptsächlich darin, dass er für seine Dienste mehr Geld verlangt. Im Regelfall möchte er sich von *einfachen* Strichern abgrenzen. Aus diesem Grund mag er es auch nicht, wenn ihn jemand als Stricher tituliert. Oftmals hält er sich allein durch das Tragen teurer Markenkleidung oder durch ein sehr gepflegtes Äußeres für etwas Besseres als seine Fachgenossen. Ein Edelstricher steckt sich fast ausnahmslos selbst das Etikett *Edel* an. Hierfür kann ihm als Begründung beispielsweise auch eine höhere Schulbildung dienen. Auch alternde Stricher versuchen sich häufig als vermeintliche

Edelstricher an den Mann zu bringen. *(siehe auch unter: Alternder Stricher)* Als Freier sollte man von einem selbst ernannten Edelstricher allerdings nicht unbedingt mehr Spaß und Einsatz erwarten. Häufig ist sogar eher vom Gegenteil auszugehen! Eine andere Form des Edelstrichers ist die, wenn ein Model wirklich überragend gut aussieht, und deshalb bei den Freiern besonders hoch im Kurs steht, worauf es in der Regel schnell mit entsprechendem Verhalten sowie einem angepassten Preisniveau reagiert. Allerdings ist die erste Form des Edelstrichers weitaus häufiger anzutreffen, wenngleich sich hiervon wiederum die Mehrheit unbedingt der zweiten Form angehörig fühlt.

## DER BESCHAFFUNGSSTRICHER

Wenn man von Beschaffungsstrichern spricht, so meint man für gewöhnlich heroinabhängige Stricher. Doch streng genommen müsste man auch all jene Stricher hinzuzählen, die vordergründig anschaffen gehen, um dadurch z.B. ihre Alkohol, Kokain- oder Spielsucht zu finanzieren. Bleiben wir aber bei den heroinabhängigen Strichern. Viele Freier versuchen einem Stricher anzusehen, ob dieser Heroin konsumiert oder nicht! Dies ist allerdings nicht so einfach, wie man es sich eventuell vorstellt. Wenn ein Heroinsüchtiger nämlich relativ niedrig dosiert ist, ist es nicht gesagt, dass man ihm seine Sucht anmerkt bzw. Wesensveränderungen an ihm feststellt. Einige Freier überprüfen Stricher z.B. auf Einstiche in der Armbeuge. Und werden sie an dieser Stelle nicht fündig, so sind sie der Meinung, dass der Stricher clean ist. Tatsächlich aber suchen sich heroinabhängige Stricher Injektionsstellen, die ein Freier nicht so schnell ausmachen kann, z.B. in der Wadengegend, da sie wissen, dass sie als Junkie bei Freiern weniger Chancen haben. Ob man einem Stricher seine Heroinsucht letztlich ansieht, hängt auch stark davon ab, ob dieser einen festen Wohnsitz hat und/oder er bereits unter Nahrungsmangelerscheinungen leidet. Die augenscheinlichen Veränderungen bei einem Heroinabhängigen sind für Außenstehende meist die bläßliche, unreine Haut. Zudem gesellen sich im Verlaufe der Sucht, und bei höherer Dosierung, meist auch Gang- und Sprachstörungen hinzu sowie der teilweise oder auch vollständige Verlust der Libido. Außerdem ist in vielen Fällen eine zunehmende Abnahme der körperlichen Hygiene zu beobachten. Beschaffungsstricher bilden das schwächste Glied, in der Kette der männlichen Prostitution. Die Mehrheit der Beschaffungsstricher ist übrigens nicht homosexuell veranlagt. Und dass es insbesondere mit Beschaffungsstrichern zu Zwischenfällen kommt, wie z.B., dass Freier von ihnen *abgezogen* werden, ist gleich aus mehreren Gründen wenig verwunderlich. Zum einen leiden Beschaffungsstricher auf Grund ihrer Sucht fast immer unter akuter Geldnot. Kommen dann noch Entzugserscheinungen hinzu, sind sie oft zu allem bereit und in ihren Handlungen bisweilen unberechenbar. Außerdem versuchen viele Billigfreier die Notsituation dieser Stricher auszunutzen. Zudem kommen etliche Freier mit extrem perversen Sexwünschen vor allem zu Beschaffungsstrichern. Diese Punkte erklären u.a. die vielen negativen Auffälligkeiten von Beschaffungsstrichern gegenüber ihren Freiern. Etliche Freier wünschen sich übrigens gerade von Beschaffungsstrichern ungeschützten Sex. Entweder verdrängen diese Freier das hohe Risiko, auf das sie sich dabei einlassen oder aber sie suchen gerade eben diesen Kick! Und Stricher, die auf das Geld angewiesen sind, willigen bei diesem russischen Roulette häufig ein.

## DER KIND- UND KNABENSTRICHER

Viele Stricher beginnen ihre Stricherlaufbahn bereits im Kinder- oder Knabenalter, also zwischen ihrem 11. bis 14. Lebensjahr. Dabei gelten soziale Umstände generell als Auslöser für derartige Entwicklungsgeschichten. Kindstricher stammen größtenteils aus gestörten Familienverhältnissen; so z.B. aus unterprivilegierten Familienbündnissen. Häufig spielt in den Familien dieser Kinder Alkoholmissbrauch oder Gewalt eine bedeutende Rolle. Auch handelt es sich oftmals um Heimkinder, die ihre psychosozialen Mängel auf dem Strich auszugleichen versuchen. Mitunter liegt auch ein sexueller Missbrauch in der frühen Kindheit vor.
Minderjährige Stricher gehen fast ausschließlich an Bahnhöfen anschaffen oder aber werden durch Mittelsmänner an interessierte Freier vermittelt. Kind- und Knabenstricher sind vor allem für Päderasten und Pädophile interessant. Allerdings werden Knabenstricher auch hin und wieder von *normalen* Freiern gebucht. Und die Erfahrungen zeigen hierbei, dass nicht jeder Freier, der je mit einem Knabenstricher sexuellen Verkehr hatte, damit gleich dem doch eher überschaubaren Kreis der Päderasten und Pädophilen zuzuschreiben ist. Übrigens existieren in Deutschland insbesondere in Berlin, Frankfurt und Hamburg verdeckte größere Kinderstriche.
Kind- und Knabenstricher sind nicht allein auf Grund ihrer unfertigen, stark beeinflussbaren Persönlichkeit in ihrer weiteren Entwicklung gefährdet! Je früher ein Junge z.B. anschaffen geht, desto schwieriger

gestaltet sich für ihn eine spätere soziale Integration. Eine weitere Gefahr für Kind- und Knabenstricher ist die, dass viele von ihnen kaum oder gar keinen Wert auf Safer-Sex-Maßnahmen legen, da sie die Risiken und Konsequenzen oft noch nicht richtig einzuschätzen wissen. Und leider suchen viele Freier, die auf minderjährige Stricher stehen, Sex ohne Gummi, und nutzen die mangelnde Vorsicht der sehr jungen Stricher häufig aus. Und zu guter Letzt sei erwähnt, dass ein hoher Prozentsatz der Kind- und Knabenstricher in Suchtkarrieren abrutschen.

## DER ALTERNDE STRICHER

Was für einen Profisportler bezüglich seines Karriereendes gilt, kann man auch für einen Stricher stehen lassen. Niemals sollte dieser den richtigen Zeitpunkt verpassen, um von der Bühne abzutreten! Doch was einen Stricher gemeinhin von einem Profisportler (neben unzähligen anderen Dingen auch) unterscheidet, ist, dass Profisportler in ihrer Laufbahn meist so viel Geld zusammengerafft haben, dass ihnen der Abgang im Gegensatz zu einem käuflichen Liebesdiener leicht fällt. Zwar verdient auch ein Stricher in seiner *Karriere* ein kleines Vermögen, nur tut er dies unter ganz anderen Voraussetzungen. So setzen die meisten Stricher ihre Erträge sofort in Nahrung, neue Klamotten, Luxus- oder Suchtgüter um. Und viele Stricher haben keine eigene Wohnung und sind gezwungen, ein teures Leben auf der Straße zu führen. Wiederum andere Prostituierte reisen von Stadt zu Stadt, von Land zu Land, und verbrauchen so einen großen Teil ihres Geldes für Reisekosten und Hotelübernachtungen. Zudem können viele Stricher nicht oder aber nur sehr schlecht mit Geld umgehen, auf Grund dessen, dass sie aus gestörten Familienverhältnissen stammen, und sie der richtige Umgang damit nie gelehrt wurde. Die meisten Stricher können Geld z.B. nicht lange bei sich behalten. Fast zwanghaft müssen sie es für irgendetwas (meist wenig Sinnvolles) ausgeben. So kaufen Stricher häufig irgendwelche vermeintlichen Luxusgüter, meist um damit ihr angeknackstes Ego aufzupolieren. Und nicht zuletzt stecken Stricher oder Callboys sehr viel Geld in Freizeitvergnügungen (Kino, Disco, Reisen). Ein alternder Stricher erkennt in der Regel, dass seine goldene Zeit vorüber ist, doch weigert er sich häufig, daraus die nötige Konsequenz zu ziehen, nämlich von sich aus, halbwegs würdevoll, von der Bühne abzutreten. Dieses ignorante Verhalten gegenüber einer unausweichlichen Tatsache ist ein höchst selbstzerstörerischer Akt, dennoch aber ist diese Reaktion nachvollziehbar. Viele Stricher haben schließlich jahrelang (einige zehn Jahre und länger) angeschafft. Sie können sich überhaupt nichts anderes vorstellen, als auf den Strich zu gehen, denn dieser ist zu ihrem Lebensinhalt, ihrer Heimat geworden! Oftmals haben sie während ihrer Zeit als Stricher auch jegliche gesellschaftliche Bindung verloren und sind nunmehr schwer resozialisierbar. Aus diesen sowie anderen Gründen weigern sich etliche Stricher, der Wahrheit ins Gesicht zu sehen und versuchen es statt dessen lieber mit der Vogel-Strauß Technik. Anfänglich kompensieren sie ihre Verdienstausfälle, indem sie z.B. längere Schichten schieben oder aber in immer kürzeren Abständen ihre Arbeitsplattformen wechseln. Wenn auch diese Maßnahme nicht mehr greift, folgt häufig der Abstieg in immer schäbigere Boypuffs, bis sie schließlich auf Bahnhöfen anschaffen, falls hier nicht bereits von Anfang an ihr Hauptbetätigungsfeld lag. Zudem nehmen viele alternde Stricher nunmehr auch die Freier an, die sie in ihrer Blütezeit noch haben abblitzen lassen, vorausgesetzt, dass diese nun noch an ihnen interessiert sind. Auch werden alternde Stricher zunehmend dazu gezwungen, ihre Sexpalette gegenüber dem Nachwuchs zu erweitern, um im Geschäft zu bleiben. Einige von ihnen versuchen in der Not umsatteln. Und nennen sich Edelstricher *(siehe unter: Edelstricher)*. Dabei lautet ihre Milchmädchenrechnung: Wenn immer weniger Freier Interesse an mir zeigen, so müssen die wenigen Verbliebenen für die Fortgebliebenen quasi mit bezahlen. Diese Rechnung geht selbstredend eigentlich nie auf! Einen zweiten Frühling erlebt ein Stricher meist allein dann, wenn er auf Callboy *(siehe unter Callboy-Stricher)* umsattelt. Denn während für einen Stricher auf dem Bahnhof meistens bereits mit Anfang zwanzig Schicht ist, in den Bars etwa bei Mitte zwanzig die Haltbarkeitsgrenze liegt, kann er hingegen (schlanker oder athletischer Körperbau vorausgesetzt) selbst noch als dreißigjähriger Callboy genügend Geld verdienen. Und wird er schließlich sogar als Callboy zu alt, so bleibt ihm nur noch die Flucht in die Sado-Maso-Ecke, wo er noch als Vierzigjähriger seinen Kundenstamm finden kann. Doch dies ist die absolute Ausnahme! In aller Regel sind Stricher nach zwei bis vier Jahren verheizt, und verbleiben dann entweder als Tresenkräfte, Türsteher, Vermittler, Zuhälter, Laufburschen oder Handlanger im Milieu oder aber steigen ganz aus der Szene aus, um, so eine amerikanische Studie, vielfach, ins soziale Abseits zu geraten.

# DER CALLBOY (STRICHER)

*An diesem Punkt nochmals folgender Hinweis: Innerhalb dieser Dokumentation kommt es immer wieder vor, dass entweder von Callboys oder von Strichern die Rede ist, obgleich in vielen Fällen beide gleichermaßen angesprochen sein sollen. Ich bitte dies zu berücksichtigen!*

Callboys bieten ihre Dienste entweder in einem speziell für ihre Tätigkeit angemieteten Appartement an, oder aber sie empfangen ihre Freier in der eigenen Wohnung. Um potenzielle Freier anzusprechen, muss ein Callboy für sich und seine Dienste werben. In der Regel tut er dies durch Anzeigenschaltungen in gebietsbezogenen Tages- oder Monatszeitungen *(Morgenpost, Tipp, Oxmox etc.)*. Was viele Außenstehende nicht wissen werden, ist, dass ein Callboy, der z.B. täglich, mit gerade einmal sechzig bis achtzig Zeichen (Buchstaben) in einer Stadtzeitung wie beispielsweise der *Hamburger Morgenpost* für sich wirbt, monatlich etwa 1000-1300 Mark dafür aufzubringen hat. Ein ganz schöner Batzen Geld, auch für einen Callboy, der selten mehr als 6000.- Mark monatlich zusammen bringt. So schalten Callboys und Stricher z.B. Anzeigen in schwulen Magazinen. Des Weiteren inserieren sie in ausgewiesenen Callboyführern, die in einschlägigen Pornoshops erhältlich sind. *Achtung: Diese Führer lassen oftmals die Aktualität vermissen!* Und dann wäre da noch das Werbemedium Internet. Callboys wie auch Stricher nutzen diese Oberfläche zunehmend, um einen Kontakt zu Freiern herzustellen. Die Internetwerbung ist für Callboys nicht nur die günstigste Werbemöglichkeit, sondern zugleich auch die innovativste und aussagefähigste Alternative, falls die Möglichkeiten dieses Mediums ausreichend ausgeschöpft werden! Interessierten Freiern bietet die Modelsuche über Internet ebenfalls viele Vorteile: Sie benötigen lediglich einen Internetzugang und müssen dann z.B. über eine der vielen Suchmaschinen Begriffe wie: *Callboy, Begleitservice, Stricher oder Boyclub* etc. eingeben. In Sekundenschnelle erhalten sie daraufhin unzählige Verzweigungsmöglichkeiten auf private Homepages, Callboyvermittlungen oder andere verwandte Services. In aller Ruhe kann sich der Freier aus dem großen, mitunter etwas undurchsichtigen Angebot nun das passende Model für sich heraus filtern. Im Internet warten Callboys und Stricher für gewöhnlich mit sehr detaillierten Informationen über sich auf, so z.B. mit herunterladbare(n) Farbfoto(s) oder umfangreichen Angaben zu Person, Leistungsumfang sowie Preisvorstellungen etc. Eine derart informative Präsentation ist in den herkömmlichen

Printmedien kaum umzusetzen und zudem unbezahlbar! Über Internet besteht für den Freier außerdem zumeist die Möglichkeit, einen Schnellkontakt über eine, vom Model mit angegebene E-Mail oder Telefonnummer, aufzunehmen. Manche Callboys bieten außerdem Privatchats (Onlinesex) für ihre Kunden an. Das größte Problem bei alledem ist nur, dass sich insbesondere ältere Leute als Internetmuffel erweisen. Und was nutzt den Models die tollste Werbeoberfläche, wenn ihre potenzielle Kundenschicht diese so wenig wahrnimmt?
Die Preise für einen Besuch bei einem Callboy sind u.a. von den Sexwünschen des Freiers, dem Einzugsgebiet sowie der Dauer des Aufenthalts abhängig. Im Bundesdurchschnitt liegen die Preisvorstellungen der Callboys bei circa 150-250 Mark. Meist gelten diese Preise für eine Stunde Amüsement. Gegen Aufpreis bieten viele Models zudem auch Haus- oder Hotelbesuche an. Die Klientel eines Callboys unterscheidet sich deutlich z.B. von dem eines Bahnhofsstrichers, wenngleich es natürlich auch Freier gibt, die sich sowohl in Bars, auf Bahnhöfen als auch bei Callboys bedienen lassen. Callboys haben es von allen *Strichertypen* am häufigsten mit verheirateten Männern zu tun und solchen, die nie in ihrem Leben in der schwulen Szene verkehrt haben, noch vorhaben, dies zu tun. Zudem sind Callboys im Durchschnitt deutlich älter (ca. 25-35 Jahre) als etwa Bahnhofs- oder Barstricher, auch wenn sich die meisten von ihnen in ihren Anzeigen oder aber am Telefon deutlich *jünger machen*. Viele Callboys haben eine Stricherkarriere hinter sich und waren des Stricherdaseins auf der Straße entweder überdrüssig oder sie wurden schlichtweg zu alt für den Bahnhof oder aber das Anschaffen in den Stricherbars. Die wenigsten Boys schaffen allerdings den *Karrieresprung* vom Stricher zum Callboy.

# Acht verschiedene Freiertypen

Hinweis:
Im folgenden Abschnitt ist lediglich von speziellen Freiertypen die Rede; der ganz gewöhnliche Freier, ohne nennenswerte Besonderheiten, findet in diesem Teil hingegen keine Berücksichtigung!

# DER FREIER, DER ES AM LIEBSTEN UMSONST WILL
# - DER BILLIGFREIER -

Am häufigsten trifft man diesen Freiertyp auf Bahnhofsstrichen oder in schäbigen Stricherabsteigen, weil die (finanzielle) Not der Prostituierten dort für gewöhnlich am größten ist, und seine niederträchtige Masche an diesen Plätzen somit am ehesten zum Erfolg führt. Doch die von Strichern abfällig als Billig- oder Groschenfreier titulierten Kunden verkehren auch in niveauvollen Boyclubs oder bei Callboys. Dieses Exemplar eines Freiers tritt einem Stricher meist sehr geringschätzig oder gewollt desinteressiert gegenüber. Seine Gestik und Mimik sollen u.a. signalisieren: *"Ich brauche dich nicht!", "Was bist du schon wert?"; "Bilde dir bloß nichts auf dein Aussehen ein!"; "Wer braucht hier wohl wen?"* Wenn dieser Freiertyp mit einem Stricher spricht, lässt er sich dabei kaum zu Gefühlsausbrüchen hinreißen, da diese vom Stricher als Aufwertung (miss-)verstanden werden könnten. Aus diesem Grund spricht dieser Freier Stricher gern auf deren negative (Lebens-)Situation an oder aber grast diese nach irgendwelchen vermeintlichen Mängeln ab. Dies alles soll allein dem Preisdumping dienen! Oft vergleichen Billigfreier käufliche Boys mit anderen an- wie auch abwesenden Strichern und sprechen dabei ganz gezielt deren vermeintlichen Vorteile an. Ist man als Stricher z.B. von kleiner Statur, verherrlicht dieser Freier große Boys; ist man bereits älter, singt er ein Loblied auf die Jugend; hat man helle Haut; sind ihm dunkelhäutige Modelle eigentlich lieber, und so weiter. Gerne berichtet er auch von Strichern, die für wenig oder gar kein Geld zu haben sind. Billigfreier sind beileibe keine Seltenheit, und bei Beschaffungsstrichern wächst sich diese Spezies sogar zu einer wahren Plage aus, denn hier können sie ihr unmenschliches Preisdumping eiskalt durchziehen. In Boybars kommen sie häufig zu nächtlicher Stunde bzw. kurz vor Morgengrauen. Dann stürzen sie sich wie Hyänen auf lahmende *Jungtiere*, um diese möglichst mit geringstem (Geld)Aufwand zu erlegen. Mitunter bieten sie dem Stricher lediglich ein warmes Bett, um billigst an sein Fleisch zu gelangen.

# DER FREIER, DER NIE ZUFRIEDEN ZU STELLEN IST
# - DER DAUERNÖRGLER -

Trägt ein Stricher einen übergroßen Schwengel spazieren und ist zudem noch mit einem knackigen Arsch beschenkt, so stört den Dauernörgler womöglich dessen Beinbehaarung. Ist ein Stricher am ganzen Körper unbehaart, so missfällt dieser Spezies möglicherweise das etwas zu maskuline Gesicht oder aber die Art und Weise, wie der Stricher seine Augen aufschlägt. Wünscht er sich einen jungen Boy, so beanstandet er im Nachhinein dessen Unerfahrenheit. Spritzt ein Stricher, ist es ihm nicht weit genug. Stöhnt ein Stricher, klingt es ihm zu unecht. Und räkelt sich der Liebesjunge unter seinen Berührungen, dann tut er es in seinen Augen zu heftig, zu lasch oder aber zu ungelenk. Und richtig blasen kann seines Erachtens ohnehin kein Stricher! *Kurz gesagt:* Seiner Meinung nach muss der perfekte Stricher erst noch geboren werden! Freier, die andauernd etwas zu nörgeln haben, sind oftmals sexuell total übersättigt! Als Stricher kann man sich da häufig noch so sehr abmühen, dieser Freiertyp bleibt dennoch unzufrieden.

*Tipp an den Stricher*: Bei diesen Freiern ist weniger Einsatz oft mehr! Dies sollte ihm quasi als Erziehungsmethode verabreicht werden, um ihn wieder auf den rechten Weg zu bringen! Ich habe Freier erlebt, die z.B. nur noch dann abspritzen konnten, wenn sie drei Stricher gleichzeitig bei sich hatten. Diese mussten dann die gesamte Klaviatur an Sex rauf- und runter spielen, und selbst das brachte diese Freier kaum in Wallung. Natürlich aber ist nicht jeder nörgelnde Freier immer ein sexsüchtiger, übersättigter Freier. Und auch sind nicht alle Freier, die einem Stricher gegenüber Kritik üben, als Nörgler zu bezeichnen! Das größte Missverständnis ist meistens das, dass viele Freier sich von einem Arrangement mit einem Stricher insgeheim mehr erhoffen, als dieser ihnen normalerweise bieten kann, weshalb manche im Nachhinein enttäuscht sind. Dies führt bei einigen sogar dazu, dass sie direkt nach dem Akt mit einem Stricher eine kurzlebige, depressive Verstimmung überfällt. Einige werden dann derart brummig und wortkarg, dass sie das Honorar für den Jungen ähnlich einem Bußgeld zahlen.

## DER FREIER, DER SICH NIE ENTSCHEIDEN KANN - DER UNENTSCHLOSSENE UND ÄNGSTLICHE -

Fiebrig läuft diese Spezies, wieder und wieder, all die Plätze an Bahnhöfen ab, an denen Stricher ihren Körper zum Verkauf anbieten. Auch kann man diesen Freiertyp häufig dabei beobachten, wie er rast- und ruhelos in Boybars einkehrt und sich dort, meist etwas abseits, einen Überblick verschafft. Das Zwiespältige steht diesen Freiern oft im Gesicht geschrieben. Gierig wie gleichsam befangen spannen ihre Augen nach dem fleischlichen Angebot. Unaufhörlich versuchen ihre Blicke irgendwo *den* Traumtypen zu erhaschen, von dem sie wahrscheinlich selbst nicht so genau wissen, wie dieser eigentlich auszusehen hat. Und wenn sie einen Stricher oder Callboy gefunden haben sollten, der ihren Ansprüchen genügen könnte, bleibt dieser Freiertyp seiner Unentschlossenheit und Ängstlichkeit in der Regel selbst dann noch treu! Ständig wägt er ab zwischen Lust und Kosten, Befriedigung und Risiko, Erfüllung und Enttäuschung, und so weiter. Und dann entscheidet er sich meist doch nur, die Entscheidung für oder gegen einen Stricher erst einmal zu vertagen! Sieht ein solcher Freier beispielsweise einen Jungen am Bahnhof stehen, der ihm optisch zusagt, zieht er es meist vor, an dem Jungen vorüber zu ziehen, schließlich könnte dieser sich im Nachhinein als ein Abzocker entpuppen oder aber aus anderen Gründen sein Geld nicht wert sein. Mit diesen oder ähnlichen Gefühlen befangen, läuft er unzählige Male an dem begehrlichen Objekt vorbei, bis es ihm ein anderer Freier vor der Nase wegschnappt. Wer nun aber glaubt, dass ihn dieses Erlebnis aufrüttelt, der hat sich getäuscht! Eine solche Erfahrung verstärkt die Unentschlossenheit dieses Typus meist zusätzlich, weshalb er das nächste Mal noch zurückhaltender ans Werk gehen wird. In Bars benötigt dieser Freiertyp schon mal zehn Versuche und mehr, ehe er sich zumindest getraut, einen Stricher anzusprechen. Doch damit ist noch längst nichts erreicht! Kommt nämlich seitens eines Strichers eine falsche Bemerkung, ein unüberlegtes Wort nur, so ergreift dieser Freiertyp die Flucht. Jeder Stricher und Callboy bekommt mit diesem zaudernden Freiertyp zu tun. Ein ziemlich hoffnungsloser Fall brauchte einst mehr als ein Jahr, und wohl annähernd dreißig Versuche, ehe er sich endlich getraute, mich anzusprechen. Und ich hätte ihm diesen Schritt nicht abnehmen dürfen, sonst wäre er weggelaufen! Die zweite Annäherungsphase dauerte dann etwa ein weiteres halbes Jahr, ehe wir schließlich auf einem Stundenzimmer landeten, wo er sich mit

seiner Ängstlichkeit und Unschlüssigkeit die Nummer schlussendlich selbst versaut hatte. Solche Freier sind beileibe kein Einzelfall! Wie nennt man dieses Phänomen doch gleich: Das Heraufbeschwören eines negativen Vorfalls durch Eigensuggestion?
Auch Callboys haben mit etlichen, mitunter extrem unentschlossenen Freiern ihren Kampf auszutragen. Stundenlang blockieren diese ihre Telefonleitung, da sie der Kuh das Kalb abfragen bzw. dem Bullen den Schwanz! Am allerliebsten möchte dieser Freiertyp alle Eventualitäten vor einem Stelldichein mit einem Stricher oder Callboy ausgeschlossen wissen. Und wenn er sich doch einmal dazu durchringen konnte, eine Nummer anzugehen, zweifelt er sich meist bis zur bitteren Neige durch den Akt hindurch. Seine Hauptbefürchtung ist dabei meist die, dass seine Investition sich im Nachhinein als eine Fehlinvestition herausstellen könnte. Dabei versäumt diese Spezies allerdings häufig, ihre Ausgaben, die ihr auf Grund ihres zögerlichen Verhaltens entstehen, mit in ihre Berechnungen einzubeziehen! Letztendlich erstickt dieser Freiertyp durch sein Verhalten jegliche Lust bereits im Keim. Vielleicht sollte er sich zu Herzen nehmen, dass jeder Freier am besten damit beraten ist, von einem Stricher oder Callboy nicht allzu viel Gegenleistung für sein Geld zu erwarten. Alles andere schafft ohnehin nur überzogene Erwartungshaltungen und Blockaden auf beiden Seiten! Und wer wenig erwartet, ist leichter zu beglücken!

# DER FREIER, DER WEISS, WAS ER WILL
# - DER PROFESSIONELLE FREIER -

Dieser Freiertyp ist fast allen Strichern und Callboys der liebste Kunde, denn schließlich betreiben Models ihre Dienstleistung ja auch professionell, weshalb sie sich ihrerseits ebenfalls Freier wünschen, die ein mehr oder weniger *professionelles* Verhalten an den Tag legen. So ist z.B. etlichen Strichern die Schönfärberei seitens vieler Freier zuwider, wenn diese beispielsweise meinen, dass sie für Stricher nicht etwa Geld bezahlen, sondern ihnen allenfalls finanziell unter die Arme greifen. Dies ist in den Augen der meisten Models ein typisches Verhalten eines sich *unprofessionell* gebenden Freiers, wenn dieser sich z.B. nicht als das sehen will, was er nun einmal ist, wenn er sich einen Stricher kauft. Auch mögen es Stricher überhaupt nicht, wenn Freier käuflichen Jungen einzureden versuchen, dass diesen der Sex mit ihren Freiern im Grunde genommen doch Vergnügen bereitet, sie sich dieses nur nicht offen eingestehen mögen.

Ein professionell auftretender Freier weiß hingegen, wie und wo der Hase läuft! Und auch weiß er ziemlich genau, was er von einem Stricher erwarten kann und was nicht! Nicht wenige Stricher haben mit allzu *professionellen* (offensiven) Freiern allerdings ihre Probleme, so z.B. wenn diese ihnen ganz deutlich ihre sexuellen Wünsche und Preisvorstellungen offerieren. Wahrscheinlich auch deshalb, weil sie solche Freier weniger gewohnt sind.

Was ein jeder Freier sich an professionellem Verhalten aneignen sollte, wäre folgendes: Er sollte den Stricher nie als Ware ansehen; wohl aber das, was dieser ihm anbietet, als eine reine Dienstleistung! Und zwar eine Dienstleistung, die sich nicht bis ins Detail planen lässt! Strikte Forderungen schaffen in der Regel nur Blockaden oder Abwehrhaltungen seitens des Strichers oder Callboys. Zudem sollte ein professionell auftretender Freier seine Machtposition niemals missbrauchen, denn professionelles Verhalten heißt vor allem Verantwortung gegenüber dem Schwächeren, in diesem Fall dem Stricher, zu zeigen.

# DER FREIER, DER AUF GAR KEINEN FALL WIEDERKOMMT
# - DER EINWEGFREIER -

So sehr du dich als Stricher auch abmühst, dieser Freiertyp wird aller Wahrscheinlichkeit nicht wiederkommen! Sollte sich diese Situation dennoch einmal ergeben, so sollte der Stricher, wenn er mit einem solchen Freiertyp bereits in der Kiste gelandet ist, unter keinen Umständen erwähnen, dass sie beide schon einmal etwas miteinander hatten. Sonst darf der Stricher sich nicht wundern, wenn der Freier urplötzlich mit argen Potenzstörungen zu kämpfen hat. Für diesen Typus besteht der sexuelle Reiz meist nämlich allein im ständigen Wechsel! Sein Jagd- und Sammeltrieb lässt ihn ununterbrochen nach neuen Trophäen Ausschau halten. Und wurde der Stricher erst einmal von ihm *eingefangen und erlegt*, so schrumpft er in den Augen dieses Freiers schnell zur Bedeutungslosigkeit. Für ein Model gibt es die Möglichkeit, Einwegfreier als solche zu identifizieren. Verkehrt man z.B. häufiger in ein- und derselben Boybar, entlarvt man diese Spezies rasch und kann entsprechend mit ihnen verfahren. Für Stricher oder Callboys ist die Identifikation dieses Typus schon deshalb nicht uninteressant, weil, wenn man diese Freier im Vorfelde als das erkennt, was sie sind, sich unnütze Anstrengungen ersparen kann. Und tatsächlich straft sich ein Einwegfreier fortwährend durch seinen permanenten Wechsel am ehesten selbst. So waren während meiner Barzeit z.B. die meisten der *Einmal-und-nie-wieder-Freier* bei vielen Strichern ziemlich bekannt, und hatten unter ihrem Ruf als Einwegfreier zu leiden, da sich viele Stricher auf sie einstellten. *Das heißt:* In der Regel geben sich Stricher bei diesem Freiertyp wenig Mühe, was diese wiederum weiter dazu bestärkt, ihren Weg weiterzugehen, und sich stets nach neuen Strichern umzuschauen, um immer wieder einen neuen Kick zu erhalten, welcher zumeist allerdings ausbleibt. Übrigens stammt die Aussage: *"Ich komme bestimmt wieder!"*, wenn ein Freier sie bereits vor der Sexnummer äußert, in der Regel von einem Einwegfreier.

# DER FREIER, DER KEINER SEIN WILL
# - FREIER WIDER WILLEN -

Freier dieser Sorte sind im höchsten Maße Kräfte raubend. Einige ihrer Lieblingssätze sind: *"Also, ich bin eigentlich kein Freier genauso wenig wie du in meinen Augen ein Stricher bist!", "Ich habe es eigentlich gar nicht nötig, mir einen Stricher zu kaufen", "Sieh in mir einfach einen guten Freund!", "Du, ich mag es nicht, wenn wir so miteinander reden, als wären wir Freier und Stricher", "Ich hab noch nie für einen Jungen bezahlt."* etc. Wenn diese Freier wüssten, wie oft ein Stricher oder ein Callboy sich derartige Aussagen anhören muss, würde vielleicht der eine oder andere Freier diesbezüglich den Mund halten. Erschreckend ist, dass mindestens jeder dritte Freier von sich behauptet, eigentlich gar kein Freier zu sein! Zumindest gibt er Äußerungen von sich, die diesen Eindruck erwecken und untermauern könnten. Stricher und Callboys sind von den oben aufgeführten Aussagen in der Regel reichlich genervt, dennoch lassen sie sich auf dieses Spiel ein und reagieren darauf wiederum z.B. mit folgenden Aussagen: *"Du bist ganz anders als die meisten Freier", "Du bist mir einer meiner liebsten Freier", "Du, ich finde es auch nicht gut, dass ich Geld von dir nehmen muss"* etc. Häufig versucht der Stricher gegenüber diesem Freiertyp auch derbe Worte wie: *Freier, Stricher oder Anschaffen* zu vermeiden oder er ersetzt sie durch wohlklingendere Umschreibungen. Sollten einem Freier derartige Aussagen von einem Stricher schon einmal zu Ohren gekommen sein, sollte er sich eventuell einmal fragen, ob nicht womöglich er selbst es ist, der dem Stricher zu obigen Aussagen *(unbewusst)* animiert hat. Freiern, die keine Freier sein wollen, begegnet man im Milieu häufig, wenngleich sie sich in ihrem Auftreten auch stark voneinander unterscheiden. So will beispielsweise während des Aktes kaum ein Freier wissen bzw. daran erinnert werden, dass er für Sex zahlt. Viele Stricher verfahren übrigens nach einem ähnlichen Muster. Auch sie wollen nicht die sein, die sie sind! Und eben dieser geläufige Selbstbetrug innerhalb dieser Szene erklärt wohl auch die vielen, scheinbar aufrichtigen Beziehungen zwischen Strichern und Freiern.

## DER FREIER, DER AUF LIEBE MACHT - DER VERMEINTLICH VERLIEBTE FREIER -

Für mich war es stets das unheilvollste Gewand, in dem ein Freier vor mir in Erscheinung trat, wenn ich etwa am Tresen einer Stricherbar saß, und mir ein Freier, der mich vielleicht gerade einmal fünf Minuten kannte, ins Ohr säuselte, dass er sich in mich verliebt hätte. Noch schlimmer waren allerdings die Kunden, die beim Sex hören wollten, dass man sie liebt. Dies zu sagen, habe ich stets rigoros abgelehnt! Ich fand es schon entsetzlich genug, wenn mir einer dieser Freier seine groteske Form der Liebe darlegte, die meist allein genügte, ihn in sexuelle Verzückung zu versetzen. Bei einigen dieser liebestollen Freier spürte ich förmlich, wie sie die Vorstellung etwa, dass sie einen jeden Stricher dazu bringen konnten, *sie zu lieben,* in höchste Wonnen versetzte. Entweder sind gewisse Freier wirklich so naiv oder aber sie spielen ganz bewusst, eiskalt ihr heuchlerisches Falschspiel um die Liebe. Und anders lässt sich wohl kaum erklären, warum manche Freier meinen, ein Stricher könnte sich bereits nach einigen Minuten (wenn überhaupt) in sie verlieben. Und doch spielen viele Stricher das Spiel um das fälschliche Liebesgeplänkel mit. Ich bin mir allerdings ziemlich sicher, dass sich nicht ein einziger dieser Stricher, bei dem, was er in Gesellschaft jener Freier sagt und tut, wohl fühlt, gleich wieviel Geld er diesen mit seiner Liebesmasche auch aus der Tasche zu ziehen vermag. Ein Freier, der nur dann etwas mit einem Stricher anzufangen weiß, wenn er *auf Liebe macht*, ist eigentlich ein bedauernswerter Geselle, denn er belügt sich mehr noch, als dies ein Stricher für gewöhnlich tut, den er bei seinen Spielereien übrigens gleichfalls zu einer groben Lüge anstiftet. Meist weiß dieser Freiertyp um sein stümperhaft aufgebautes Lügengebilde, versucht es aber dennoch krampfhaft aufrecht zu erhalten. Nach dem Sex erwartet ihn dann meist das böse Erwachen, und die ganze Last seiner Selbsttäuschung fällt doppelt und dreifach auf ihn zurück. Dieser Freiertyp ist übrigens nicht mit dem nun folgenden Typus zu verwechseln, auch wenn gewisse Parallelen zueinander durchaus bestehen.

# DER FREIER, DER SICH IN EINEN STRICHER VERLIEBT
# - DER VERLIEBTE FREIER -

Der Liebe ist der Liebe Preis; doch wer für den Erhalt von wahrhaftigen Gefühlen Geld bezahlt, der zahlt nicht für Liebe, sondern lediglich für eine Illusion von Liebe!
In der homosexuellen Literatur ist immer wieder von Romanzen zwischen Knaben und Männern die Rede. Doch stammen diese Schriften fast ausschließlich aus der Feder älterer Männer, mit denen beim Schreiben häufig die sexuelle Fantasie durchgegangen ist. Zudem unterschlagen sie in ihren Aufzeichnungen oftmals etwas ganz Wesentliches, nämlich, dass sie für des Knabens Gefälligkeiten eine Opfergabe zu erbringen hatten - in Form von Geld oder anderen materiellen/gesellschaftlichen Vorteilen. Natürlich gibt es auch *normale* Romanzen zwischen Freiern und Strichern, z.B. wenn der Stricher unter einem ausgeprägten Vaterkomplex leidet. Doch nüchtern betrachtet hat die Liebe/Liebelei zwischen einem alten Freier und einem jungen Stricher kaum eine reelle Chance! Interessant ist, dass etliche Freier, falls man sie darauf anspricht, schon einmal eine Liebschaft/ Romanze/Affäre mit einem Stricher gehabt haben wollen. Tatsächlich handelt es sich dabei aber in fast allen Fällen um reine Einbahnstraßen-Verhältnisse, die viele Freier schlichtweg zu etwas aufzubauschen versuchen, was es niemals war, nämlich, eine von beiden Seiten aufrichtig geführte Liebesbeziehung! Für einen Freier ist es allerdings auch nicht immer ganz leicht, die Dinge so zu sehen, wie sie wirklich sind, und nicht etwa, wie sie zu sein scheinen, da die Mehrheit der Stricher und Callboys ihnen Gefühle und Liebe aus reinem Geschäftssinn vorspielen. Und warum? Meist sind es Stammfreier, die sich in einen Stricher verlieben. Und würde ein Stricher die Gefühle seines Stammkunden nicht erwidern oder diese wenigstens zulassen, kann er davon ausgehen, diesen als Kunden zu verlieren. Und da ein Stricher einen solchen finanziellen Verlust in der Regel nicht hinnehmen will, erwidert er des Freiers Liebesbekenntnisse, meist anhand von Lippenbekenntnissen. Oftmals scheint es verliebten Freiern sogar relativ egal zu sein, wie gut oder schlecht der Stricher seine Rolle als Geliebter und Verliebter spielt. So genügt es vielen verliebten Freiern, wenn der von ihnen angebetete Stricher allein ihren warmen Gefühlsregen empfängt. Doch allein das Erdulden von Gefühlen ist für einen Stricher schwierig, zumal eigentlich jeder Verliebte in irgendei-

ner Weise über kurz oder lang eine gewisse Gegenliebe erwartet. Dies wird jeder bestätigen können, der einmal von jemandem heiß umworben wurde, selbst aber nichts für diese Person empfunden hat. Was tut man in einem solchen Fall? Man sagt der betreffenden Person, dass man ihre Gefühle nicht erwidern kann. Ein Stricher tut dies aus oben erwähnten Gründen aber meistens nicht! Nun gibt es allerdings auch etliche Stricher, die es geradewegs darauf anlegen, dass sich ein Freier in sie verliebt, da sie sich hiervon gute Verdienstmöglichkeiten ausmalen, was häufig auch zutrifft! Mir ist es sowohl als Barstricher wie auch als Callboy passiert, dass sich Freier in mich verliebt haben. Das Fundament ihrer Liebe war übrigens stets meine Jugendlichkeit, auch wenn ein jeder von ihnen seine ganz eigenen Gründe aufzählte, warum er mich liebte. Fakt ist, dass sich keiner von ihnen in mich verguckt hätte, wäre ich zwanzig Jahre älter gewesen; oder um es drastischer auszudrücken: stände ich als ein Spiegelbild ihrer selbst vor ihnen! Ihrer Form von Liebe ging die körperliche Begierde stets voraus, wurde von ihr begleitet, von ihr aufrechterhalten, und durch sie erst manifestiert! Mich haben engere, emotionale Bindungen zu Freiern stets weitaus mehr belastet als gewöhnliche Sexnummern, und durch eben diese *menschlicheren* Verbindungen habe ich einen Teil meiner Liebesfähigkeit eingebüßt. Da ich ihre Liebe nie erwidern konnte, geschweige denn es wollte, habe ich mich immer weiter in mich selbst zurückgezogen. Und was sich ihnen, wie auch mir, als Liebesunfähigkeit darstellte, war tatsächlich eine kerngesunde Abwehrreaktion meines Körpers und Geistes gegenüber einer bestimmten Form ihrer Nähe. Als besonders schwierig habe ich empfunden, dass ich einige der Freier, die mich liebten, als Menschen durchaus gemocht habe. Und da ich sie nicht verletzen wollte, habe ich den Schmerz auf mich genommen, ehe ich begriff, dass es nur eine Lösung für mich geben konnte - nämlich mich ihrer Nähe zu entledigen.

# Aussagen von Strichern gegenüber Freiern, und was diese damit häufig wirklich ausdrücken wollen

## Aussage Nr. 1

"Wir lassen uns ausreichend Zeit."
oder:
"Ich schaue nicht so genau auf die Uhr."
oder auch:
"Wir treiben es, solange es uns beiden Spass macht!"

*Mit derartigen Aussagen verfolgt der Stricher mitunter folgende Interessen bzw. will tatsächlich damit zum Ausdruck bringen:*

a) Wir treiben es genau so lange, bis ich herausgefunden habe, wie ich dich auf dem schnellsten Wege zum Abspritzen kriege!

b) Im Schnitt benötigt ein Stricher für einen Freier gerade einmal 15-25 Minuten; Vorgespräch nicht inbegriffen! Allein schon deshalb können Stricher mit Zusagen darüber, sich beim Sex ausreichend Zeit zu lassen, sehr großzügig umgehen, da nämlich das Zeitkontingent ohnehin nur in den seltensten Fällen voll ausgeschöpft wird.

c) Wenn ein Stricher gegenüber einem Freier meint, dass sie solange miteinander Sex haben können, wie es beiden Spaß macht, so sollte sich der Freier lieber nicht auf eine endlose Session einstellen. Wenn es nämlich nach Meinung der meisten Stricher geht, ist ihnen der Spaß bereits nach zehn Sekunden vergangen; das ist die Zeit, um die Geldübergabe über die Bühne zu bringen! Gleich ob nun obige Versprechen abgegeben werden oder nicht, im Endeffekt entscheidet ohnehin allein der Stricher darüber, wann der Spaß aufhört, nämlich dann, wenn **er** keine Lust mehr hat. Und das kann schneller der Fall sein, als es einem Freier lieb sein dürfte!

**Hierzu Verhaltenstipps für den Freier:**
Ein Stricher wird einem Freier, wenn dieser ihn nach der Zeit fragt, die sie für das vereinbarte Honorar miteinander verbringen können, entweder eine konkrete Zeitspanne angeben (als Richtzeit gelten zwischen 30 bis 60 Minuten) oder aber diesen z.B. mit oben angeführten Aussagen füttern. Mit derart unpräzisen Angaben über die Dauer des Arrangement sollte sich ein Freier allerdings nicht zufrieden geben! Achtung: Während Stricher die Zeit der Kontaktaufnahme (Vorgespräch) in der Regel nicht mit in ihre Zeitberechnung einbeziehen, so ist dies bei vielen Callboys hingegen gängige Praxis! Das

heißt: Sobald man als Freier deren Appartement betritt, läuft die Uhr! Bei aller Rechnerei sollte man als Freier dennoch nicht den Fehler begehen und auf rigide Einhaltung einer zuvor vereinbarten Zeit bestehen! Vordergründig sollte jeder Freier darauf bedacht sein, seine Befriedigung zu finden. Also, bloß nicht den Zeitpunkt für den Samenerguss nur deshalb zehn Minuten in die Länge ziehen, weil man schließlich für ein Mehr an Zeit bezahlt hat. Dann könnte man sich nämlich gleich eine Eieruhr neben das Bett stellen! Und genau dies hat einer meiner Freier tatsächlich einmal fertig gebracht.

## Aussage Nr. 2

"Ich habe keine Tabus!"

oder:

"Wir können alles miteinander machen!"

*Mit derartigen Aussagen verfolgt der Stricher mitunter folgende Interessen bzw. will tatsächlich damit zum Ausdruck bringen:*

a) Ein Stricher ist vordergründig natürlich darauf aus sich zu verkaufen! Und wie erreicht er dies am besten? Indem er, getreu der Werbung, mehr verspricht als er halten kann! So hat jeder Stricher selbstverständlich Tabus; was letztlich auch im Interesse eines jeden Freiers sein sollte!

b) Viele Stricher, die vollmundig verkünden, dass sie wirklich für alles zu haben sind, entpuppen sie im Nachhinein als reinste Verbalerotiker. Sie ködern Freier mit leeren Versprechungen und Worthülsen. Diese Stricher verkehren selten über einen längeren Zeitraum in derselben Bar oder Stadt. Als Callboy wechseln sie häufig Namen und ggf. auch ihre Telefonnummer aus, da Freier sie nicht unbedingt in bester Erinnerung behalten.

c) Findet man obige Aussagen in der Zeitungsannonce eines Models, bedeutet dies meist ebenfalls nur: Ich habe keinerlei Tabus; allerdings nur in Bezug darauf, dir die größten Märchen aufzutischen!

**Hierzu Verhaltenstipps für den Freier:**
Jeder Freier wird sich hoffentlich darüber im Klaren sein, dass jeder Stricher Tabus hat. Kommt ein Stricher mit der Floskel: "Ich mache alles mit!", so sollte der Freier keine Hemmungen haben, diesem die eigenen Wünsche offen darzulegen. Dann wird sich ja herausstellen, ob der tabulose Jüngling wirklich so tabulos ist! Auch kann man sich als Freier durchaus einmal den Spaß machen, und von einem angeblich tabulosen Stricher die unmöglichsten Dinge verlangen. Rasch wird dieser sein vollmundiges Versprechen relativieren.

## Aussage Nr. 3

"Natürlich bin ich gesund!"

oder:

"Du musst keine Angst haben!
Ich lasse mich ständig testen."

*Mit derartigen Aussagen verfolgt der Stricher mitunter folgende Interessen bzw. will tatsächlich damit zum Ausdruck bringen:*

a) Meistens ist ein Freier nicht ganz unschuldig, wenn er mit obigen Aussagen konfrontiert wird. So hat er einem Stricher oder Callboy zuvor womöglich reichlich überflüssige Fragen gestellt, wie etwa: *"Bist du gesund?"*, oder: *"Du hast doch nicht etwa Aids oder andere Geschlechtskrankheiten?"* Was erwartet er? Auf derartige Fragen wird er kaum mehr als oben stehende oder artverwandte Antworten erhalten, denn vor allem ein infizierter Stricher wird von sich fast immer behaupten, gesund (sauber) zu sein.

b) Oft setzen Stricher sogar noch einen drauf, um den Freier, was den eigenen Gesundheitszustand angeht, zu beruhigen. So behaupten sie, dass sie sich ständig testen lassen! Auch erzählen manche Stricher, dass sie gerade erst vor wenigen Tagen oder Wochen einen Aidstest (richtige Bezeichnung lautet eigentlich HIV-Test) bei sich haben durchführen lassen. Viele Stricher wiegen einen Freier auch dadurch in Sicherheit, indem sie vorgeben, dass sie ausschließlich Safersex betreiben, gleich ob dieses nun zutrifft oder nicht!

**Hierzu Verhaltenstipps für den Freier:**
Ein Freier kann sich Fragen nach Geschlechtskrankheiten im Grunde genommen sparen, denn ein infiziertes/krankes Model wird seine Infektion kaum kundtun, da sich ein solches Outing in Windeseile herumsprechen würde, wodurch ihm seine Existenzgrundlage entzogen wäre. Außerdem wissen die wenigsten Stricher und Callboys, ob sie Aids oder andere Geschlechtskrankheiten haben. Lediglich ein geringer Prozentsatz (die Gesundheitsbehörde schätzt ihn auf knapp über 10 Prozent) hat jemals einen Gesundheitscheck (HIV, Hepatitis etc.) bei sich durchführen lassen. Und damit wären wir bei der Beruhigungstaktik: Erzählt ein Stricher beispielsweise, dass er erst vor kurzem einen Test hat machen lassen, dann sollte ein Freier sich das Ergebnis hiervon, und zwar zusammen mit dem Personalausweis (um

die persönlichen Daten miteinander abzugleichen) vorzeigen lassen. Und siehe da: Diesen Nachweis werden nur wenige Stricher erbringen können! Und auf mündliche Aussagen sollte man sich niemals verlassen! Aber nun einmal in die andere Richtung gefragt: Wie viele Freier können denn von sich schon behaupten, dass sie sich regelmäßig testen lassen? Wann hast z.B. du, der dies hier liest, dich zum letzten Mal auf HIV oder Hepatitis durchchecken lassen? Hast du dich überhaupt jemals einem Check-up unterzogen? Es gilt zu beachten: Homosexuelle gelten generell als Risikogruppe; Stricher und Callboys sind sogar außerordentlich gefährdet und somit natürlich auch ihre Freier! Allerdings kann man sich obige Frage- und Antwortspiele aus einem ganz einfachen, einleuchtenden Grund heraus ersparen, indem man nämlich immer Safersex praktiziert!

## Aussage Nr. 4

"Die Nummer mit mir wirst du so schnell
nicht wieder vergessen!"
oder:
"Ich bin der Beste, den du kriegen kannst!"

*Mit derartigen Aussagen verfolgt der Stricher mitunter folgende Interessen bzw. will tatsächlich damit zum Ausdruck bringen:*

a) Hinter derartigen Aussagen verstecken sich häufig Sprücheklopfer, die den Freier mit Worten zu ködern versuchen. Alles was der Freier begehrt, haben sie selbstverständlich in ihrem Repertoire. Neben obigen Floskeln gehören zu ihren angewandten Locksprüchen auch: *"Klar kannst du das von mir haben!", "Das ist kein Problem für mich!", "Du kriegst von mir all das, wovon du schon immer geträumt hast!"* etc.

b) Es finden sich freilich auch genügend Stricher, bei denen sich diese Art der Anmache im Nachhinein nicht als eine leere Versprechung herausstellt. Diese gehen einfach auf all jene Freier ein, die sich deftige, vollmundige Annäherungen und Versprechungen von einem Stricher wünschen. Und mitunter versteht ein Stricher es auch, einen Freier mit obigen Aussagen in die Enge zu treiben: "Merkst du es nicht? Du hast doch gar keine andere Wahl als mich zu nehmen!", könnten diese dann bedeuten.

**Hierzu Verhaltenstipps für den Freier:**
Mit den ruhigeren Vertretern des Genres ist man als Freier in aller Regel besser beraten als mit allzu markigen Sprüche klopfern, die sich im Bett nur allzu häufig als Totalausfälle oder Abzocker bloßstellen. Doch sollte man auch sagen, wenn ein Freier sich von ein paar markigen Standardsätzen (siehe oben) dermaßen leicht einfangen lässt, er dafür dann eben auch ein entsprechendes Lehrgeld zahlen muss!

## Aussage Nr. 5
"Mein Schwanz ist etwa 20 Zentimeter gross."
oder:
"Ich bin überdurchschnittlich bestückt."

*Mit derartigen Aussagen verfolgt der Stricher mitunter folgende Interessen bzw. will tatsächlich damit zum Ausdruck bringen:*

a) Die meisten Freier wünschen sich Stricher oder Callboys mit einem großen Schwanz. Und da der Kunde erfahrungsgemäß König ist, erfüllen männliche Prostituierte ihm diesen Wunsch auch; zumindest verbal! Fragt man einen Callboy oder Stricher nämlich nach der Länge seines besten Stücks, so wird dieser selten eine Zahl von unter zwanzig Zentimetern angeben, gleich wie lang sein Glied tatsächlich ist.

b) Gibt ein Stricher zu Protokoll, dass er überdurchschnittlich bestückt ist, so kann man als Freier meist davon ausgehen, dass dieser zumindest normal ausgestattet ist!

**Hierzu Verhaltenstipps für den Freier:**
Es sollte jedem Freier seltsam erscheinen, dass das erigierte Glied eines deutschen Mannes in der Regel zwischen 14-18 Zentimeter (Quelle: GAYLEX, Himmelstürmer Verlag) misst, gleichzeitig aber über 90% der Stricher, nach eigenen Angaben, besser ausgestattet sein wollen. Doch Freier sind an den Lügengeschichten der Stricher nicht ganz schuldlos. Wie heißt es doch so schön: Die Nachfrage formt das Angebot!? Und da viele Freier nun einmal ein so gewaltiges Verlangen nach großen Schwänzen haben, muss eben diese Nachfrage, und wenn es auch nur zum Schein ist, bedient werden! Hier ein Tipp, wie ein Freier der tatsächlichen Schwanzlänge eines Strichers näher kommen könnte: Er gibt sich ihm gegenüber einfach als ein Freund von klein- bis normal gebauten Männern aus. Sehr wahrscheinlich wird das Glied des Strichers daraufhin auf die Bundesnorm zurück schrumpfen.

## Aussage Nr. 6

"Ich bin total geil heute!"
oder noch direkter:
"Ich muss heute unbedingt noch abspritzen."

*Mit derartigen Aussagen verfolgt der Stricher mitunter folgende Interessen bzw. will tatsächlich damit zum Ausdruck bringen:*

a) Was ein Stricher mit derartigen Aussagen oftmals tatsächlich ausdrücken will, liegt nahe; er ist *geldgeil!* Als Freier sollte man wissen, dass obige Sätze zu dem Standardrepertoire eines Strichers gehören, eben um einen Freier heiß zu machen. Oftmals wenden Stricher derartige Aussagen aber auch an, wenn ihnen das *Vorgespräch* zu lange dauert. Sie möchten so signalisieren: *"Nun lass uns doch endlich mal zur Sache kommen!"*

b) Selbstverständlich kann es durchaus zutreffen, dass ein Stricher in nächster Zukunft tatsächlich *unbedingt abspritzen* muss. Aber auch in diesem Fall sollte der Freier vorschnelle Freudensprünge unterlassen, da der Stricher ja völlig offen gelassen hat, an wessen Seite er sich am liebsten *Erleichterung verschaffen* will. Und häufig will ein Stricher seinen sexuellen Höhepunkt eben nur äußerst ungern an der Seite eines Freier erlangen!

**Hierzu Verhaltenstipps für den Freier:**
Freier sollten es vermeiden, Fragen zu stellen, die oben stehende Antworten geradezu herausfordern. Es sei denn, sie brauchen sie, um sich anzuturnen und sind an deren Wahrheitsgehalt nicht interessiert! Eine andere, häufig gestellte Frage wird von Strichern und Callboys übrigens meist ebenfalls unwahr beantwortet, nämlich: *"Hast du Lust?".* Spricht ein Stricher vor dem Akt z.B. unaufhörlich über seine (angebliche) Geilheit, dann könnte ein Freier diesen Redefluss etwas bremsen, indem er ihm signalisiert, dass er von ihm keine Wundertaten verlangt. Der Stricher wird es ihm danken, da er sein falsches Werben endlich beenden kann.

## Aussage Nr. 7

"Lass mal, ich habe da so eine Stelle im Mund!"
oder:
"Es tut mir Leid, aber ich stehe nicht auf Küssen."

*Mit derartigen Aussagen verfolgt der Stricher mitunter folgende Interessen bzw. will tatsächlich damit zum Ausdruck bringen:*

a) Selbstverständlich finden die allermeisten Stricher Küssen toll, allerdings in den Armen ihrer Freundin oder ihres Freundes und weniger bei einem Freier! Da sie ihm dieses aber nur ungern in aller Deutlichkeit sagen, lassen sie sich häufig irgendwelche Ausreden einfallen.

b) Meist sind es weniger gewisse Aussagen, die einem Freier signalisieren: Ich mag es nicht, von dir geküsst zu werden! Es ist vielmehr die Körperhaltung des Strichers, die eine Aversion gegenüber dem Geküsst-werden verrät. So drehen viele Stricher ihren Kopf zur Seite oder aber lenken den Freier von seinem Vorhaben ab.

**Hierzu Verhaltenstipps für den Freier:**
Mit ein wenig Feingefühl spürt jeder Freier, ob der Stricher (feuchte) Küsse möchte oder nicht! Er sollte auf Signale oder Aussagen eines Strichers genau achten und diese unbedingt akzeptieren! Die meisten Stricher mögen es z.B. überhaupt nicht, wenn ein Freier ihnen quer übers Gesicht leckt oder an ihren Ohren knabbert. Überhaupt gilt das Gesicht für viele Stricher als Tabuzone! Die Versteifung des ganzen Körpers ist z.B. ein klares Signal: *"Hör auf damit!"* Problematisch wird es dann, wenn ein Freier in einen Stricher verliebt ist oder aber Zungenküsse für ihn beim Sex unbedingt dazugehören. Dann sollte er einen Stricher vorab fragen, ob dieser damit einverstanden ist! Und sollte ein Freier von einem anderen gehört haben, dass ein bestimmter Stricher gern auf Zunge küsst, so muss dieser Service nicht unbedingt für alle gelten! Also, Küsse nie erzwingen und Knutschflecke sind bei Strichern generell verpönt!

## Aussage Nr. 8

"Ja, ich bin auch aktiv."

oder direkter:

"Ich könnte dich vielleicht auch bumsen."

*Mit derartigen Aussagen verfolgt der Stricher mitunter folgende Interessen bzw. will tatsächlich damit zum Ausdruck bringen:*

a) *Vorab*: Oben stehende Aussagen gelten in Umkehrschluss natürlich auch für anal-passive Männer. Mehrheitlich sind Stricher, was den Analverkehr angeht, entweder ausschliesslich passiv oder aber aktiv, was sich im übrigen auf alle homosexuellen Männer bezieht! Da Stricher nun aber so viel Freier wie nur irgend möglich haben wollen, flunkern sie diese bezüglich ihrer sexuellen Bandbreite des öfteren an bzw. beantworten deren Anfragen eher ausweichend. Sie nutzen Wörter wie *vielleicht* oder auch, was dann so viel bedeuten kann wie: vielleicht bumse ich dich, vielleicht auch nicht; Ich lasse mich auch bumsen; viel lieber aber übernehme ich den aktiven Part! etc.

b) Einige Stricher geben hierauf eine scheinbar klare Antwort, indem sie meinen , dass sie "aktiv seien". Wenn es dann aber so weit ist, und der Kunde sich von ihnen besteigen lassen will, meinen sie plötzlich, dass er da wohl etwas falsch verstanden haben muss! Sie dachten vielmehr, sie sollten von ihm aktiv gefickt werden!

**Hierzu Verhaltenstipps für den Freier:**

Falls es für seine sexuelle Befriedigung von elementarer Bedeutung ist, bleibt einem Freier nichts anderes übrig, als klar zu erfragen, ob ein Stricher nun aktiv oder passiv ist. Freier werden übrigens mehr passive als aktive Stricher finden. Dies spiegelt einerseits das tatsächliche Übergewicht an (anal) passiven Homosexuellen wider, liegt aber auch daran, dass viele Stricher Erektionsprobleme bekommen, wenn sie einen Freier bumsen sollen. Lassen sie sich hingegen ficken, müssen sie einfach *nur* hinhalten.

## AUSSAGE NR. 9
"ICH HABE NOCH NICHT SO VIEL ERFAHRUNG."
ODER NOCH DICKER AUFGETRAGEN:
"DU BIST MEIN ERSTER KUNDE."

*Mit derartigen Aussagen verfolgt der Stricher mitunter folgende Interessen bzw. will tatsächlich damit zum Ausdruck bringen:*

a) Zwei Aussagen, die häufig ein- und dasselbe Ziel verfolgen, nämlich dem Freier zu verkaufen: *"ch habe so etwas noch nie gemacht." bzw. "Das ist Neuland für mich!"* Mit derlei Aussagen wollen viele Stricher vor einem Freier als unschuldiger Frischling dastehen. Und da "Frischfleisch" in der Stricher- wie überhaupt in der Schwulenszene extrem gefragt ist, machen es halt etliche Stricher etliche Male zum allerersten Mal!

b) Mitunter werden oben stehende Aussagen von Strichern aber auch zum Selbstschutz gebraucht: Getreu dem Motto: Nachdem ich dir nun offenbart habe, dass ich keine Erfahrung als Stricher habe, wirst du im Gegenzug hoffentlich nicht allzu große Forderungen an mich stellen?

**Hierzu Verhaltenstipps für den Freier:**
Viele Freier suchen jungfräuliche und unberührte Boys *(siehe hierzu auch Seite 19-22)*. Doch sollten sie nicht so naiv sein und glauben, dass sie eben diese Attribute ausgerechnet bei einem Stricher finden. Natürlich kann es ihnen passieren, dass sie der allererste Kunde für einen Stricher sind. Doch, wie bereits erwähnt: In der Regel binden Stricher Freiern einen Bären auf, wenn sie sich ihnen als *Jungfrau* verkaufen. Stricher, die noch nicht lange in der Szene verkehren, erkennt man übrigens häufig daran, dass diese sich von den übrigen Strichern meist eher distanzieren und so gut wie niemals von sich aus auf einen Freier zugehen.

## Aussage Nr. 10

"Doch, eigentlich spritz ich immer ab."

oder aber:

"Wenn du mich richtig geil machst, dann spritze ich garantiert ab."

*Mit derartigen Aussagen verfolgt der Stricher mitunter folgende Interessen bzw. will tatsächlich damit zum Ausdruck bringen:*

a) Obige Aussagen mögen für einem Freier auf den ersten Blick verheißungsvoll klingen, doch er achte einmal mehr auf Kleinigkeiten, wie z.B.: *"Ich spritze eigentlich ab", "Wenn du mich richtig geil machst..."* etc. Viele Stricher gebrauchen diese oder ähnliche Aussagen, die zwar viel verheißen, im Endeffekt aber eher mögliche Fluchtwege für sie offenhalten sollen. *(siehe auch unter: Aussage Nr.8)*

b) Oft sollen oben aufgelistete Aussagen auch bezwecken, Freier zu animieren, noch etwas Geld oben drauf zu packen, so dass sich aus einem *Eventuell* oder *Vielleicht* ein Ganz bestimmt heraus kristallisiert! Es gibt einige Stricher die sich auf diese oder ähnliche Weise ihren "Schuss" extra vergüten lassen wollen. Damit konfrontieren sie den Freier für gewöhnlich aber erst, wenn dessen Geilheit bereits über den Verstand gesiegt hat; sie also bereits voll bei der Sache sind!

**Hierzu Verhaltenstipps für den Freier:**
Die meisten Freier wünschen sich, dass ein Stricher abspritzt. Zum einem, weil sie dies selbst geil macht, zum anderen, weil sie sich dadurch auch seelisch besser fühlen! Sie können so leichter glauben, dass der Junge bei der Sache auch seinen Spaß gehabt hat. Untereinander prahlen viele Freier auch gern damit, wie toll ihr letzter Stricher doch seinen Samen verschossen hat etc. Dies scheint vielen eine Art Jagdtrophäe und auch Bestätigung des eigenen Könnens sowie der sexuellen Ausstrahlung zu sein: *"Siehst du, so schlecht kann ich doch gar nicht gewesen sein, wo der Junge doch auch abgespritzt hat!".* Hier spielt allerdings in den meisten Fällen eine gehörige Portion Selbsttäuschung mit! Die meisten Stricher spritzen bei Freiern nämlich nur äußerst widerwillig ab. Eigentlich tun sie dies meist nur, um den Freier zu befriedigen und ihn als solchen nicht zu verlieren! Für fast alle Stricher und Callboys bedeutet es, im Gegenteil, einen gewaltigen

Kraftakt, sich von einem Freier entweder einen herunter rubbeln zu lassen oder aber, es sich vor dessen Augen selbst zu besorgen. Fast ausnahmslos *erleiden* Stricher einen mechanischen und selten nur *erleben* sie einen emotionalen Orgasmus! Und wer als Freier einmal genau hinschaut, bemerkt rasch wie viel bzw. wenig Lust bei einer Ejakulation eines Strichers in der Regel mitspielt. Eine Ausnahme hiervon bilden häufig sehr junge Stricher. Zwar würden auch sie ihre Lust viel lieber mit einem (jüngeren) Partner ihrer Wahl befriedigen, doch können bei ihnen auch Freier ohne größere Anstrengungen einen Samenerguss erzielen. Dies liegt nun aber weniger an den Freiern als vielmehr daran, dass sehr junge Boys (14-18 Jahre) prinzipiell schnell ejakulieren. Im Übrigen sollte ein Freier von einem Stricher nie verlangen, dass dieser abspritzt, selbst dann nicht, wenn er dieses beim Vorgespräch in Aussicht gestellt hat! Mit Druck von Seiten des Freiers klappt es nämlich erst recht nicht!

## Aussage Nr. 11

"Ich stehe auch auf ältere Männer."
oder aber die Steigerung:
"Ich mag ausschliesslich alte Männer."

*Mit derartigen Aussagen verfolgt der Stricher mitunter folgende Interessen bzw. will tatsächlich damit zum Ausdruck bringen:*

a) Diese oder ähnliche Aussagen tätigen Stricher meist nicht ungefragt sondern sie reagieren damit vielmehr auf gewisse Äußerungen ihrer Freier, wie z.B. auf folgende: *"Ach, mal ehrlich, du kannst doch mit so einem alten Knacker wie mir überhaupt nichts mehr anfangen?", "Ich bin dir doch bestimmt viel zu alt?", "Du stehst doch garantiert nur auf junge Typen?"* etc. Ein Stricher versucht sich nun mit obigen Aussagen einfach geschickt aus der Affäre zu ziehen, indem er z.B. behauptet, dass er sehr wohl auf alte Männer abfährt. Er kann natürlich kein Interesse daran haben, dass ältere Freier denken, er würde sich allein des Geldes wegen mit ihnen abgeben.

b) Oftmals verbirgt sich auch eine gewisse Ratlosigkeit hinter oben aufgeführten Sätzen, die in Fragen umgewandelt etwa wir folgt lauten könnten: *"Was soll ich dir denn sonst sagen?", "Stehst du etwa auf alte Männer?"* etc.

c) Einige der Stricher, die Freiern gegenüber behaupten, dass sie ausschließlich auf alte Männer stehen, fahren eine ziemlich durchtriebene Schiene. Sie überschütten ältere Freier mit Aussagen wie: "Ich fühle mich bei reiferen Männern viel wohler als bei jungen Typen!" oder: *"Ältere Freier wissen wenigstens, was sie wollen; sie sind gefühlvoller, aufmerksamer",* etc. Dies sagen viele Stricher aus rein geschäftlichen Interessen, auch weil sie wissen, dass ältere Männer meist leichter als Stammfreier zu gewinnen sind, und man sie in der Regel leichter zufrieden stellen kann.

**Hierzu Verhaltenstipps für den Freier:**
Fragen, die oben stehende Antworten provozieren, sollten vermieden werden; es sei denn, man steht darauf, belogen zu werden! Ältere Freier sollten sich bezüglich ihrer sexuellen Anziehungskraft auf junge Stricher nicht allzu viel vormachen! Sie sollten sich vielmehr fragen, worauf sie selbst abgefahren sind, als sie jung waren; ja, und worauf

sie noch heute abfahren? Die Antwort dürfte eindeutig und entlarvend ausfallen! Von daher sollte man sich insbesondere als älterer Freier allein damit begnügen, sich bei einem Stricher wohl zu fühlen. Und dieses Wohlbefinden sollte man sich auf gar keinen Fall damit herbeizuführen versuchen, indem man Stricher zu obigen Falschaussagen anstiftet. Der Genießer schweigt! Es finden sich allerdings tatsächlich einige Stricher, die auf ältere Männer abfahren. Doch kaum ein Freier dürfte an diesen Boys seine Freude haben, suchen diese Jungen doch Geborgenheit, eine Schulter zum Anlehnen, Lebenshilfe und dergleichen, nicht aber Sex! Diesen nehmen sie gewissermaßen nur widerwillig in Kauf; sie sind also das krasse Gegenteil von dem, was sich Freier für gewöhnlich ersehnen!

## Aussage Nr. 12

"Geld steht für mich nicht im Vordergrund!"
oder anders ausgedrückt:
"Ich mach es nicht nur wegen des Geldes."

*Mit derartigen Aussagen verfolgt der Stricher mitunter folgende Interessen bzw. will tatsächlich damit zum Ausdruck bringen:*

a) Stricher, die so etwas sagen, lügen fast durch die Bank weg! Sie wissen halt, dass viele Freier sich über Stricher aufregen, die zu sehr durchblicken lassen, dass sie es nur des Geldes wegen tun. Wie beruhigend ist es, zu hören, dass es noch Stricher gibt, die so ganz anders denken. Das gibt der Angelegenheit doch gleich etwas viel Menschlicheres.

b) Einige Stricher treiben die Sache sogar auf die Spitze. Sie sagen z.B.: *"Gib mir einfach so viel Geld, wie du denkst." oder: "Ich will kein Geld von dir haben."* Sehr viele Freier geben daraufhin nämlich mehr Geld, als sie dies normalerweise tun würden, weil der Stricher ein so lieber Typ ist, der nicht im Geringsten auf ihr Geld aus ist.

**Hierzu Verhaltenstipps für den Freier:**
Nach welchen Kriterien wählt sich ein Freier einen Stricher aus: Nach dessen tollem Charakter oder weil dieser ihn optisch anspricht? Genau! Er sucht sich einen Stricher nach der Optik aus, ebenso wie dieser seine Freier des Geldes wegen nimmt. So läuft es nun mal! Wie viele Stricher würde es wohl noch geben, würde man einen jeden von ihnen finanziell so gut polstern, dass er des Geldes wegen nicht mehr anzuschaffen bräuchte? Stricher, die kein Geld von einen Freier haben wollen, konfrontieren diesen stattdessen häufig mit gewissen *finanziellen Problemen.* Sie spielen ganz bewusst mit dem Mitgefühl eines Freiers und seinem Schuldbewußtsein. Er soll denken: Was für ein lieber Junge. Sitzt selbst so tief in der Scheiße und wollte nicht einmal Geld von mir haben. Dem muss doch geholfen werden!

## Aussage Nr. 13

"Du bist mir mein liebster Kunde."

oder aber auch:

"Du bist ganz anders als die anderen Freier."

*Mit derartigen Aussagen verfolgt der Stricher mitunter folgende Interessen bzw. will tatsächlich damit zum Ausdruck bringen:*

a) Hier haben wir es mit einer der billigsten und gleichwohl effektivsten Maschen zu tun, die von Strichern angewendet werden. Jede Verkäuferin lernt bereits während ihrer Ausbildung, dass sie einen Kunden so zu behandeln hat, dass dieser das Gefühl hat, der wichtigste Kunde überhaupt zu sein, woraus größtenteils nicht einmal ein Geheimnis gemacht wird. Ein Stricher allerdings wird seinen Freiern garantiert nicht offen darlegen, dass sein Gehabe nur reine Finesse ist. Und selbstverständlich hat fast jeder Stricher einen Lieblingsfreier; doch mit der Beurteilung eines solchen verhält es sich oft genug so, als sollte ein Gefangener den Tag in der Woche benennen, an dem er am liebsten einsitzt!

b) So wie einige Freier Stricher mit Komplimenten überhäufen, um weitere Höchstleistungen aus ihnen heraus zu kitzeln, tun dies im Gegenzug auch eine Reihe Stricher.

**Hierzu Verhaltenstipps für den Freier:**
Wenn man als Freier mit obigen Aussagen überschüttet wird, so kann man diese genießen. Nur, man muss deshalb ja nicht gleich glauben, dass man tatsächlich des Strichers liebster Freier ist! Was aber zumindest dafür sprechen könnte, ein besonderer Freier eines Strichers zu sein, sind u.a. folgende Punkte: Zeit spielt wirklich keine Rolle; es werden längere Gespräche über Gott und die Welt geführt; der Stricher zeigt sich mit dem Freier ungeniert in der Öffentlichkeit, er macht ihn zu einer Person seines Vertrauens etc.

## Aussage Nr. 14

"Ich glaube, ich habe mich in dich verliebt."
oder direkter:
"Ich liebe dich."

*Mit derartigen Aussagen verfolgt der Stricher mitunter folgende Interessen bzw. will tatsächlich damit zum Ausdruck bringen:*

a) Mit derartigen Aussagen versuchen einige Stricher einen Freier in die Verantwortung zu nehmen. Und dies erreicht man eben am ehesten über die Gefühlsebene. Ohne Frage sind die allerwenigsten Stricher, denen Liebesbezeugungen schnell über die Lippen gehen, tatsächlich in einen Freier verliebt! Sie setzen die goldenen drei Worte einfach als effektive Floskel ein oder aber reagieren damit auf das Liebeseingeständnis eines Freiers.

b) Einige Stricher begrenzen ihre Liebeskundgebungen allein auf die horizontale Ebene. Sie reagieren damit meist ebenfalls auf die Freier *(mehr dazu auf Seite 42)*, die ihrerseits Liebesbeteuerungen benötigen, um besser in Fahrt zu kommen.

Hierzu Verhaltenstipps für den Freier:
Als Freier kann man sich allenfalls geschmeichelt fühlen, ansonsten aber über die Aussagen des Strichers hinweg hören. Dies funktioniert natürlich nur solange, wie man keine tieferen Gefühle gegenüber dem jeweiligen Stricher hegt. Da Freier sich aber weitaus häufiger in Stricher verlieben, als dies umgekehrt der Fall ist, stoßen obige Aussagen häufig nicht auf taube Ohren. Doch ein Freier sollte nicht zu leichtgläubig sein! Was nämlich oft als harmloses Spiel beginnt, entwickelt sich nicht selten, infolge losgelöster Gefühle, zu einem einseitigen, schmerzvollen Verliebtsein. Und ist die Liebe erst einmal ins Spiel gebracht, dann setzt der Verstand und somit die Achtsamkeit leicht aus! Und eben diese Tatsache kann einen Freier in jeglicher Hinsicht teuer zu stehen kommen. *(siehe hierzu auch auf Seite 43)*

# Aussagen von Freiern gegenüber Strichern, und was diese damit häufig wirklich ausdrücken wollen:

## AUSSAGE NR. 1

"IN MEINEN AUGEN BIST DU GAR KEIN STRICHER."
ODER DIE ABGESCHWÄCHTE VARIANTE:
"DU BIST GANZ ANDERS ALS ANDERE KÄUFLICHE JUNGEN."

*Mit derartigen Aussagen verfolgt der Freier mitunter folgende Interessen bzw. will Folgendes damit zum Ausdruck bringen:*

a) Oben stehende Floskeln werden häufig eingesetzt, um den Stricher scheinbar aufzuwerten. Der käufliche Boy fühlt sich durch derlei Aussagen zwar geschmeichelt, aber in gewisser Weise eben auch unter Druck gesetzt; baut der Freier doch eine Erwartungshaltung ihm gegenüber auf. Manch ein Freier spekuliert frech darauf, dass einige der Liebesdiener das *gute Bild*, das er scheinbar von ihm gewonnen hat, nicht zerstören wollen, weshalb sie sich besonders anstrengen, um ihn *zu befriedigen.*

b) Ich hoffe, dass du nicht einer dieser Stricher bist, der während unseres Zusammenseins ständig auf die Uhr schaut und auch sonst keiner von der Abzockersorte bist.

c) Und ebenso wenig, wie du in meinen Augen ein Stricher bist, sehe ich mich auch nicht als zahlender Freier. *Kurz gesagt:* Du nimmst doch nicht etwa Geld dafür?

**Hierzu Verhaltenstipps für den Stricher:**
Selbstverständlich kann ein Stricher verbale Streicheleinheiten in sich aufsaugen und auch sich daran laben. Allerdings sollte er bei obigen Komplimenten lieber auf dem Teppich bleiben, denn etliche Freier verwenden diese Floskeln bei jedem Stricher! Besonders hellhörig sollte ein Stricher dann werden, wenn ein Freier ihn bereits nach wenigen Minuten als *einen besonderen Stricher* hinstellt. Wenn derartige Aussagen fallen, sollte der Mietboy klarstellen, dass er sich in puncto Bezahlung sowie anderer Modalitäten von anderen Strichern trotz seiner *Besonderheit* nicht unterscheidet! Diesen Hinweis sollte er allerdings dezent setzen, will er sich das Geschäft nicht verscherzen.

## Aussage Nr. 2

"Du hast es doch gar nicht nötig, dich zu verkaufen!"

oder aber:

"Du bist viel zu wertvoll, um anschaffen zu gehen!"

*Mit derartigen Aussagen verfolgt der Freier mitunter folgende Interessen bzw. will Folgendes damit zum Ausdruck bringen:*

a) Gewisse Freier appellieren mit derlei Aussagen an das Ehrgefühl eines Strichers und missbrauchen es für ihre eigenen, niederen Interessen. Viele käufliche Boys geraten nach Lobpreisungen eines Freiers nämlich in eine Art Gewissenskonflikt, denn dieser ist ja trotz konträrer Erklärungen darauf aus, mit ihnen im Bett zu landen. Und so fragt sich manch ein Stricher ernsthaft, ob er dies nun noch, vor allem für Geld, tun kann.

b) Und ebenso wenig, wie du es nötig hast, dich zu verkaufen, habe ich es nötig, mir einen Stricher zu holen! *Kurz gesagt*: Ich möchte nichts für dich bezahlen, würde mir aber wünschen, dass du von selbst aufs Geld verzichtest, da du das Anschaffengehen doch gar nicht nötig hast!

c) Aber dass du dich dennoch für Geld feilbietest, spricht gegen dich! Was also spricht für dich?

**Hierzu Verhaltenstipps für den Stricher:**
Wie bereits bei Aussage Nummer eins versuchen einige Freier durch offene Schmeicheleien bei Strichern ein schlechtes Gewissen zu erzeugen oder aber an ihr Ehrgefühl zu appellieren. Diese sollten mit derlei Aussagen offensiv umgehen, denn hätten sie das *Sichverkaufen* nicht nötig, würden sie höchstwahrscheinlich nicht mit ihm zusammen sitzen! Es gilt: Je schneller ein Freier mit einer derartigen Aussage rüber rückt, desto unwahrscheinlicher ist es, dass er auch meint, was er sagt! Im Umkehrschluss bedeutet dies: Stammfreiern sollte ein Stricher bei obigen Aussagen nicht gleich eine üble Masche unterstellen.

## Aussage Nr. 3

"Bei dir fühlt man sich rundum wohl."

oder aber:

"Ich wünschte, die Zeit mit dir würde nie vergehen."

*Mit derartigen Aussagen verfolgt der Freier mitunter folgende Interessen bzw. will Folgendes damit zum Ausdruck bringen:*

a) So schnell wirst du mich nicht mehr los! Und du willst mich doch nicht etwa loswerden oder? Ich möchte möglichst viel Zeit mit dir verbringen - und zwar bevor, während und nachdem wir miteinander im Bett waren! Hier versuchen Freier, oft unbemerkt, über möglichst viel Zeit des Strichers zu verfügen, für die sie in der Regel allerdings nicht extra zahlen wollen. Außerdem wird einem Stricher mit solchen Aussagen häufig ein schlechtes Gewissen eingeredet. Aus diesem Grunde verbringt dieser dann nicht selten weitaus mehr Zeit mit einem Freier als ihm eigentlich lieb ist.

b) Noch fühle ich mich wohl bei dir, aber lasse dir ja nicht einfallen, deinen Service herunterzufahren! So sind obige Aussagen eher als verdeckte Drohungen zu verstehen. Getreu dem Motto: Gehe du nur weiterhin auf alle meine Wünsche ein, sonst bin ich weg!

**Hierzu Verhaltenstipps für den Stricher:**
Ein Stricher sollte derartigen Aussagen möglichst ohne Umwege begegnen. Verschleppt er stattdessen seinen Missmut, so sammelt sich nur Frust bei ihm an, der sich irgendwann explosionsartig loslösen kann. Und darauf würde ein Freier dann verständlicherweise weitaus verletzter reagieren! So kann ein Stricher auf obige Aussagen z.B. antworten, dass er sich in des Freiers Gesellschaft ebenso wohl fühlt, und dass auch er es bedauerlich findet, dass sie nur diese begrenzte Zeit miteinander verbringen können. Wenn ein Freier diesen Wink nicht versteht, muss der Stricher noch direkter darauf hinweisen, dass Zeit für ihn Geld ist.

## Aussage Nr. 4

"Die meisten Jungs nehmen um die Hundert, und du?"

oder aber:

"Die Stricher bieten sich hier ziemlich billig an."

*Mit derartigen Aussagen verfolgt der Freier oft folgende Interessen bzw. will Folgendes damit zum Ausdruck bringen:*

a) Oben stehende Aussagen lassen mitunter ein spezielles Interesse erkennen, das viele Freier verfolgen: Sie gedenken den Preis für einen Stricher zu drücken! Oft werfen sie derlei Aussagen scheinbar am Rande ein, meist auch, kurz bevor sie dazu übergehen, über das Honorar zu sprechen. Auf diese Weise will der Freier einem Stricher deutlich machen, was er zu zahlen bereit ist. Nennt er z.B. eine konkrete Zahl *(siehe oben)*, so kann der Stricher davon ausgehen, dass dieser Freier mehr als die genannte Summe für ihn zu zahlen nicht bereit ist.

b) Wenn du es mir noch etwas billiger machst, dann kommen wir sofort ins Geschäft! Nicht wenige Freier (Billigfreier) feilschen hierbei sogar um 5-Mark.

c) Da das niedrige Preisniveau, nach Meinung des Freiers, feststeht, muss der Stricher schon eine besondere Leistung in Aussicht stellen, um ein höheres Honorar zu rechtfertigen.

**Hierzu Verhaltenstipps für den Stricher:**
Natürlich kann man einfach sagen, dass sich kein Stricher je unter Wert verkaufen sollte! Dies aber ist ein theoretischer Ansatz, der sich in der Realität häufig nicht umsetzen lässt. Wenn ein Stricher nämlich Geld für Essen, Übernachtung oder Drogen braucht, diktiert meist allein die Not den Preis, für den er sich feilbietet. Dennoch sollte der Stricher versuchen, auf seiner Preisvorstellung zu bestehen. Denn verkauft er sich zu häufig unter Wert, spricht sich dieses in der Szene rasch herum, wodurch er zunehmend Schwierigkeiten haben wird, seinen Normalpreis durchzusetzen.

## AUSSAGE NR. 5

"BIST DU HEUTE GUT DRAUF?"

ODER AUCH

"BIST DU FRISCH?"

*Mit derartigen Aussagen verfolgt der Freier oft folgende Interessen bzw. will Folgendes damit zum Ausdruck bringen:*

a) Hast du heute schon gespritzt bzw. kannst du noch einmal spritzen? In der Regel möchten die meisten Freier mit einer solchen Frage, quasi über die Hintertür, in Erfahrung bringen, ob der auserwählte Stricher eine vernünftige Erektion und, wenn es denn irgend geht, auch eine Ejakulation zu Wege bringt.

b) Einige Freier, die derlei Aussagen tätigen, wollen vorab vom Stricher überzeugt werden, dass dieser gut drauf (geil, triebig) ist. Hinter ihren schlich anmutenden Anfragen verbirgt sich so nicht selten die gezielt verdeckte Nachfrage: Bist du geil und wenn ja, dann zeig es mir!

**Hierzu Verhaltenstipps für den Stricher:**
Stricher sollten es gegenüber Freiern stets vermeiden, zu sagen, dass sie gerade erst gespritzt haben. Mit dieser Aussage fallen sie bei den meisten Freiern voll durch! Hier wollen Freier ein wenig belogen werden, denn natürlich hat ein Stricher häufig bereits kurz zuvor ejakuliert. Dennoch sollte dieser auf oben stehende Anfragen etwa wie folgt antworten: *"Und ob ich frisch bin!", "Ich könnte zerplatzen vor lauter Geilheit!"* etc. Als recht wirkungsvoll erweist sich auch die Notlüge, schon seit Tagen nicht mehr ejakuliert zu haben. Damit kann ein Stricher sogar Freier einfangen, die eigentlich kaum an ihm interessiert sind! Will ein Freier, bevor er einen Handel mit einem Stricher eingeht, davon überzeugt werden, dass dieser *gut drauf* ist, so kann dieser ihm Geilheit vorgaukeln, z.B. indem er sich beiläufig am Schritt herum zupft. Am wirkungsvollsten erweist sich aber ein offensives Vorgehen seitens des Strichers, einen Freier nämlich von vornherein mit (gespielter) Geilheit gegenüberzutreten.

## Aussage Nr. 6

"Du hast aber einen knackigen Arsch in der Hose."
oder auch:
"Bei deinem Arsch bekommt man richtig Appetit."

*Mit derartigen Aussagen verfolgt der Freier mitunter folgende Interessen bzw. will Folgendes damit zum Ausdruck bringen:*

a) Einige Freier mögen/können nicht offen aussprechen, was sie sexuell in Fahrt bringt. Doch oben aufgeführte Aussagen geben eventuell Hinweise auf ihre sexuellen Vorlieben. Wenn ein Freier sagt: *"Du hast aber einen knackigen Arsch in der Hose"*, verbirgt sich dahinter vielleicht folgende Anfrage: *"Sag, lässt du dich auch bumsen?"* Und meint ein Freier: *"Wenn man deinen Arsch sieht, bekommt man richtig Appetit",* handelt es sich häufig um jemanden, der den Po eines Stricher mit der Zunge (Zungenanal) verwöhnen möchte.

b) In der Hauptsache handelt es sich bei oben stehenden Aussagen allerdings um Wertschätzungen des Allerwertesten bzw. der Figur eines Strichers. Und häufig werden derartige Aussagen auch einfach zur Kontaktaufnahme gebraucht.

**Hierzu Verhaltenstipps für den Stricher:**
Zunächst einmal gilt es seitens des Strichers abzuklären, ob es sich um ein Kompliment oder eine Einlage zur Kontaktaufnahme handelt. Gewinnt dieser eher den Eindruck, dass der Freier ein besonderes Interesse an seinem Hinterteil hegt, könnte ein Stricher wie folgt parieren: Mag er z.B. nicht gebumst werden, so weist eine Antwort wie etwa: *"Naschen erlaubt - Stechen verboten!"*, einen Freier auf amüsante Weise darauf hin, was dieser darf und was nicht! Ist ein Stricher hingegen für Analverkehr passiv empfänglich, so könnte er seinen Allerwertesten ruhig als *Lockvogel* spielerisch in Bewegung setzen.

## AUSSAGE NR. 7
"WENN DU MÖCHTEST, KANNST DU HEUTE BEI MIR ÜBERNACHTEN."

ODER ANDERS RÜBER GEBRACHT:

"DU KANNST AUCH MIT ZU MIR KOMMEN, UND DA SCHLAFEN - SEX MUSS WIRKLICH NICHT SEIN!"

*Mit derartigen Aussagen verfolgt der Freier mitunter folgende Interessen bzw. will Folgendes damit zum Ausdruck bringen:*

a) Ich will dich unbedingt zu mir nach Hause kriegen. Da ich mir ein solches Arrangement aber eigentlich gar nicht leisten kann/will, versuche ich es mit folgender Variante: Ich biete dir samariterhaft einen Schlafplatz für die Nacht an. Was ich dir dabei allerdings verschweige, ist, dass du selbstverständlich in meinem Bett zu schlafen hast, und zwar: *zu meiner vollsten Befriedigung!*

b) Bei dieser Version läuft es eigentlich auf dasselbe hinaus: Ich helfe dir, wofür du dich dann im Gegenzug bei mir erkenntlich zeigen solltest, das ist dir doch hoffentlich klar, oder?

**Hierzu Verhaltenstipps für den Stricher:**
Die meisten Freier, die einem Stricher einen Schlafplatz für die Nacht anbieten, tun dies weniger aus Nächstenliebe, sondern sie erhoffen sich dadurch von eben diesem Sex. Und wenn es dann tatsächlich zum Sexualverkehr kommt, sehen viele jener Freier die Anstrengungen eines Strichers nicht als eine zu honorierende Dienstleistung, sondern lediglich als eine Gegenleistung des Strichers. Wenn also ein käuflicher Boy, aus welchen Gründen auch immer, auf ein solches Übernachtungsangebot eingehen will/muss, dann ist es ratsam, dass er von vornherein abklärt, ob das Angebot eine sexuelle Gegenleistung voraussetzt bzw. ob der Freier womöglich allein sexuelle Wünsche hinter seinem Angebot verbirgt. Wenn einen Stricher allerdings das Gefühl beschleicht, dass der Freier bei seiner Antwort herumdruckst, so sollte dieser dem Freier in aller Deutlichkeit den Preis nennen, den dieser berappen müsste, sollte es während dieser (vermeintlichen) *Übernachtungsmöglichkeit* zum Sexualverkehr kommen. Eine andere Möglichkeit besteht darin, dem Freier Geld für die Übernachtung anzubieten bzw. jene mit eventuellen Sex-Leistungen zu verrechnen. Zwar ist dieses Vorgehen auch nicht gerade das Gelbe

vom Ei, auf jeden Fall aber ist es besser, als sich später auf Grund der eigenen Notsituation ausgenutzt oder gar missbraucht zu fühlen, was leider häufig vorkommt! Und noch etwas sollte jeder Stricher bei derartigen Angeboten beachten: Wo wohnt der Freier? Gibt es öffentliche Verkehrsmittel in seiner Nähe? Nicht, dass er irgendwo im düstersten Hinterland landet, von wo aus er später nicht mehr (oder nur mit dem Taxi) wegkommt! Und außerdem sollte ein Stricher den Freier kennen, bei dem er übernachtet, zumindest aber sollte dieser anderen Strichern, Freiern, Barleuten etc. bekannt sein. Wenn nicht, sollte dieser lieber eines der Hilfsprojekte aufsuchen, die in fast allen Großstätten für Prostituierte und Drogensüchtige bereit stehen und die teilweise auch Übernachtungsmöglichkeiten für Stricher bereithalten. Eine weitere Möglichkeit besteht darin, einen anderen Stricher nach einer Übernachtungsmöglichkeit zu fragen. Zu guter Letzt sollte der Strichjunge beim Freier nachhaken, ob er ein Bett für sich allein bekommen soll oder aber mit den Freier in einem Doppel- oder gar in einem Einzelbett schlafen muss. Im letzteren Fall sollte der Stricher auf das Angebot verzichten, da sich hier ein permanenter Körperkontakt kaum vermeiden lässt.

## Aussage Nr. 8

"Alles kann, nichts muss!"

oder auch immer wieder gern gesagt:

"Wir machen einfach das, was beiden Spass macht!"

*Mit derartigen Aussagen verfolgt der Freier mitunter folgende Interessen bzw. will Folgendes damit zum Ausdruck bringen:*

a) Leider gebrauchen viele Freier derartige Floskeln, womit sie Strichern und sich selbst keinen Gefallen tun! Denn natürlich hat jeder Stricher seine Grenzen, und müssen muss sowieso nichts! Aber, was meinen jene Freier denn nun wirklich, wenn sie sagen, wir machen einfach das, was beiden Spaß macht? Auf jeden Fall lassen sie offen, was sie wirklich wollen, obgleich fast jeder von ihnen mehr oder weniger konkrete Vorstellungen darüber hat, was ihn sexuell anmacht! Und mit der zweiten Aussage setzen einige Freier kurzerhand frech voraus, dass dem Stricher überhaupt irgendeine sexuelle Handlung mit einem Freier Spaß bereitet.

b) Alles kann, nichts muss! Was für eine Lüge! Der Abgang des Freiers ist natürlich immer ein Muss! Und die Erektion des Strichers wird in der Regel auch vorausgesetzt, denn es soll ja schließlich beiden Spass machen.

c) Es gibt auch Freier, bei denen derartige Aussagen noch viel weiter gehen. Wenn nämlich der Stricher an dieser Stelle keinen Einwand bringt, so gehen jene Freier davon aus, dass die Boys alles mitmachen.

**Hierzu Verhaltenstipps für den Stricher:**
Der Stricher sollte nachforschen und den Freier fragen, was diesem am meisten Spaß bereitet. Begegnet ihm dieser daraufhin mit Ausflüchten, so sollte der Stricher seinerseits vortragen, was für ihn (mit einem Freier) das sexuell Angenehmste ist. Häufig pellt sich dann aus der "Alles-kann-nichts-muss-Floskel" eine klare Vorstellung über sexuelle Wünsche von Seiten des Freiers heraus.

## Aussage Nr. 9

"Ich bin ein ganz harmloser Kunde."

oder aber auch:

"Ich bin ganz einfach, überhaupt nicht anstrengend!"

*Mit derartigen Aussagen verfolgt der Freier mitunter folgende Interessen bzw. will Folgendes damit zum Ausdruck bringen:*

a) Freier, die sich als *harmlos* oder *nicht anstrengend* beschreiben, entpuppen sich für den Stricher oder Callboy im Nachhinein häufig als das krasse Gegenteil! So wünschen sich diese Freiertypen von einem Stricher oft nur ein *bisschen* Nähe, Geborgenheit und Zärtlichkeit, Streicheleinheiten, Küsse sowie andere Liebkosungen. Ein Stricher mag all dies für gewöhnlich nicht! Zudem benötigt er für einen *harmlosen* Freier ganz nebenbei weitaus mehr Zeit und Nervenkraft als für einen normalen Freier. Genau genommen hat dieser Freiertyp also Eigenarten, auf die die allerwenigsten Stricher gut zu sprechen sind, und die ihres Erachtens deshalb in die Kategorie *anstrengend* gehören.

b) Und noch etwas kann sich hinter oben stehenden Aussagen verbergen, und zwar eine Gattung Freier, die sich ihrer fadenscheinigen Aussagen voll bewusst ist! Sie wollen einem Stricher vor dem geschlechtlichen Stelldichein suggerieren: Solltest du die Nummer mit mir als anstrengend empfinden (Was bei diesem Freiertyp höchstwahrscheinlich der Fall sein wird), so bin nicht ich das Problem, sondern deine Dienstauffassung! Denn wie sagte ich es dir bereits: *"Ich bin ein ganz harmloser Kunde, überhaupt nicht anstrengend!"*

**Hierzu Verhaltenstipps für den Stricher:**

a) Viele Freier glauben ernsthaft, einfach für einen Stricher zu sein. Man kann ihnen deshalb keinen Vorwurf machen, da sie es schlicht nicht besser wissen, und die wenigsten von ihnen sich in die Lage eines Strichers hineinversetzen können. Bei diesen Exemplaren hat ein Stricher die Möglichkeit, ihnen durch die Blume hindurch zu verdeutlichen, wie ein *leicht verdaulicher Kunde* in den Augen eines Strichjungen tatsächlich auszusehen hat. Dabei allerdings gilt es, äußerst behutsam vorzugehen, weil ansonsten das Geschäft höchstwahrscheinlich gelaufen sein dürfte.

b) Diese Gattung schlägt man am ehesten mit ihren eigenen Waffen: Ein Stricher oder Callboy versucht ihnen ebenfalls durch geschickt platzierte Aussagen ein schlechtes Gewissen einzureden, z.B. indem er ihnen von einem Gast berichtet, der sich ihnen gegenüber anfänglich als harmlos darstellte, sich im Nachhinein aber als wahrer Widerling entpuppte. Der Stricher sollte dem Freier gegenüber nun außerdem erwähnen, wie froh er ist, mit ihm einen so angenehmen Vertreter seiner Gattung vor sich zu haben.

## Aussage Nr. 10

"Du bist für mich bestimmt unbezahlbar?!"

oder aber auch:

"Bist du ein Edelstricher?"

*Mit derartigen Aussagen verfolgt der Freier mitunter folgende Interessen bzw. will Folgendes damit zum Ausdruck bringen:*

a) So wie du ausschaust, verlangst du bestimmt viel Honorar für deine Dienste? Ich bin allerdings nicht gewillt, derart viel Geld für dich auszugeben! Von daher werde ich auch gar nicht erst den Versuch unternehmen, dich deines Wertes angemessen zu bezahlen. Also, sei so lieb und komm mir gefälligst (möglichst ungefragt) mit deinen Honorarvorstellungen etwas entgegen, wollen wir ins Geschäft kommen!

b) Ich weiß, dass man viele Stricher mit den plattesten Komplimenten im Preis herunterhandeln kann. Fühlst du dich dieser Gruppe eventuell zugehörig?

c) Danke, aber du bist nicht das Model, das ich suche! Ich dachte da vielmehr an etwas Jüngeres, Billigeres oder Naiveres oder aber einen Stricher, der diese drei Zutaten miteinander verbindet.

**Hierzu Verhaltenstipps für den Stricher:**
Am besten sagt ein Stricher diesem Freiertyp ganz konkret, was es kostet, wenn er sich mit ihm einlässt. Dann kann dieser immer noch entscheiden, ob ihm das Vergnügen mit ihm zu teuer wird oder aber nicht. Viele Billigfreier *(mehr dazu auf Seite 35)* versuchen mit dieser Masche aber auch einfach nur den Preis zu drücken. Selten verbirgt sich hinter einer der oben getroffenen Aussagen ein aufrichtiges Kompliment bzw. eine ehrliche Anerkennung. Im Regelfall werden obige Aussagen aus purer Berechnung ausgesprochen! Weitere Informationen zu Edelstrichern finden sich übrigens auf der Seite 26.

## Aussage Nr. 11

Nur in der Bar:
"Mach dem Jungen mal einen Kraftdrink!"
oder:
"Gib dem Jungen mal was, damit er Power kriegt!"

*Mit derartigen Aussagen verfolgt der Freier mitunter folgende Interessen bzw. will Folgendes damit zum Ausdruck bringen:*

a) Gelegentlich gebraucht ein Freier bei oben stehenden Aussagen auch noch Zusätze wie: Das gibt *Tinte auf den Füller* etc. Damit ist von seiner Seite eigentlich genau das zum Ausdruck gebracht, was er sich einen Stricher wahrscheinlich nicht direkt zu sagen/fragen traut. Es ist anzunehmen, dass dieser Freier sich von einem Stricher wünscht, das dieser abspritzt. Und auf eben diese Weise verleiht er seinem Wunsch Ausdruck.

b) In einigen Fällen verbirgt sich hinter solchen Aussagen auch der Wunsch nach einem aktiven Stricher, meist bezogen auf den Analverkehr. Allerdings würde der Freier es auch in diesem Fall gerne sehen, wenn der Stricher abspritzt !

**Hierzu Verhaltenstipps für den Stricher:**
Natürlich kann der Stricher derartige Aussagen einfach ignorieren und so tun, als ob er sie gar nicht gehört hat. Denn, wenn ein Freier nicht deutlich vermittelt, was er von einem Stricher will, so kann er sich im Nachhinein auch nicht beschweren, wenn er nicht bekommt, was er sich insgeheim erhofft hat. Doch durch eine simple Nachfrage seitens des Strichers können im Vorfelde diesbezüglich bereits sämtliche Unklarheiten aus dem Wege geräumt werden! Viele Stricher fühlen sich durch obige Aussagen aber auch unter Druck gesetzt. Diesem können sie entgegenwirken, indem sie dem Freier deutlich machen, dass sie keine Spritzgarantie abgeben - nicht einmal nach dem Genuss eines *Powerdrinks*.

## Aussage Nr. 12
"Wie oft warst du heute denn schon los?"
oder:
"Hast du heute schon einen Kunden gehabt?"

*Mit derartigen Aussagen verfolgt der Freier mitunter folgende Interessen bzw. will Folgendes damit zum Ausdruck bringen:*

a) Ich bin auf der Suche nach einer Tagesjungfrau. Wenn du heute also bereits ein- oder mehrmals (ab-)gespritzt hast, so habe ich kein Interesse an dir! Viele der Freier, die über den genauen Eiweißhaushalt eines Strichers gern Bescheid wissen wollen, haken mitunter sehr geschickt nach, um an gewünschte Information zu gelangen: *"Na, wie läuft denn heute das Geschäft?" Gibt der Stricher darauf z.B. folgende Antwort: "Ach, ganz in Ordnung! Habe vorhin bereits einen Kunden gehabt"*, so sollte er sich nicht wundern, wenn das Interesse dieses Freiers rasch verfliegt oder dieser ihn eventuell auf einen anderen Tag vertröstet. So widersinnig es klingen mag, aber die meisten Freier hoffen insgeheim, in einem Stricher einen unberührten Jüngling zu finden. Da die meisten nun aber nicht derart naiv sind, um nicht genau zu wissen, dass es unberührte Stricher natürlich nicht gibt, geben sie sich auch mit einer *Tagesjungfrau* zufrieden - darauf allerdings bestehen sie denn auch!

b) Hinter einer der oben stehenden Aussagen kann sich allerdings auch ein Freier verbergen, der sehr wohl nach Strichern Ausschau hält, die an diesem Tag bereits einen oder besser sogar mehrere Kunden hatten. Obige Aussagen sind zwar dieselben, doch einem Stricher gegenüber entlarvt sich dieser Typus in der Regel durch zusätzliche Äußerungen wie: *"Ich stehe auf durchtriebene Luder", "Ich mag Schlampen",* etc. Freier, die derartige Aussagen tätigen, haben häufig bereits die gesamte Sexpalette durch, und verlangen oft nach immer größeren Extremen. *(siehe unter: Der Freier, der nie zufrieden zu stellen ist, Seite 36)*

**Hierzu Verhaltenstipps für den Stricher:**
a) Für diese Sorte Freier darf ein gewinnorientierter Stricher selbstverständlich nur die folgenden Antworten parat haben: *"Ich habe heute noch keinen Freier gehabt", "Nein, ich habe noch nicht gespritzt!", "Ich bin total unbefriedigt", "Ich kann mich schon überhaupt nicht mehr er-*

*innern, wann ich das letzte Mal gekommen bin", "Verdammt, ich habe einen Samenstau", "Ich brauch' meinen Schwanz nur anzufassen und er explodiert mir fast!"* etc.

b) Wenn ein Stricher den Typus B eindeutig als solchen entlarvt, so kann er entweder auf seine Schiene aufspringen (z.B. vulgär sprechen oder verdorbene Gestik und Mimik gebrauchen) oder aber diesen fallen lassen, denn über eines sollte sich der Stricher bei diesem Typ Freier im Klaren sein: Dieser ist oftmals sehr anstrengend, u.a. auch, weil er viel *Aktion* für sein Geld verlangt.

## Aussage Nr. 13

"Du, ich glaube, ich habe mich in dich verliebt."
oder schlimmer noch:
"Ich liebe dich!"

*Mit derartigen Aussagen verfolgt der Freier mitunter folgende Interessen bzw. will Folgendes damit zum Ausdruck bringen:*

a) Die meisten Freier, die einen Stricher mit oben stehenden Aussagen bombardieren, haben sich nicht wirklich in ihn verliebt. Vielmehr benötigen sie derartige Liebessäuseleien, insbesondere kurz vor ihrem Orgasmus, um sich anzuheizen. Auch gibt es Freier, denen ein Stricher während des Aktes sagen soll, dass er sie liebt oder zumindest sexuell begehrenswert findet. Um diese Aussagen aus einem Stricher heraus zu quetschen, legen diese Freier ihrerseits vor, indem sie z.B. Dinge fragen wie: *"Findest du mich auch so geil wie ich dich?", "Bin ich gut?", "Magst/liebst du mich?".* (*siehe auch unter: Der Freier, der nur kann, wenn er auf Liebe macht, Seite 42*).

b) Der Freier, der sich hingegen tatsächlich in einen Stricher verliebt hat, wird mit einer der oben genannten Aussagen in den seltensten Fällen auf wahre Gegenliebe stoßen. Geht er dennoch eine Verbindung mit einem Stricher ein, ist diese fast ausnahmslos zum Scheitern verurteilt, weil sie im Allgemeinen von zwei absolut konträren Vorstellungen geprägt ist. *(siehe auch: Der verliebte Freier, Seiten 43-44)*

c) Manche Freier versuchen durch die Anwendung eine der oben angeführten Aussagen, schlichtweg mehr für sich aus einer käuflichen Nummer heraus zu kitzeln. *Und zwar:* Mehr Gefühlseinsatz vom Stricher für weniger Geldeinsatz ihrerseits.

**Hierzu Verhaltenstipps für den Stricher:**

a) Ein Stricher kann Liebesbekundungen eines Freiers entweder einfach überhören, weil er dessen Gefühle nicht wirklich erwidert, oder sie mit einem unverständlichem Gemurmel *beantworten*. Wenn ein Freier aber nun unbedingt eine Antwort erzwingen will, so kommt der Stricher nicht darum herum, diesem zu sagen, was er fühlt bzw. nicht fühlt, wenn er sich nicht für sein Spiel missbrauchen lassen will.

b) Wenn sich ein Freier tatsächlich in einen Stricher verliebt hat, so wäre es von diesem nur fair, wenn er dem Freier, falls er sich nicht gleichfalls in ihn verliebt haben sollte, deutlich macht, dass er für ihn keine Liebe, sondern allenfalls Sympathie empfindet. Das Problem ist meist allerdings, dass es sehr häufig Stammfreier sind, die sich in einen Stricher verlieben. Und da diese die Haupteinnahmequelle für einen Stricher stellen, ist es für diesen keine leichte Entscheidung, sich auf dieses Spiel einzulassen, auch wenn es ihm zuwider ist. Doch, sollte kein Stricher oder Callboy die psychische Belastung unterschätzen, die eine solche Verbindung, insbesondere wenn sie länger andauert, für ihn bedeuten kann. Das unfairste Verhalten von Seiten des Strichers gegenüber einem verliebten Kunden ist es, diesen nach allen Regeln der Kunst auszunehmen. Leider geschieht dies sehr oft. Hier sollte ein jeder Stricher und Callboy bedenken, dass dieses Fehlverhalten früher oder später einmal auf ihn zurückgeworfen werden kann!

## Aussage Nr. 14
"Geld spielt keine Rolle!"
oder noch schlimmer:
"Um deine Kohle musst du dir keine Gedanken machen!"

*Mit derartigen Aussagen verfolgt der Freier mitunter folgende Interessen bzw. will Folgendes damit zum Ausdruck bringen:*

a) Diese Aussagen bedeutet bisweilen: Ich will dich ködern und mich laben an Deiner Geldgeilheit. Ich weiß, wenn ich dir viel Geld in Aussicht stelle, bekomme ich dich dazu, mir zuzuhören. Viele dieser Freier wollen nur jemanden zum Reden haben und nutzen das Geld als Lockvogel. Und sollte es doch zum Sex kommen, so spielt Geld für sie natürlich eine Rolle.

b) *Telefonische Anfrage bei einem Callboy*: Wenn ein Freier das Telefongespräch bereits mit der Grundaussage beginnt, dass Geld keine Rolle spielt, handelt es sich bei ihm fast ausnahmslos um einen so genannten Telefonwichser! Dadurch nämlich, dass er viel Geld in Aussicht stellt, schafft er es immer wieder, Callboys zu finden, die bereit sind, mehr als nur ihre gewöhnlichen Auskünfte übers Telefon zu erteilen.

**Hierzu Verhaltenstipps für den Stricher:**
Ein Mietboy kann einfach folgenden Schnelltest durch-führen, um herauszufinden, in wieweit Geld für einen Freier in einer Bar tatsächlich eine Rolle spielt. Er bestelle sich einfach ein Glas Champagner auf dessen Kosten, und warte ab, was passiert! Eines habe ich in meiner Zeit als Stricher/Callboy immer wieder beobachten können: Die Freier, die mit der Kohle um sich werfen, entlarven sich im Nachhinein oft als die ärmsten Schlucker. Wer hingegen viel Geld hat, macht darüber in der Regel wenig Aufhebens! Anders verhält es sich mit den unerfahrenen Freiern, die auf ihren ersten Streifzügen aus Unwissenheit meist viel zu hohe Honorare an den Stricher zahlen. Dies sieht ein Stricher natürlich gern, doch sollte er dies nicht gnadenlos ausnutzen.

## Aussage Nr. 15

"Ich würde wirklich gerne etwas mit dir anfangen, aber..."
"Wir haben jetzt leider so viel miteinander gequatscht, dass ich gar keine Zeit mehr habe."
"Ich muss nur noch mal kurz zum Bankautomaten."

*Mit derartigen Aussagen verfolgt der Freier mitunter folgende Interessen bzw. will Folgendes damit zum Ausdruck bringen:*

a) Ein Freier, der dergleichen sagt, will sich meist lediglich geschickt aus der Affäre ziehen. Womöglich ist er zu feige, dem Stricher geradewegs auf den Kopf zuzusagen, dass dieser nicht sein Typ ist. Oben stehende Aussagen sind nur ein klitzekleiner Auszug aus dem reichhaltigen (Not)Lügenkatalog mancher Freier. Hier weitere Ausreden: *"Leider habe ich heute schon gespritzt.", "Ich nehme zurzeit Medikamente, die sich negativ auf meine Libido auswirken", "Ich muss nur noch mal kurz nach meinem Auto gucken, ob ich es auch wirklich abgeschlossen habe"* etc.

b) Es finden sich aber auch Freier, die mit ähnlichen Aussagen den Preis zu drücken versuchen, indem sie z.B. sagen: *"Ich würde ja gerne etwas mit dir anfangen, leider aber habe ich nicht genügend Geld dabei."*

**Hierzu Verhaltenstipps für den Stricher:**

a) Dieser Kunde ist auf jeden Fall passé! Ein Stricher sollte dies akzeptieren und sich lieber schnell einem anderen zahlungswilligen Mann zuwenden. Bei ganz blöden Ausreden könnte er einem Freier allerdings einen kleinen Denkzettel verpassen! So könnte er ihm z.B. vorschlagen, dass er ihn kurz zum Auto oder Bankautomaten begleitet. Oder aber er bietet ihm ein Quickys an, wenn dieser davon spricht, dass er kaum noch Zeit hat.

b) Freier, die erst kurz vor dem käuflichen Akt überrascht feststellen, dass sie nicht genügend Geld eingesteckt haben, gibt es leider zuhauf. Bei ihnen sollte der Stricher entweder auf die Nummer verzichten oder aber einwilligen, dafür aber den Service deutlich herunterfahren, falls der zuvor vereinbarte Preis und die Leistung nicht bereits am unteren Level angesiedelt lagen.

## Aussage Nr. 16

"Kondome sind ganz schön lusttötend."

oder:

"Ich habe eine Latexallergie."

oder:

"So ein Mist, jetzt habe ich kein Kondom dabei!"

*Mit derartigen Aussagen verfolgt der Freier mitunter folgende Interessen bzw. will Folgendes damit zum Ausdruck bringen:*

a)Viele der Freier, die obige Aussagen gebrauchen, wollen im Grunde genommen nur darauf hinaus, mit dem Stricher ungeschützten Sexualverkehr zu praktizieren. Im Prinzip sind die Aussagen also verdeckte Anfragen, wie z.B: *"Lässt du dich auch ohne Gummi ficken bzw. fickst du ohne Gummi?"*

b) Natürlich können sich oben angeführte Aussagen auch auf den Oralverkehr beziehen, was dann so viel heißen kann wie: *"Schluckst du meinen Samen bzw. kann ich deinen Samen schlucken?"*

**Hierzu Verhaltenstipps für den Stricher:**
Natürlich sollte sich kein Stricher auf dieses Himmelfahrtskommando einlassen; ganz gleich, wieviel Geld ihm dafür geboten wird! Vorsicht ist insbesondere gegenüber Personen geboten, die angeben, dass sie absolut *sauber* sind! Wenn ein Freier ohne Gummi ficken will, so kann davon ausgegangen werden, dass er dies auch mit anderen Strichern vorhat bzw. bereits getan hat. Auch sollte ein Stricher sich nicht auf die Ausrede mit der Latexallergie einlassen, gibt es doch entsprechende Ausweichkondome! Die einzige hier angesprochene Sexpraktik, auf die sich ein Stricher aus seiner Sicht einlassen könnte, ist die, seinen Samen in den Mund des Freiers zu spritzen! Von dieser Variante sollte hingegen jeder Freier Abstand nehmen!

# Interviews mit einem Stricher, einem Callboy und einem Freier

## INTERVIEW MIT MARKUS:
## "DIE FREIER MÖGEN'S HALT, WENN MAN AUF LIEBE MACHT."

Als ich folgendes Gespräch mit Markus im Juni 1999 in einem Hamburger Stricherlokal geführt habe, war dieser neunzehn Jahre alt und ging bereits seit über sieben Jahren auf Bahnhöfen oder in Stricherbars anschaffen. Markus war zum Zeitpunkt dieses Interviews ein femininer Typ mit einer sehr schlanken, knabenhaften Figur, einem eigenartig naiven wie gleichsam einnehmenden Lachen, das bei genauerem Hinhören stark gekünstelt wirkte, wie er überhaupt von einer oberflächlichen Heiterkeit beseelt war.

*Wann hast du dich zum ersten Mal für Geld angeboten?*
Da war ich, glaube ich, zwölf Jahre alt. Ja, ungefähr so alt muss ich gewesen sein. Vielleicht auch ein Jahr jünger? Ich weiß nicht.

*Ganz schön früh, findest du nicht auch?*
Ja, stimmt! Das ging bei mir früh los.

*Und wie kam es zum ersten Mal?*
Ich bin früher oft auf eine Bahnhofstoilette gegangen. Die war direkt gegenüber vom Heim, in dem ich war. War aber kein großer Bahnhof. Also, nichts mit Strichern oder so! Ich bin da wegen der Sprüche an den Kabinenwänden hin. Die fand ich damals ziemlich erregend, wenn du verstehst, was ich meine. Na, und dabei ist es dann halt passiert.

*Was ist passiert?*
Ich hab mir einen abgewichst. Das hat ein Opa mitgekriegt und mich angesprochen.

*Einfach so?*
Ja, ehrlich! Der hat mich gefragt, ob wir das, was ich da eben mit mir selbst gemacht habe, nicht einmal zusammen machen könnten. Er würde mir auch etwas dafür bezahlen. - Ich wollte das zuerst nicht, denn der war ekelig alt und muffelte nach Schnaps. Bin dann weg - dann aber doch wieder hingegangen. War halt neugierig. Vielleicht aber auch wegen der Piepen. – Ja, wegen der Piepen.

*Was hat er dir denn bezahlt?*
Nicht viel. Ich war ja noch kein Stricher damals. Vielleicht zwanzig

Mark, vielleicht aber auch weniger.

*Und, kannst du dich noch erinnern, wie du dich beim ersten Mal gefühlt hast ?*
Ja, das kann ich! Der Alte war ätzend ekelig, richtig alt halt, mit allem was dazu gehört. - Aber so richtig alt, sag ich dir (Markus muss lachen). Hätte beinahe das Kotzen gekriegt, als er mich plötzlich küssen wollte. Ich glaube, ich habe am ganzen Körper gezittert und gehofft, dass es schnell vorüber geht.

*Und ging es schnell vorüber?*
Ja, hab mich weggedreht und ihm seinen Schwanz mit der Hand fertig gemacht. Hab mich richtig schlecht gefühlt dabei. - Doch, richtig ätzend hab ich mich gefühlt! Habe sogar noch Stunden später gedacht, dass ich kotzen müsste.

*Aber trotzdem hast du es wieder gemacht!*
Ja, wegen der Piepen natürlich. Er hat mir später dann auch mehr gegeben. Außerdem hab ich mich irgendwie dran gewöhnt. Ging ja eigentlich auch immer schnell vorbei mit dem Opi. Ich hab halt nur die Piepen gesehen.

*Und was hast du mit dem Geld gemacht?*
Klamotten gekauft. Meistens aber Süßigkeiten oder auch Pommes und so 'n Kram. Was man fürs Leben so braucht!

*Und wie ging es dann weiter?*
Na, irgendwann hat mich der Opa angequatscht, ob ich den Strich auf dem Hauptbahnhof kenne und ob ich dort schon mal angeschafft habe. Hab ich aber nicht. Bin dann aber einfach mal hingegangen und habe mich hingestellt.

*Einfach so?*
Ja, klar einfach so. Hab geguckt, wer so die Stricher sein könnten und wer wohl die Freier. - Das sieht man! Das heißt, früher hab ich das noch nicht gesehen. Aber heute erkenne ich fast jeden Freier aus hundert Meter Entfernung.

*Und woran erkennst du einen Freier?*
Na, wie die gucken. Die gucken dich doch an wie,... ich weiß jetzt nicht wie. Auf jeden Fall aber ganz eigenartig. So gucken nur Freier.

*Und von da an hast du regelmäßig am Bahnhof angeschafft?*
Ja, ich bin fast jeden Tag nach der Schule hin oder zumindest immer dann, wenn ich Zeit hatte.

*Und gab es auf dem Bahnhof denn immer Freier, die sich für dich interessierten?*
Oh ja, und wie! Anfangs hatte ich jeden Tag sogar zwei, drei oder auch mehr Freier gehabt. Musste viele sogar sausen lassen.

*Und danach ging es immer wieder zurück ins Heim?*
Ja, genau! - Manchmal wurde es aber auch später. Dann gab es immer Ärger mit meinem Erzieher. War echt ein ätzendes Arschloch. Hat sich immer, was weiß ich wie aufgeregt, dabei stand er doch selbst auf kleine Jungs.

*Wie kommst du darauf?*
Hab das erst im Nachhinein erfahren, als ich ihn mal im "Ex" *(Stricherkneipe auf St. Pauli)* mit einem Stricher rum knutschen hab sehen.

*Haben die im Heim mitbekommen, dass du auf den Strich gehst?*
Später ja! Anfangs war das ja mehr so ein Spiel oder Hobby. Bin deshalb auch irgendwann aus dem Heim abgehauen.

*Hat man dich nicht gesucht und wieder zurückgebracht?*
Klar. Die haben mich oft vom Bahnhof weggeholt. Und nicht nur mich. Ich war nicht der einzige aus unserem Heim, der anschaffen ging. Das war echt so etwas wie ein Hobby für viele von uns. - Irgendwie ätzend, aber es war wirklich so!

*Ist aber ein komisches Hobby, findest du nicht auch?*
Na ja, Hobby kann man auch nicht so sagen. Es war vielmehr cool, immer viel Piepen zu haben, und niemanden um sich, der einen ständig sagt, was man zu machen hat. - Und irgendwann haben die mich aus dem Heim immer seltener gesucht. Ich glaube, ich war ihnen total egal.

*Magst du erzählen, warum du ins Heim gekommen bist?*
*(Markus wird spürbar unruhig.)* Lief halt schlecht bei meinen Eltern. Ich wurde ihnen zu schwierig oder so. Ich kann mich nicht mehr so gut daran erinnern.

*Wie ging es denn mit dem Anschaffengehen weiter? Du bist jetzt immerhin schon circa sieben Jahre dabei, wenn ich richtig nachgerechnet habe?*
Ja, stimmt. Sieht man mir hoffentlich nicht an! (*holt sich einen kleinen Taschenspiegel hervor und schaut hinein.*) Na, ich hab zwischendurch auch schon bei Freiern gewohnt oder die haben mir einen Job besorgt oder so was in der Art. War aber meist alles nur kurz und ätzend.

*Aber trotzdem eine lange Zeit, findest du nicht?*
Doch, schon. Aber irgendwie kommt mir das gar nicht so lange vor. Es ist komisch zu erklären. Es ist wie eine eigene Welt.

*Kannst du das mit "der eigenen Welt" etwas genauer beschreiben?*
Na, ja, eine eigene Welt halt. Du merkst irgendwie nicht, wie dir die Zeit davonläuft. Es gibt kein Wochenende, keinen Urlaub und so. Und du bist jeden Tag unterwegs. Immer neue Männer und immer dasselbe Spiel.

*Hast du einen Schulabschluss?*
Nein. Brauch ich auch nicht!

*Und irgendwelche Perspektiven, wie es mal weitergehen soll, wenn du einmal nicht mehr anschaffen gehen kannst?*
Ach, da gibt es so viele Möglichkeiten. In Pornoshops arbeiten oder in einer Bar. Hab sogar schon mal in einem Pornoshop gejobbt. Echt! Das war aber langweilig. Hab nach ein paar Tagen wieder hingeschmissen. Vielleicht mache ich irgendwann einmal eine Kneipe auf.

*Hast du dir dafür denn schon Geld zurückgelegt?*
Ne, noch nicht. Hat ja noch Zeit. Bin ja erst siebzehn.

*Ich denke, du bist neunzehn?*
(lacht) Ja, in meinem richtigen Leben schon. Aber als Stricher bin ich eben erst siebzehn.

*Und, was ist dein richtiges Leben?*
Auf jeden Fall nicht anschaffen gehen. Damit verdiene ich nur mein Geld.

*Ja, aber wann und wo findet dein richtiges Leben statt?*
Zum Beispiel, wenn ich abends weg gehe, also in eine Discothek mit

Freunden und dann einfach nur Spaß habe und die Piepen auf den Kopf haue, die ich zuvor verdient habe. Und manchmal mache ich mir auch einfach einen schönen Tag. Dann fahre ich irgendwo hin und mache nur das, was mir Spaß macht.

*Ich habe dich nun ja häufiger beobachten können, wie du mit deinen Freiern umgehst. Ich finde, du verhältst dich ihnen gegenüber ziemlich gefühlvoll, sehr intim?*
Ach, du meinst, weil ich die immer abküsse oder wie?

*Ja, auch.*
Die Freier mögen es halt, wenn man auf Liebe macht. Ich habe fast nur Freier, die in mich verliebt sind. Die tun dann alles für mich. Ist zwar manchmal ätzend nervig, wenn ein Freier dich total liebt, aber die sind dann wenigstens treu und geben dir auch meistens mehr Piepen und so. Ich bin in ihren Augen dann der kleine Junge, den sie lieb haben können.

*Und das stört dich nicht?*
Nö! Sollen sie mich doch lieben, wenn mir das nur genug Piepen bringt.

*Markus, wenn du einen Wunsch frei hättest, was würdest du dir wünschen?*
Dass ich immer so jung bleibe wie jetzt. Und dann würde ich gerne ein Haus haben. Und viel Geld, um es zu spenden, an arme Kinder und so.

*Das sind aber bereits drei Wünsche.*
Ach, mach doch mal eine Ausnahme für mich! (lacht laut)

*Na gut. Dann wünsche ich dir, dass all deine Wünsche sich erfüllen mögen.*
Ja, das wäre schon cool.

## INTERVIEW MIT JANEK:
## "ICH KANN NUR JEDEM DAVON ABRATEN."

Janek, Callboy aus Hamburg, 1970 in Berlin geboren, Einzelkind, aufgewachsenen in einer gutbürgerlichen Familie. Janek absolvierte die Realschule und hat eine abgeschlossene Ausbildung vorzuweisen, was im Stricher- und Callboymilieu eher die Ausnahme ist. (*Näheres dazu auf den Seiten 25-32*) Zum Zeitpunkt dieses Interviews war Janek dreißig Jahre alt, hatte eine sportliche Figur und trotz seines Alters noch immer ein erstaunlich jugendliches und frisches Aussehen. Das Gespräch wurde im April 2000 in meiner Wohnung aufgezeichnet.

*Janek, wie du mir bereits erzählt hast, kommst du aus gutem Elternhause und hast eine schöne Kindheit verlebt?*
Ja, genau. Mein Vater ist hoher Bediensteter bei der Lufthansa. Und von meinen Eltern habe ich eigentlich immer alles in den Arsch gesteckt bekommen. Ich war ein Hätschelkind.

*Und wie kommt nun jemand wie du dazu, als Callboy zu arbeiten?*
Erst bin ich ja auf den Strich gegangen. Und das eigentlich nur aus purer Neugierde. Erst gelegentlich und dann immer häufiger! - Ich habe damals über Jahre hinweg zwei Leben geführt: Das Spießbürgerliche auf der einen und das Stricherleben auf der anderen Seite. Bin also brav zur Arbeit marschiert und war Mamis und Papis Liebling. Und am Wochenende habe ich mich dann in Stricherbars herumgetrieben. Aber nie auf Bahnhöfen. Das war nie mein Niveau. - Außerdem hätte mich dort jemand von meinen Bekannten oder Verwandten erkennen können.

*Was hat dich daran gereizt, anschaffen zu gehen?*
Irgendwie hat mich die Atmosphäre und das ganze Drumherum vom ersten Augenblick an gefesselt. Mich hat es irgendwie geil gemacht, mich zu verkaufen. Also, nicht der eigentliche Sex mit den Freiern. Obwohl, so stimmt das auch nicht! - Jedenfalls war da früher immer diese Spannung, dieses Kribbeln - Ich meine, im Gegensatz zum normalen Leben. - Und wenn man jung ist, findet man schließlich vieles geil, auch wenn es ziemlich idiotisch ist. Und des Geldes wegen hab ich es natürlich auch gemacht.

*Sagtest du nicht, dass deine Eltern genügend Geld haben? Und außerdem hattest du doch auch eine gute Ausbildung?*
Richtig! Aber meine Eltern haben mir immer nur Geld für Dinge zugesteckt, von denen sie meinten, dass sie für mich und meine Entwicklung von Vorteil wären. - Ach, das Verhältnis zu meinen Eltern ging eigentlich von dem Tag an den Bach runter, als ich mich ihnen gegenüber als schwul geoutet habe. Sie haben zwar groß auf Verständnis gemacht; insgeheim aber haben sie mich wie einen Kranken behandelt. Wollten sogar, dass ich eine Psychotherapie anfange – Natürlich nur zu meinen Besten! Und den Verwandten sollte ich bloß nichts von meiner Veranlagung erzählen.

*Hat dich womöglich das Verhalten deiner Eltern in das Strichermilieu getrieben, quasi als Trotzhandlung?*
Kann gut möglich sein. Wäre eine Überlegung wert.

*Kannst du dich noch an deinen ersten Freier erinnern?*
Ganz genau sogar. Es war ein älterer Türke. Der wollte nur, dass ich zuschaue, wie er sich vor meinen Augen einen runter holt. Dafür hat er mir dann einen Hunderter in die Hand gedrückt. Da war ich gerade einmal siebzehn. Das fand ich schon geil. Ich meine, so schnell und einfach Kohle zu verdienen.

*In der Regel aber sieht es doch ganz anders aus?*
Stimmt! Die meisten Freier wollen blasen oder ficken. Und da sind schon eine Menge unangenehmer Gesellen dabei.

*Du arbeitest jetzt als Callboy. Wie lange bereits?*
Schon seit etwa vier Jahren. War vorher mehr so ein Gelegenheitsstricher. Ich hatte ja meistens einen Job nebenbei. Bin nur auf den Strich, um mir ein geiles Leben zu finanzieren. - Konnte mir auf alle Fälle schon damals geilen Urlaub, teure Klamotten und ein gutes Auto leisten, ohne deswegen von meinen Eltern abhängig zu sein. - Jahrelang war ich in Bars unterwegs, bis es mir dort irgendwann zu stressig wurde. Immer die Nächte durchmachen war einfach nicht mehr mein Ding. Außerdem haben mich die vielen besoffenen Freier, die in den Bars so abhängen, fertig gemacht.

*Und wie kommst du als Callboy nun an deine Freier und wie viel hast du so am Tag und im Monat?*
Ich schalte regelmäßig Anzeigen in verschiedenen Zeitungen. Am Tag

habe ich mindestens einen Freier.

*Was schreibst du denn so in deine Anzeigen rein?*
Geiler Boy mit großem Schwanz (*lacht*) verwöhnt dich zu jeder Stunde oder so ähnlich! Und dann kommt halt meine Telefonnummer.

*Und wie laufen solche Telefongespräche in der Regel ab?*
Die Freier wollen wissen, wo ich wohne, was ich mache und was es kostet. Die meisten rufen aber nur so an. Aber es bleiben trotzdem immer genügend hängen, um davon gut leben zu können.

*Wie würdest du einen durchschnittlichen Freier vom Aussehen und von seiner Art her beschreiben?*
So zwischen 30-60 Jahre alt, durchschnittlich bis widerlich aussehend, meistens relativ nett, eher weniger gute Figur, langweilig. - Mehr fällt mir nicht ein.

*Was sind die drei Dinge, die dich an Freiern an meisten stören?*
Dass sich die meisten einfach nicht in einen Callboy hineinversetzen können. Die verlangen z.B., dass man ihren Arsch lecken soll. Allein schon, dass sie mich das zu fragen wagen, finde ich total ekelhaft. Und dann finde ich es auch noch bescheuert, wenn Freier mir weniger bezahlen wollen, als vorher vereinbart war. Auch Freier, die man einfach nicht los wird, mag ich überhaupt nicht. Da hört es bei mir auf!

*Kannst du eigentlich zwischen deinem Job als Callboy und deinem Privatleben immer eine klare Trennlinie ziehen ?*
Ja, Job ist Job und privat ist privat.

*Glaubst du, dass dich die Zeit als Callboy nachhaltig verändert hat?*
Ich bin selbstbewusster geworden. Aber auch irgendwie kälter. - Also, ich würde schon sagen: Ich kann nur jedem davon abraten, als Stricher oder Callboy sein zu Geld verdienen.

*Und warum arbeitest du dann noch als Callboy?*
Das ist einfach das viele Geld, das mich reizt. Und außerdem bin ich jetzt schon so lange dabei. – Ich bin schon total versaut, da ist eh nichts mehr zu retten!

*Wenn du an alle Freier dieser Welt eine Botschaft richten könntest, wie würde diese lauten?*

Seid froh, dass es Jungs gibt, die es für Geld tun. Sonst wärt ihr ganz arme Schweine; noch ärmer als der ärmste Stricher.

*Was war dein schlimmstes Erlebnis, das du je mit einem Freier hattest?*
Beim Hausbesuch hat mir plötzlich einer ein Messer an meinen Hals gedrückt, um mir gesagt, dass er mich umbringen wird. Nach ein paar Minuten hat er es wieder weggenommen und gemeint, dass er nur mal sehen wollte, ob ich Angst bekomme. Der wollte dann noch Sex mit mir haben. Habe dann aber meine Beine in die Hand genommen und bin weg!

*Erinnerst du dich auch noch an ein komisches Erlebnis mit einem Freier?*
Ja, ich habe mich mal in einer Spedition beworben. Und siehe da, der Personalchef war ein ehemaliger Freier von mir. Dem war das vielleicht peinlich, denn da saß noch jemand mit im Raum. Ich hab nichts gesagt, nur geschmunzelt. Den Job habe ich aber trotzdem nicht gekriegt (*lacht*).

## INTERVIEW MIT JOE:

## "FÜR MICH IST DIESE ART VON SEX DIE EHRLICHSTE ANGELEGENHEIT DER WELT!"

Joe war über vier Jahre hinweg einer meiner Stammfreier, zu dem ich übrigens auch heute noch ein gutes Verhältnis habe. Zu unserer *aktiven* Zeit hat er mich fast jede Woche besucht. Dieses Gespräch ist im April 2000 in meiner Wohnung zustande gekommen. Joe ist Beamter im Vorruhestand, arbeitet nebenher als Sicherheitsbeamter in Hamburg und war zum Zeitpunkt dieses Interviews 53 Jahre alt.

*Joe, magst du mir vielleicht in ein paar Sätzen über deine Kindheit erzählen?*
Ja, gerne. Ich wurde kurz nach dem II. Weltkrieg geboren, als einziger Sohn meiner ledigen Mutter. Man könnte sagen, ich wurde im Siegestaumel der Besatzungsmacht von einem englischen Soldaten gezeugt, der übrigens bis heute nichts von meiner Existenz ahnt. - (*grübelt*) Meine Mutter musste ohne staatliche Unterstützung für unseren Lebensunterhalt sorgen, deshalb war ich schon von klein auf an auf mich allein gestellt. - Ich glaube schon, dass dadurch mein weiterer Lebensweg deutlich geprägt wurde.

*Wann und wie hast du deine Homosexualität entdeckt?*
Eigentlich sehr früh, und ohne natürlich zu ahnen, was sich da bei mir abspielte. Früher war man mit der Aufklärung noch nicht so weit. - Ich war 5 Jahre alt. Es war ein ziemlich heißer Sommer. Bin mit anderen Kindern in unserem Dorftümpel herum geplantscht. Und da waren auch zwei ältere Jungen. Ich glaube, die waren zwischen zehn und zwölf Jahre alt. - Die haben sich aus einer Stalltür und zwei leeren Benzinkanistern ein Floß zusammengebaut. Ihre Konstruktion war aber nicht gerade stabil. (*lacht*) - Sie kenterten. - Ich hab dann gesehen wie sie sich gegenseitig aus dem Wasser gezogen haben. Der Ältere trug eine große Badehose und da schaute dann unfreiwillig sein halb steifes Geschlechtsteil heraus - und ich meine auch, er stellte es ein bisschen zur Schau. - Das war das erste Mal in meinem Leben, dass ich ein fremdes Glied gesehen habe und ich war total fasziniert davon. Einen Anblick, den ich nie vergessen werde. Und ich bin davon überzeugt, dass ich da meine erste Erektion hatte.

*Wie bitte?*
Na, war vielleicht auch nur eine kleine Erektion (*lacht*).

*Joe, wann hattest du deinen ersten Kontakt zu Strichern bzw. zu Callboys und welche Erinnerungen hast du noch daran?*
Lass mich überlegen! - Ja, genau, das war 1971, auf meinem ersten Tunesienurlaub. Da habe ich Kontakt zu den einheimischen Jungs gesucht, weil ich in den *St. Pauli-Nachrichten* gelesen hatte, dass die jungen Araber überwiegend schwul sein sollen.

*Ach, und dann hast du dir einfach gedacht, einer wird schon dabei sein?*
Nicht ganz. - Eines Nachts bin ich ziemlich alkoholisiert von einem Kellner meines Hotels in einen Palmenhain abgeschleppt worden. - Puhhh, ich war ganz schön happy, war er doch der erste Junge in meinem Leben, der mich auf den Mund küsste und mir auch noch seine Zunge tief in den Hals steckte. – Aber leider erfüllten sich meine Erwartungen auf weitere Zärtlichkeiten nicht so ganz, denn plötzlich lag ich auf dem Bauch und er versuchte mit seinem großen Schwanz in mich einzudringen. Für mich war das eine ziemlich schmerzhafte Angelegenheit, denn meine Erfahrungen waren auf diesem Gebiet ja gleich Null. – Es kam zu einer kleinen Rangelei, in deren Verlauf er mir dann, wohl mehr ungewollt, seine Ladung zwischen meine Backen spritzte. - Als ich mich dann umdrehen wollte, wurde ich wieder auf den Bauch gerollt, aber diesmal von seinem Kollegen, einem ziemlich kräftigen Mauretanier. - Ich habe den vorher gar nicht bemerkt. - Der nutzte dann die Gunst der Stunde und hat den Saft seines Vorgängers einfach als Gleitmittel genutzt. - So wurde ich also zum ersten Mal in meinem Leben richtig durchgefickt. Und als es dann vorüber war und ich mich einigermaßen sauber gemacht hatte, fragten mich meine beiden Hengste, wieviel Geld ich bei mir hätte. - Mann, da hab ich vielleicht bedeppert aus der Wäsche geguckt. - Die beiden klärten mich über die wichtigste Landessitte auf, nämlich Sex nur gegen Bares! - Und da ich die Situation nicht eskalieren lassen wollte, habe ich für meine Unwissenheit und eigene Vergewaltigung umgerechnet 70 DM bezahlt.

*Deine erste Begegnung mit käuflicher Liebe hatte es also im doppelten Sinne in sich?*
Das kann man wohl so sagen. (*lacht laut*)

*War es damals ein eher spontaner Entschluss von dir, für Sex zu bezahlen, oder ging diesem "ersten Mal" ein längerer (Denk-)Prozess voraus?*
Na ja, als ich erst einmal herausbekommen hatte, wie das in Nordafrika mit dem Sex zwischen Touristen und Einheimischen ablief und ich mittlerweile auch die Preise kannte, habe ich diese Möglichkeit bis an die Grenze meiner Reisekasse ausgereizt. - Ein Denkprozess fand wegen Geilheit nicht statt.

*Wie sieht dein Sexualleben zurzeit aus?*
Ich bin vollauf zufrieden, denn ich habe mindestens einmal in der Woche Sex. Es ist in jedem Fall besser als vor 20 Jahren!

*Käuflicher Sex?*
Ja.

*Was gibst du monatlich für Callboys oder Stricher aus und über wieviel Geld in Monat verfügst du etwa?*
So etwa 500 - 600 Mark. - Ich selbst verfüge im Monat über ein Nettoeinkommen von 2700 Mark.

*Ist käuflicher Sex bzw. käufliche Liebe für dich ihr Geld wert?*
Ich meine, ja! - Ich spreche aber vom Sex, weil ich mit der Definition des Begriffs "Liebe" wenig anfangen kann. Für mich ist käuflicher Sex die ehrlichste Angelegenheit auf der Welt und ich bin selten enttäuscht worden.

*Und warum ist diese Art von Sex für dich die ehrlichste Angelegenheit?*
Weil es ein klares Abkommen zwischen den beiden Parteien gibt.

*Was meinst du, mal so über den Daumen gepeilt, hast du in deinen Leben bislang für käuflichen Sex ausgegeben?*
Also locker 70 bis 80 TDM.

*Dafür hättest du dir eine Luxuskarosse kaufen können?*
Stimmt! - Ich glaube aber nicht, dass ich damit so viel Spaß gehabt hätte.

*Was ist die positivste Überraschung, die dir jemals mit oder bei einem Stricher oder Callboy widerfahren ist?*
Positiv finde ich auf jeden Fall, dass ich zu fast allen meinen Exlovern,

egal ob Callboys oder Bahnhofstrichern auch heute noch kameradschaftliche und manchmal sogar freundschaftliche Verbindungen pflegen kann, obwohl in Sachen Sex schon lange nichts mehr läuft.

*Und die negativste Überraschung?*
Ich bin jetzt insgesamt drei- oder viermal auf irgendwelche Mitleidsgeschichten hereingefallen, aber mein finanzieller Schaden hält sich in vertretbaren Grenzen.

*Wie müsste für dich ein perfekter Stricher beschaffen sein, optisch wie charakterlich?*
Er müsste meinen optischen und sexkompatiblen Wunschvorstellungen entsprechen und mir das Gefühl vermitteln können, dass er, trotz aller finanziellen Belange, aufrichtige Sympathie für mich empfindet.

*Und ein perfekter Freier?*
Ein Typ, der einen so nachhaltigen Eindruck hinterlässt, dass jeder Callboy oder Stricher vergisst, hinterher nach der Bezahlung zu fragen. - Also, einer wie ich! (*lacht laut*)

*Wie würdest du dich als Freier, in wenigen Worten, selbst skizzieren?*
Alter Mann - wenig attraktiv, dafür aber verständnisvoll, aufrichtig, einfühlsam, gefühlsbetont, kaum feilschend und immer bereit für eine längere Sexbeziehung mit positiver Dynamik.

*Könntest du dir vorstellen, vorausgesetzt du würdest durch einen Zauber wieder jung sein, selbst anschaffen zu gehen?*
Bestimmt nicht - Fotos aus meinem 17. Lebensjahr können auch belegen warum. - Aber mal im Ernst. Nein, ich könnte das, glaube ich, nicht. Außerdem war diese Art des Geldverdienens für mich nie ein Thema.

*Könntest du mir zum Abschluss vielleicht noch eine lustige oder eine, dir nachhaltig in Erinnerung gebliebene, Begebenheit wiedergeben, die dir mit einem Stricher oder Callboy widerfahren ist?*
Klar doch. - Kurz vor dem Jahreswechsel 1996 besuchte ich auf Grund einer Zeitungsanzeige einen Callboy in der Adenauerallee in Hamburg. Auf mein Klingeln öffnete ein ca. 20-jähriger Thailänder, mit dem ich schnell handelseinig wurde. - Als wir gemeinsam auf dem Bett lagen und ich anfing mit der Zunge seinen Körper zu erforschen, merkte ich an seinen Reaktionen, dass ihm das wohl sehr zu gefallen

schien. - Auf jeden Fall hockte er irgendwann total erregt auf mir und wollte meinen Schwanz bei sich einführen. Nur mit Mühe konnte ich ihn davon überzeugen, mir erst ein Gummi überzustreifen. – Schon nach den ersten Reitbewegungen schoss er mir seine Ladung fast bis ins Gesicht. - Als er ermattet neben mir lag, fing er zu jammern an, dass er für den weiteren Tag sein Geschäft dichtmachen könne, weil er sich völlig verausgabt hätte. - Ich hielt es natürlich für seine Mitleidsmasche, um mehr Geld aus mir herauszulocken. - Weil es mir die Sache aber trotzdem wert war, habe ich den vereinbarten Preis aufgestockt. – Aber zu meinem großen Erstaunen lehnte er dies entschieden ab, schließlich hätte er ja auch seinen Spaß gehabt. Im Gegenteil, er lud mich spontan ein, zusammen mit seinen Freunden gemeinsam den Jahreswechsel zu begehen. Leider war ich terminlich gebunden, und ich habe ihn danach auch nicht mehr wiedergesehen. - Trotzdem erinnere ich mich immer wieder gern an diese Begebenheit, besonders dann, wenn ich mal wieder mit einem Asiaten im Bett bin.

Vielen Dank für das Gespräch.
Das macht hundert Mark (*lacht*).

# Ist Freier gleich Freier?
# "Sechzehn Begegnungen"

# JOACHIM ODER MEIN ERSTER FREIER UND EINSAMER STEPPENWOLF

Wie heißt es doch so schön: Den ersten Mann vergisst man nie! Genauso verhält es sich auch mit einem Stricher und seinem ersten Freier, wenngleich die Erinnerungen daran, zumindest von Seiten des Strichers, wohl fast durchweg negativ ausfallen dürften! Mein erster Freier hieß Joachim und auch ich kann mich ausgesprochen gut an ihn, meinen ersten Kunden, erinnern. Er war ein schlanker, fast hagerer Typ, so um die sechzig, der mich vom Aussehen her stark an den Literaturnobelpreisträger Hermann Hesse erinnerte. Es war mein erster Abend überhaupt in einer Stricherbar. Ich spülte meine Nervosität gerade mit einem Bier hinunter und fragte mich wiederholt, was ich eigentlich in diesem Lokal zu suchen habe. Ja, fast war ich in Begriff, die Flucht zu ergreifen, als mir der Barkeeper das Hesse-Double vorstellte. Joachim hieß dieser sympathische Doppelgänger und lud mich auf eine Cola ein. Wir plauderten über Belanglosigkeiten. Schließlich sagte Joachim den folgenschweren Satz, nämlich ob ich mit ihm aufs Zimmer gehen wolle? Puh, da bekam ich es aber ganz schön mit der Angst zu tun! Mit flauem Gefühl im Magen gab ich Joachim zu verstehen, dass ich mir nicht sicher wäre, ob ich das überhaupt will und kann, weil ich mich schließlich noch nie für Geld verkauft hätte. Das aber hätte ich nicht sagen dürfen, denn mit einer solchen Aussage macht man die meisten Freier erst richtig scharf! (*siehe hierzu auch Seite 58*) Auf jedem Fall sind wir im Eiltempo schließlich auf einem der beiden Stundenzimmer des Boypuffs gelandet. Nervös und ein wenig abwesend habe ich mich meiner Kleidung entledigt und neben diesen alten Mann gelegt, der vom Alter her locker mein Großvater sein konnte. Steif wie ein Bügelbrett lag ich da und harrte der Dinge, die auf mich zukommen sollten. Und das einzige, was in diesen Moment an mir alles andere als steif war, war mein Schwanz! Joachim wollte, dass ich an seinen Nippeln spielte und daran herum saugte, wie ein kleines Baby an der Mutterbrust. Ich weiß nicht, ob er diese Spielereien wirklich so toll fand oder er vielmehr eine Art Notprogramm fuhr, da etwas anderes mit mir schließlich kaum anzufangen war, denn ich war mördermäßig nervös und ängstlich. Dennoch hatte ich an diesem ersten Abend noch zwei weitere Freier; bin also sozusagen direkt ins kalte Wasser gesprungen und habe dabei meinen Stricher-Freischwimmer gemacht! Mit Joachim hatte ich übrigens nie wieder sexuellen Kontakt. Es dauerte eine Weile, ehe ich herausfand, dass er zu der Sorte Freier gehörte, die nach Möglichkeit niemals zweimal mit demselben Jungen ins Bett gehen, er also ein klassischer Vertreten eines Einwegfreiers (*mehr dazu auf Seite 40)* war! In der Folgezeit habe ich Joachim mit Dutzenden von Strichern ins Stundenzimmer abtauchen sehen. Doch obgleich er sich fast täglich mit jugendlichem Frischfleisch versorgte, strahlte er eine tiefsitzende Einsamkeit und Traurigkeit aus, die ganz besonders in den Momenten augenscheinlich wurde, wenn er wie ausgepumpt aus dem Stundenzimmer heraus in die Exquisit-Bar trat. In diesen Augenblicken ahnte er wohl selbst, dass ihm das ständige Verkonsumieren junger Körper nicht ansatzweise das gab, wonach er sich eigentlich sehnte; nach Nähe und Geborgenheit nämlich!

# DIETER, DER PÜNKTLICHE, ODER DER FREIER, WIE EIN CALLBOY SICH IHN WÜNSCHT

In den Augen der allermeisten Callboys oder Stricher ist ein perfekter Freier mit Sicherheit der, der brav sein Geld auf den Tisch legt, sich umdreht und, ohne die geringste Gegenleistung für seine Zahlung zu erwarten, geht. Nur existieren solche Freier höchstens in den Wunschträumen männlicher Prostituierter. Nüchtern betrachtet muss ein käuflicher Liebesdiener natürlich stets eine gewisse Gegenleistung für das Geld eines Freiers erbringen. Wenn Stricher also überhaupt von Wunschfreiern sprechen, dann meinen sie damit meist den kleinsten Unheilbringer innerhalb einer Horde fleischlicher Unglücksfälle, um es einmal halbwegs diplomatisch auszudrücken. Für mich gehört z.B. ein gewisser Dieter ganz ohne Frage als Wunschfreier deklariert. Und das gleich aus mehreren Gründen: Zum einen war Dieter hochgradig verlässlich. Er hat mich über vier Jahre hinweg jeweils zweimal monatlich besucht. Und dies geschah in einer solchen Regel-mäßigkeit, die es mir erlaubte, ihn als feste monatliche Einnahme-quelle zu verbuchen. Besonders von Vorteil war denn auch, dass Dieter stets zur gleichen Tageszeit kam, nämlich in seiner Mittags-pause; ich mich also auch zeitlich ganz und gar auf ihn einstellen konnte. Des Weiteren dauerten Dieters Besuche fast nie länger als dreißig Minuten, wobei die Tasse Kaffee davor und das Duschen danach in diese Zeitberechnung bereits mit eingeflossen sind! Und im Bett war Dieter ziemlich leicht zufrieden zu stellen. Er gehörte nicht zu den vielen Stammfreiern, die nach einer gewissen Zeit und damit verbundener Routine immer weitere Steigerungen beim Sex verlangen, was über kurz oder lang dann meist zur Beendigung dieser Verhältnisse führte, da ich meine von mir festgelegten Grenzen nicht überschreiten wollte. Was mir an Dieter allerdings besonders imponierte war, dass er sich ohne Wenn und Aber als Freier sah. Dies tat er übrigens mit derselben Bestimmtheit, wie er mich als Callboy behandelte! Viele Außenstehende werden sich kaum vorstellen können, wie wunderbar erholsam solche Freier für einen Stricher sein können, weil Stricher es gewohnt sind, den meisten Kunden immer etwas vorzugaukeln. Und nicht zuletzt auch auf Grund der alljährlichen Gratifikation, die mir Dieter jeweils zu Weihnachten zukommen ließ, war er einfach ein Freier zum Gernhaben. Und mit eben dieser beamtenmäßigen Korrektheit, die ich von ihm über die vier Jahre her gewohnt war, meldete sich Dieter schließlich telefonisch bei mir als Stammfreier ab. Eine wahre Rarität in diesem Milieu!

## FRANZ ODER MISTER TAGESSCHAU UND WELTMÄNNISCHER CHARMEUR

Bereits wenige Tage, nachdem ich in der *Exquisit-Bar* meinen Dienst aufnahm, lernte ich einen schlacksigen, sich charmant darstellenden Lulatsch kennen. Er hieß Franz, war so  um die vierzig, ausnehmend höflich, mit leicht verwegenem Schlafzimmerblick und einer unverwechselbaren, liberalistisch dahin leiernden Stimme. Stets erschien er elegant gekleidet, hatte auffallend gute Manieren und war in einem hohen Maße redegewandt. Und eben dieser Mann war mir von der ersten Minute an sympathisch und unsympathisch zugleich! Seine feinsinnige Arroganz sowie seine Art, auf Menschen zuzugehen und diese mit *Wortgeschwulsten* zuzudecken, war eines seiner Haupterkennungsmerkmale. Franz war ein steinreicher Machtmensch, politisch ambitioniert, der, so schien es mir zumindest, wo immer es sich anbot, mit seinem diplomatischen Auftreten kokettierte. Bei unserer ersten Begegnung bot mir Franz prompt an, dass ich ihn zu sich nach Hause begleiten solle. Anfänglich zierte ich mich, da ich bis dato noch keinen Hausbesuch absolviert hatte und mir dieser Typ, wie bereits erwähnt, irgendwie suspekt war. Doch mit seinem aufgesetzten Charme, den er zweifelsohne besaß, konnte Franz mich schließlich für seinen Vorschlag begeistern. Vielleicht war es aber auch das mir in Aussicht gestellte üppige Honorar, welches meine Bedenken flugs zerstreute. Erst später erfuhr ich, dass sich Franz stets Stricher in seine Luxuswohnung mitnahm oder sie dorthin bestellte, da er Sex in Stundenzimmern, so seine Worte, einfach nicht genießen konnte. Und dies ließ sich spätestens in dem Moment nachvollziehen, in dem man seine Luxushülle in einer feinen Villengegend in Hamburg betreten hatte. Die Diskrepanz zwischen seiner Bleibe und einer dieser kleinen Fickkammern war tatsächlich so groß wie die zwischen Himmel und Hölle, wenngleich ich Franz mit diesem Vergleich absolut kein himmlisches Zeugnis ausstellen möchte. Sein Domizil war überaus stilvoll eingerichtet und  mit allerlei Kunstgegenständen ausstaffiert. Gleich nach unserer Ankunft machten wir es uns in seinem weiträumigen Wohnzimmer bequem, indem wir ein Gläschen sündhaft guten Weines durch unsere Kehlen fließen ließen. Und dann sollte seine Belustigung ihren Anfang nehmen. Also entblätterte ich mich. Allerdings konnte ich mich gleich wieder anziehen; zumindest unten herum. Erst viel später sollte ich erfahren, warum Franz meinen Unterleib stets bedeckt wissen wollte. Wann immer ich nun mit Franz zusammentraf, lag eine gewisse Spannung, ein leicht unangenehmes Knistern in der Luft. Und ich bin mir sicher, dass Franz diese Spannung geradezu inszenierte, da er sie meiner Meinung nach bedurfte, um in sexuelle Stimmung zu gelangen. Mich beschlich in seiner Gegenwart oftmals ein leicht beklemmendes Gefühl. Ganz ohne Zweifel liebte Franz es, als Hors d'oeuvre ein Psychospiel mit mir zu spielen, bei dem er stets höchst präsent war! Beim eigentlichen Akt schien er mir hingegen ziemlich übersättigt zu sein. Diesen Überdruss an (käuflichem) Sex habe ich im Laufe meiner Stricher- und Callboyzeit im übrigen bei vielen, insbesondere gutbetuchten Freiern, erlebt. Gemeint sind die Männer, die sich täglich Jungs kaufen so wie ein Stück frisches Obst! Nun gut, Franz wirkte beim Sex teilweise derart gelangweilt, dass ich befürchtete, er würde mir dabei einschlafen. Direkt nach unserer ersten Sexnummer war ich mir eigentlich ziemlich sicher, dass dies gleichzeitig auch meine letzte Verpflichtung bei ihm sein würde. Doch dem war nicht so! Oft noch fuhr ich entweder mit ihm gemeinsam oder aber mit einem Taxi in seine Stadtwohnung, was ihn jedes Mal allein schon über einhundert Mark kostete. Doch für einen Immobilienmogul wie Franz waren diese Beträge schließlich nichts weiter als Peanuts; genau wie meine Gage! Pro Auftritt erhielt ich zweihundertfünfzig Mark exklusive der Taxigebühren. Die Sexdienstleistung, die ich dafür zu erbringen hatte, lief fast immer nach dem gleichen Muster ab: Während er wie ein Pascha auf seinem Wohnzimmersessel thronte, musste ich mich vor ihm hinknien und seinen Riesenwuchs aus der Hose pellen. Franz ließ sich ausnehmend gern französisch verwöhnen. Und dabei kam es des Öfteren vor, dass er, während ich mit seinem Teil beschäftigt war, nebenher Fernsehen schaute und mir dabei Anweisungen gab, wie er seinen riesigen Schwanz bearbeitet haben wollte. Mir war von unserem ersten Treffen an klar, dass es Franz weniger um den Oralverkehr selbst, als um Macht und Unterwerfungsrituale ging, wobei ich stets die Rolle des Untertan einzunehmen hatte. Eine denkbar undankbare Rolle übrigens, die ich später als Callboy nicht mehr besetzt habe. Doch so weit war ich bei Franz noch nicht, und so spielte er viele kleine Machtspiele mit mir. In einem Punkt allerdings blieb ich bis zuletzt standhaft und uneinnehmbar. Sein Wunsch war es von Anfang an gewesen, mir in den Mund zu spritzen. Wieder und wieder versuchte er, mich hierzu zu überreden bzw. mich mit Geld zu ködern. Ich wusste von einigen anderen Strichern, die sich bei ihm darauf einließen. Dies war allerdings weniger seiner Überredungskunst zuzuschreiben; handelte es sich doch um asiatische Stricher, die meist ein ganz besonderes

Risikobewusstsein beim Sex haben - nämlich gar keines!
Der Höhepunkt unserer Verbindung war erreicht, als Franz mich übers Wochenende in sein Haus auf Sylt eingeladen hat.
Beinahe wäre die Sache im allerletzten Augenblick gescheitert, weil Franz ziemlich beleidigt darauf reagierte, dass ich für die drei Tage, obgleich sexuell absolut nichts laufen sollte, ein Honorar einforderte; quasi als Verdienstausfall. Es lief schließlich auf einen Konsens hinaus; auf eine für uns beide tragbare Kompromisslösung. Und es gab tatsächlich keinen Sex auf der Insel; wohl aber auf der Heimfahrt. Während er nämlich über die Autobahn in Richtung Hamburg raste, musste ich ihm seinen Mastpfahl blasen. Dieses Wochenende hat das Ende unserer Verbindung eingeläutet, auch weil er mich immer eindringlicher darum *bat,* nun doch endlich seinen ganz speziellen Wunsch zu erfüllen. Im Anschluss an diesen Kurztrip habe ich Franz noch zwei große Schwänze vermittelt und dafür jeweils eine nette Provision kassiert. Danach gingen unsere Wege auseinander, nicht zuletzt deshalb, weil ich meine Barstrichertätigkeit kurz darauf eingestellt habe. Der Grund übrigens dafür, warum ich bei allen Treffen meine Hose anzubehalten hatte, ist der, dass Franz nur den Anblick von absoluten Großkalibern genießen konnte; den Normalbestückten war der Platz zwischen seinen Beinen zugedacht.

# BENNY, DER KLEINE PRINZ, ODER EIN BESONDERES COMING-OUT

Benny war gerade erst sechzehn Jahre alt, als er mich das erste Mal aufsuchte. Er war für sein Alter verhältnismäßig klein gewachsen, hatte ein blasses, leicht verpickeltes, klassisch geschnittenes Knabengesicht und wusste nie so recht, wo er mit seinen Händen bleiben sollte, wenn ich ihn mal etwas länger anschaute. Wenn ich privat gegen junge Typen im Bett auch nichts einzuwenden hatte, waren sie mir als zahlende Klientel hingegen alles andere als angenehm! Ich fühlte mich von ihnen weitaus stärker unter Druck gesetzt als von älteren Freiern. Und dieser Druck verstärkte sich noch mehr, wenn ein junger Kunde mir optisch zusagte, so wie eben dieser Zuckerjunge namens Benny. Dieser war mächtig aufgeregt und bekam kaum einen zusammenhängenden Satz heraus, als er mir erklären wollte, was ihn zu mir trieb. Ich sollte sein erster Mann sein. Ob er seine ersten Erfahrungen denn unbedingt bei einem Callboy machen wollte, fragte ich ihn und zählte ihm Alternativen auf. Benny aber blieb stur. Er bestand darauf, von mir und niemanden anderen in den schwulen Sex eingeführt zu werden. Also fühlte ich mich geschmeichelt und trat meinen Dienst an. Doch noch ehe ich richtig damit anfangen konnte, hatte Benny bereits einen Samenerguss *erlitten.* Und direkt im Anschluss daran war ihm die ganze Angelegenheit äußerst peinlich. Raketenschnell zog er sich an und verschwand mit hochrotem Kopf durch meine Wohnungstür. Ich ging davon aus, Benny nie wieder zu sehen; jedenfalls nicht als Freier. Doch ich sollte mich irren! Gerade einmal drei Tage nach unserem ersten Techtelmechtel stand er wieder vor meiner Tür. Und diesmal schaffe er es immerhin, meinen Schwanz ein paar Sekunden lang in den Mund zu nehmen und ihn mit der Zunge zu verwöhnen, ehe er wieder viel zu früh drauf los kleckerte. Und dies tat er, obwohl weder er noch ich sein Glied überhaupt berührt hatten! Wieder war ihm die Sache im Nachhinein höchst unangenehm und wieder war er im Nu entflohen. Als Benny innerhalb kürzester Zeit aber immer wieder bei mir auftauchte, fragte ich ihn irgendwann einmal, woher er eigentlich das ganze Geld hernahm, das er mir brav ablieferte. Nach leichtem Zaudern beichtete er mir, dass er sich dieses von seinem Sparbuch herunternahm, das ihm seine Oma, man kann es sich denken, eigentlich für einen ganz anderen Zweck angelegt hatte. Er zeigte es mir. Und da war es dann schwarz auf weiß zu lesen, dass es, so wie es mit uns beiden lief, nicht mehr lange weitergehen konnte, denn sein Erspartes ging zur Neige. Ich konnte Benny schließlich überreden, mich in eine Schwulendisco zu begleiten, was sich auf Grund seines Alters zwar nicht als ganz so leicht herausstellen sollte; schließlich aber doch vom Erfolg gekrönt war. Für Benny war dieser Abend ein totales Aha-Erlebnis. Immer wieder fragte er mich ungläubig, ob denn auch wirklich alle Anwesenden tatsächlich schwul seien. Es brauchte einige Zeit, bis er aufgetaut war und später sogar an einem Typen Gefallen gefunden hatte. Was bleibt noch zu sagen: Als Freier war ich Benny natürlich los. Meine Dienste hatte er bei seinem Aussehen, vor allem aber in seinem Alter, gar nicht nötig! Außerdem ist Sex, den man umsonst haben kann, nicht nur des gesparten Geldes wegen, dem käuflichen Sex bei weitem vorzuziehen! Manchmal begegnen wir uns noch in einer Bar oder Disco. Dann bittet er mich immer wieder inständig, bloß niemandem zu erzählen, dass ich alter Knacker ihn einst in den Männersex eingewiesen habe.

# HARTMUT ODER DER OPERNTENOR UND AUSNAHMEZUSTAND

Hartmut war ein in vielerlei Hinsicht stimmgewaltiger Kopf-Körperaktivist, mit einem gewissen Hang zum gepflegten Pessimismus, wenn ihr wisst, was ich meine? Eigentlich war Hartmut ein durchaus zu ertragender Freier, wenn er denn allein zum Plaudern und nicht etwa zum Sex zu mir gekommen wäre. Obgleich, wenn ich es mir so recht überlege, war er auch als Gesprächspartner nicht gerade leicht zu ertragen, denn er hatte, um es gelinde auszudrücken, viele Ecken und Kanten. So war Hartmut z.B. ein radikaler Verehrer klassischer Musik, insbesondere der Oper und Operette. Darauf ließ er nichts kommen! Am unerträglichsten waren Hartmuts verbale Ausbrüche nach dem Sex, dann nämlich wurde er über alle Maßen sentimental; ja, bisweilen sogar depressiv! Er erinnerte sich dann nur zu gern an die guten alten Zeiten, vor allem an den Krieg, den er als kleiner Junge miterlebt hatte. Melancholisch schwärmte er mir dann von seinen Jugendjahren vor und vergötterte alles längst Vergangene mit derselben Inbrunst, wie er das Hier und Jetzt verteufelte. Auch seine politische Gesinnung war anstrengend, eben weil sie die eines Ewiggestrigen war. Ich erinnere mich, dass ich einmal sogar kurz davor stand, ihn zu fragen, wie sich seine Homosexualität eigentlich mit seiner rechten Ideologie vereinbaren würde; doch ich ließ es bleiben, denn Hartmut war nur im Austeilen ganz groß! Oft und sehr ausführlich erzählte er mir auch von seiner angeblich im Sande verlaufenen Beinahe-Karriere als Tenor an der Berliner Staatsoper. An diesem Punkt fing Helmut dann häufig zu singen an oder aber er zitierte Passagen aus Doktor Faustus, ganz so wie ein Gläubiger seine Gebete. Und nebenher kippte er seinen mitgebrachten Schnaps in sich hinein als wäre dies Weihwasser. Hartmut hatte die Statur und die Alkoholverträglichkeit eines Bierkutschers. Er war auffallend groß, hatte graues Haar und einen zerfahrenen Gesichtsausdruck. Ach ja, Hartmut war Chemiker und ein Mann im besten Mannesalter, wie er immer zu sagen pflegte. Ich kann mir nicht helfen, aber die Einschätzung, woher sie auch immer stammen mag, dass das beste Alter bei einem Mann so etwa um das fünfzigste Lebensjahr herum auszumachen ist; dieser Einschätzung stand ich als Callboy ziemlich skeptisch gegenüber; hatte ich doch hauptsächlich mit Männern eben dieses Lebensabschnittes zu tun und hatte dabei ganz andere Eindrücke gewonnen. Im Bett war Helmut ein einziger

Ausnahmezustand. Da war einmal seine Stimmgewalt, die er beim Sex voll einsetzte und dazu noch seine Leibesfülle, die er mir gegenüber immer als gut durchtrainiert bezeichnete. Und das nur, weil er bei den Bundesjugendspielen einmal der Beste seines Jahrgang gewesen sein will. Das dieses Ereignis aber bereits über vierzig Jahre zurück lag, und er nunmehr so fettleibig war, dass wir gleich zweimal mit dem Bett zusammengebrochen sind, daran durfte ich Hartmut nicht erinnern. Wenn Hartmut beim Sex Poppers intus hatte, verfiel er regelmäßig in einen hyperaktiven Trancezustand, der sich kurz vor seinem Orgasmus noch einmal intensivierte. Dann brüllte er seine Geilheit heraus, dass ich ihm regelmäßig den Mund zudrücken musste, um meine Nachbarn nicht in Angst und Schrecken zu versetzen. Mit weit aufgerissenen Augen klammerte er sich an meine Schultern. Manchmal hatte ich wirklich Angst, dass dieser Koloss einen Herzinfarkt oder Ähnliches erleiden würde, so sehr zappelte er herum, japste nach Luft und stöhnte dabei wie ein angriffsbereiter Grizzly. Während wir Sex hatten, saß ich meist auf seinem Bauch. Ich hatte jedes Mal größte Mühe, von diesem nicht herunter zu rutschen, denn es ist gar nicht so leicht, auf einem stark ausgeprägten Kugelbauch die Balance zu halten, wenn sich dieser vor Erregung immer wieder weit aufbläht und man zudem beide Hände einsetzen muss, um an des Dickbauchs Brustwarzen zu spielen.
"Uhhhh, Felix, ist Schwulsein nicht was Schönes?", brüllte er dann immer.
"Mann du, ich glaub ich werde verrückt. Du, Felix, ich drehe gleich durch! - Oaaaaaaahhhhhhhhhh, Oaahhhhh", schrie er ununterbrochen, oder aber auch: "Du bist mindestens fünfhundert Mark wert, Felix. Das gibt's doch gar nicht! Das gibt's doch nicht! Ich komm gleich! Sag, hast du so was Geiles schon mal erlebt, Felix?" Und so weiter und so fort.
Nach getaner Arbeit, die ich bei Hartmut nicht im Entferntesten als solche deklarieren durfte, erhielt ich dann mein Geld. Und wie zu erwarten, waren es natürlich nicht die ausgelobten fünf Blauen, die ich ihm noch kurz vor seinem Samenerguss wert war, sondern das übliche Honorar über einhundertundfünzig Mark. Tja, schließlich ist das, was ein Mann vor, bei und nach dem Sex sagt, voneinander getrennt zu bewerten! Und außerdem bekam ich das Geld von Hartmut ja auch nicht, weil ich etwa ein Callboy war, sondern weil er mich gern hatte und mir dieses allein als eine Art freundschaftliche Geste zusteckte. Die übliche Geschichte also! Wie anstrengend Hartmut war, zeigte sich auch eindrucksvoll in seinen Anrufen. Wenn er sich telefonisch bei

mir meldete, um einen Termin mit mir zu vereinbaren, verliefen die Gespräche etwa folgendermaßen:
"Ja, hallo, hier ist Hartmut. Hast du jetzt Zeit für mich, Felix? Ich meine, du musst sagen, ob du Zeit hast?! Wenn nicht, dann nicht, dann kann man eben nichts machen!"
"Doch, Hartmut, ich bin jetzt da."
"Nein, ich meine nur, also wenn du jetzt beschäftigt bist, kein Problem, dann verlegen wir die ganze Sache auf die nächsten Tage."
"Müssen wir nicht, Hartmut, ich habe jetzt Zeit für dich!"
"Wirklich?"
"Ja!"
"Na gut, wenn du das wirklich meinst, dann komm ich eben jetzt!"
"Gut, dann bis gleich."
"Freust du dich denn auch auf mich, Felix?"
"Ja, Hartmut."
"Also, wenn nicht, dann....."
So oder ähnlich verliefen die Telefongespräche mit Hartmut. Und dabei war stets größte Vorsicht geboten, ja nichts Falsches zu sagen! Einmal z.B., als er mich anrief und fragte, ob er in zwanzig Minuten vorbeikommen könnte, und ich mir eine halbe Stunde ausbat, sagte er den Termin kurzerhand ab. Beleidigt meinte er, dass er mich die nächsten Wochen wieder anrufen würde, wenn ich es zeitlich besser einrichten könne. Ja, so war er, der Hartmut.

# RAINER ODER DER KNABENLIEBHABER UND CALLBOYSCHRECK

Was tut man nicht alles, um einen Stammfreier zu behalten? In der Rückbetrachtung kann ich nur sagen: Mitunter eindeutig zu viel! Bei Rainer sprachen z.B. etliche Gründe dafür, ihn nicht zu empfangen, außer einem einzigen vielleicht, der letztlich auch immer wieder den Ausschlag gab, es doch zu tun: Rainer bezahlte weitaus mehr als das übliche Honorar! Und trotzdem: Sollte irgendwann ein Qualitätssiegel für Freier eingeführt werden, so wäre Rainer sicherlich einer der letzten, der ein solches ausgestellt bekommen sollte! Rainer war Steuerberater und ist stets mit einer starken Alkoholfahne bei mir angetanzt. Und ständig hatte er eine riesige Zigarre zwischen seinen wulstigen Lippen stecken. Damals arbeitete ich eine gewisse Zeit mit einem anderen Callboy zusammen, und wann immer sich Rainer anmeldete, stritten wir darüber, wer ihn nehmen musste. Ja, so schlimm war dieser Kerl! Rainer hatte ein stark aufgedunsenes Gesicht und fettige Haare, die seine rötlich glitzernde, dampfende Halbglatze umrandeten. Er war am ganzen Körper stark behaart. Auch der Rücken und der Nacken, selbst seine Finger und Füße, der Hals und die Handrücken waren von einem dichten, unappetitlichen Fell überzogen. Beim Sex steckte er immer gierig seine Zunge nach mir heraus, die so fett war, dass man glauben konnte, sie wäre durch einen Wespenstich angeschwollen. Wie ein Hund leckte er mich von oben bis unten ab. Ich bekomme heute noch eine entsetzliche Gänsehaut, wenn ich nur daran denke! Rainer roch aus dem Mund noch schlimmer als irgendein dahergelaufener Sraßenköter, nämlich nach kaltem Rauch und etwas Undefinierbarem, auf das ich an dieser Stelle lieber nicht näher eingehen möchte. Ja, und obwohl dieser Kerl stets geduscht zu mir kam, war sein süßlich-gammliger Körpergeruch unverkennbar. Dieser blieb selbst dann noch an mir haften, nachdem ich mich mehrmals geduscht hatte, so dass ich mich genötigt sah, mich mit Unmengen von Parfüm zu besprühen, um seinen Fäulnisgeruch zu überdecken. Aber wenn es nur sein Gestank gewesen wäre, den es zu ertragen galt. Nein, dieses Ungetüm hat all meine Sinne strapaziert! So war dieser Koloss absolut schwer zu befriedigen. Es dauerte mitunter eine geschlagene Stunde und mehr, bis ihm endlich der Saft aus seinen extrem behaarten Eiern den Schaft hinauf stieg. Oft musste ich sogar Zwangspausen einlegen, da sich vom heftigen, fortdauernden Wichsen Krämpfe in meinen Armen gebildet hatten. Und leider wollte er nicht nur gewichst werden, sondern nebenher musste ich ihm zudem seine Eier und Brustwarzen hart anpacken und daran ziehen oder sie quetschen. Außerdem wollte er, dass ich ihm Geschichten von muskelbepackten kleinen Knaben erzähle, die sich gegenseitig ihre steifen Schwänze in ihre kleinen Boymäuler schieben und sich schlussendlich ringkämpfend besamen. Oftmals musste ich Rainer auch diverse Fotografien von nackten Knaben vors Gesicht halten, woran er sich ergötzte, um dann endlich, nach einer kleinen Ewigkeit, abzusahnen. (*Zu den Knabenfotografien folgendes: Die Bilder befanden sich allesamt in frei verkäuflichen, nicht indizierten Heften. Die Magazine sind in Sexshops unter den Namen: "Daniel, Jungens aus aller Welt" oder auch: "Jungen bei Sport und Spiel" erhältlich. Dies sei an dieser Stelle aus rein rechtlichen Gründen erwähnt!*) Irgendwann ging es dann so weit, dass Rainer all meine Anstrengungen nicht mehr ausreichten, weshalb er fortan stets noch einen zweiten Callboy mitbrachte. Die Krönung war schließlich, als wir es ihm zu viert besorgen mussten, und er mich fragte, ob ich nicht noch jemanden wüsste, der dazu kommen könnte. Es hat geschlagene anderthalb Stunden gedauert, ehe wir Rainer zumindest annähernd befriedigt hatten! Doch wer jetzt denkt, dass diese Nummer damit gelaufen war, der irrt! Das heißt, die anderen Callboys wurden in die Freiheit entlassen, worüber sie auch allesamt sehr erleichtert waren. Rainer aber blieb bei mir und bestellte sich noch einmal zwei frische Stricher zum Dessert. Ich sollte als Geschichtenerzähler und Regisseur erneut mit von der Partie sein. Irgendwie habe ich dann auch diese Session durchgehalten, des Geldes wegen, versteht sich! Allein an diesem Tag blätterte Rainer für alle Callboys über zweitausend Mark auf den Tisch! Heute tun mir die Models Leid, die mein Erbe übernommen und Rainer als Freier haben. Ja, die vielleicht sogar wie ich einst nach dem Motto verfahren: Augen zu und durch! Doch spätestens bei einem Freier wie Rainer sollte man auch als Stricher oder Callboy den Wert des Geldes neu relativieren.

# HANS ODER DER BIEDERMANN UND UNGEZOGENE INTERNATSSCHÜLER

Hans war etwa zwei Jahre lang einer meiner Stammfreier und ein Biedermann, wie er im Buche steht. Ob ihn sein Beamtenposten so rechtschaffen werden ließ oder aber er sich den Job passend zu seiner Hauptcharaktereigenschaft ausgesucht hat, weiß ich nicht zu sagen. Was ich aber weiß ist, dass er kurz vor seiner Pensionierung erstmals bei mir auftauchte und fortan bei jedem unserer Treffen sein lehrerhaftes Verhalten mit über meine Türschwelle trug. Seine Art zu sprechen und sich zu bewegen wirkte steif, antiquiert, fast leblos. Aber trotz allem wollte eben dieser spießbürgerliche Biedermann in meiner Gegenwart einen ungezogenen Internatsschüler mimen; eine glatte Fehlbesetzung! Meine Aufgabe sollte darin bestehen, ihn übers Knie zu legen und ihm den Hintern zu versohlen. Doch aus dieser kleinen Nummer machte Hans jedes Mal eine Staatsangelegenheit! Er hatte ganz genaue Vorstellungen wie das Ritual abzulaufen hatte. Das ging schon damit los, dass er sich die Schlagwerkzeuge, mit denen er bittersüß verdroschen werden wollte, selbst mitbrachte. Diese Aktion war schon peinlich genug, weil er stets mit dem Rad zu mir kam, und die Ruten hinten aus seinem Rucksack lugten. Bei jedem Akt musste ich eine sehr kurze Turnhose tragen. Des Weiteren hatte er eine Art Betriebsanleitung für mich vorbereitet, an die ich mich peinlich genau zu halten hatte, denn sonst kam er völlig aus seinem Konzept. Auf dieser "Bastelanleitung für Versohler und zu Versohlende" stand u.a. geschrieben, was er vermeintlich ausgefressen hatte. Er ließ sich wirklich immer die dümmsten Kleinjungenstreiche einfallen, wie z.B. ein Klingelstreich beim Herrn Schuldirektor. Nun gut. Auf Grund derart schlimmer Vergehen musste ich ihm dann eine Strafpredigt halten, die selbstverständlich stets auf eine körperliche Züchtigung hinauslief. Und wie diese Züchtigung im einzelnen auszusehen hatte, musste ich ebenfalls seinen penibel ausgearbeiteten, schriftlich niedergelegten Instruktionen entnehmen. Bevor er sich aber seine Tracht Prügel abholte, verzog sich Hans stets noch kurz auf die Toilette, um sich ein Kondom überzuziehen. Dies nämlich traute er sich nie vor meinen Augen nicht zu tun! Aber auch danach kam das Rollenspiel eigentlich nicht in Gange. Nach jedem Schlag, jedem Wort, jedem meiner Schritte, gab er neue Anweisungen, wie man vielleicht dieses oder jenes noch anders gestalten könnte. Wie Hans bei einem solchen, derart asexuellen Verhalten je einen Orgasmus bekommen konnte, ist mir bis heute ein Rätsel geblieben. Selbst wenige Sekunden vor seinem Samenerguss benahm er sich noch immer wie ein Beamter am Postschalter, nicht aber wie jemand, der kurz vor einem sexuellen Höhepunkt steht. Irgendwann blieb er schließlich fern, was vorauszusehen und meines Erachtens längst überfällig war. Freier, die sich von Strichern oder Callboys körperliches Leid zufügen lassen verlangen von diesen oftmals von Mal zu Mal mehr Prügel, um den Kick der ersten Begegnung wieder zu erleben. Da sich aber das von ihnen ersehnte Gefühl nicht allein durch Gewalt wie z.B. durch Schläge herbeiführen lässt ist die Luft aus solchen Verbindungen oftmals schnell heraus.

## GUNNAR ODER DER SENSIBLE GROSSTADT-COWBOY AUF DER SUCHE NACH LITTLE JOE

Heinerle, ein entsetzlich affektierter und äußerst ungern alternder Barkeeper der *Exquisit-Bar* (*Näheres hierzu auf Seite 213*) jauchzte jedes Mal ganz schrill, wenn Gunnar die Treppen zur Stricherbar heraufkam. Ja, allein schon wegen des Umsatzes, der durch Gunnar zu erwarten war, hellte sich Heinerles solariumgegerbtes Ledergesicht binnen Sekunden auf. Mit seiner unnachahmlichen, unausstehlichen Art begrüßte das Lästermaul Heinerle den ziemlich kurz geratenen Großstadtcowboy Gunnar. Viele Besucher der *Exquisit-Bar*, mich eingeschlossen, konnten übrigens nie nachvollziehen, wie die Betreiber dieser Hotel-Stricherbar an einer derart egozentrischen, hinterhältigen Tucke wie Heinerle festhalten konnten; blieben doch viele der Gäste konsequent fern, wann immer er hinter dem Tresen thronte. Doch genug nun von dieser Unperson.

Es war früh am Abend, als mir dieses ständig Witze reißende, schnauzbärtige und Cowboyhut tragende Original zum ersten Mal über den Weg lief und mich auf ein Bier einlud. Und es sollte an diesem Abend nicht bei diesem einen Gläschen bleiben! Schon nach kurzer Zeit gab mir Gunnar mit seiner fusseligen Whiskystimme zu verstehen, dass er mit mir aufs Zimmer wollte. Zuvor aber wollte er sich noch ein Schlückchen genehmigen. Bei unserem ersten Zusammentreffen wusste ich natürlich nicht, was Gunnar mit einem Schlückchen meinte; doch sollte ich dies schon sehr bald erfahren! Es wurden mehrere Lokalrunden und Gunnar trank Bier und Whisky schneller als ich zählen konnte. Nach einiger Zeit wies ich ihm vorsichtig darauf hin, dass ich, sollte ich auch nur ein einziges Glas mehr trinken, mich außerstande sehen würde, im Bett noch meinen Mann zu stehen. Als Antwort bekam ich prompt ein weiteres Bier hingeschoben. Und zu meinem wachsenden Unmut lachte und feixte Gunnar unbeirrt weiter und erzählte mir seine teils kuriosen und teils ordinären Geschichten, bis mir irgendwann Bedenken kamen. Ich fragte mich, ob diese Whiskynase da neben mir überhaupt mit mir aufs Zimmer wollte, und wenn ja, ob sie dies noch auf die Reihe kriegen würde? Doch Gunnar wollte und konnte! Leicht torkelnd schritten wir beide in Richtung Stundenzimmer. Als wir dort angekommen, uns ausgezogen und aufs Bett gelegt hatten, spürte ich, dass ich zu vielem fähig war, aber ganz gewiss nicht zu einer Erektion! Gunnar störte dies reichlich wenig, da er mein Gehängsel für seine sexuellen Fantasien ohnehin nicht brauchte. Er wollte mit mir ein Spiel spielen, in dem er die Rolle des *Big Joe*, und ich die des *Little Joe* besetzen sollte. Dazu manövrierte er uns in eine Art Löffelstellung. Dann begann er mit seiner schwammigen Reibeisenstimme leise Bruchteile von Countrysongs zum Besten zu geben. Seinen Cowboyhut hatte er im Bett übrigens aufgelassen. Und auch danach habe ich Gunnar niemals ohne seinen Hut gesehen. Wahrscheinlich deshalb nicht, weil er kaum noch Haare auf dem Kopf hatte. Dafür sprach zumindest, dass er am Körper behaart war wie ein Pavian. Und man weiß ja, dass es bei Glatzköpfen am Rest des Körpers meist ziemlich haarig zugeht. Da lagen wir also und er brummte mir vollkommen fremdes Liedgut entgegen. Dann meinte er, dass ich mir vorstellen sollte, dass ich ein kleiner Kuhjunge wäre und er mein großen Bruder, und wir beide in einer längst vergangenen Zeit irgendwo in einer weiten Prärie an einem Lagerfeuer beieinander liegen würden. Ich gab vor, dass ich seine Vision mit ihm teile, tatsächlich aber gelang mir dies nicht! Und wie sollte es auch funktionieren, in einem spartanisch eingerichteten Stundenzimmer, mit einem betrunkenen Freier an meiner Seite, und dem bohrenden Hintergedanken im Kopf, worauf dieser Kerl eigentlich hinaus will. Er wollte mich ficken! Nachdem er sich in Stimmung geschwafelt hatte, griff er hinter sich und rollte sich ein Kondom über. Nichts hasste ich mehr und fand ich erniedrigender, als mich von Freiern besteigen zu lassen! Von daher vermied ich dies, so oft es eben ging! Wenn Freier in mich eindrangen, kam ich mir stets vor wie eine dieser aufblasbaren Puppen. Nur mit dem feinen Unterschied, dass ich im Gegensatz zu den Puppen jeden *Einstich* spürte! An diesem Abend schwamm ich aber dermaßen im Alkohol, dass ich Gunnars kleinen Schwanz gut vertragen konnte. Und was sollte ich diesem kauzigen Typ auch anderes von mir anbieten, sah ich mich doch völlig außerstande, mein Glied in die Höhe zu richten? Es ging, Gott sei Dank, schnell! Gunnar nahm meine Dienste fortan häufiger in Anspruch; selbst dann noch, als ich auf Callboy umsattelte und mich von ihm nicht ficken ließ. Als Ausgleich durfte er seinen Schwanz zwischen meine Oberschenkel reiben. Dabei feuerte ich ihn wild an, und raunte ihm ins Ohr, was er doch für ein geiler Ficker sei. Mein Gott, was für eine armselige Aufführung war dies nur jedes Mal! Je länger ich Gunnar kannte, desto klarer kristallisierte sich heraus, dass er ein Trinker war. Und zwar weitaus mehr als ein Gesellschaftstrinker, wie so viele meiner Freier, die eigentlich nur deshalb zu mir kamen, weil sie jemanden zum Reden haben wollten. Auch Gunnar ließ mich unfreiwillig an seinem Seelenleben teilhaben. So wurde ich neben seiner Saftpresse bald auch sein Therapeut. Er war ein melancholisches Plappermaul, was sich nicht allein in seiner Träumerei über den Wilden Westen ausdrückte. Und sein heiteres Auftreten, wie z.B. zu Beginn unserer Geschäftsbeziehung in den Stricherbars, diente zu nichts anderem als zum Übertünchen seiner schweren Depression. So war das Geld, mit dem Gunnar großzügig um sich warf, eigentlich längst nicht mehr vorhanden. In Wirklichkeit stand seine Firma kurz vor dem Konkurs. Und auch seine Frau hatte ihn bereits samt Kindern verlassen. So war es irgendwie verständlich, dass sich Gunnar in meiner Gegenwart wie ein Kleinkind benahm und in eine Traumwelt abzutauchen versuchte, hielt das wahre Leben schließlich nur noch Kummer für ihn bereit. Bei mir durfte er für kurze Zeit der Cowboy sein, der nichts als die Freiheit und einen jungen Kerl an seiner Seite brauchte. Und so meinte er denn irgendwann auch, dass ich mehr für ihn wäre als bloß ein Stricher; nämlich so etwas wie ein Freund. Dies waren wenig überraschende Worte für mich, habe ich solche Aussagen doch in den sechs Jahren als Prostituierter von weit mehr als hundert Freiern gehört! Bald wurden Gunnars Besuche seltener, bis sie schließlich ganz ausblieben. Etwa ein halbes Jahr nach unserem letzten Zusammentreffen traf ich ihn im *Bermuda-Dreieck* wieder. Mit dem *Bermuda-Dreieck* sind drei Stricherkneipen der untersten Kategorie gemeint, die in einer winzigen Sackgasse in Hamburg St. Georg zu finden sind (*mehr dazu auf der Seite 216*). Zu diesem Zeitpunkt hatte er seine Firma bereits verloren und sah ziemlich verwahrlost aus. Aber noch immer riss er seine typischen Zoten und tat nach außen hin so, als ob er alles im Griff hätte. Er erzählte mir, dass er einen ganz niedlichen *Little Joe* gefunden habe, der mehr für ihn wäre als nur ein gewöhnlicher Stricher. Irgendwo hatte ich diese Worte zwar schon einmal gehört, dennoch wünschte ich ihm, dass er irgendwann wirklich seinen kleinen Bruder finden möge, auch wenn ich so recht nicht daran glauben mochte.

# BERTHOLD ODER DER GEWICHTIGE TONSPEZIALIST UND GROSSE BRUDER

Als Berthold meine Dienste erstmals in Anspruch nahm, wog er schätzungsweise einhundertundvierzig Kilo; man konnte ihn also ohne Übertreibung als ein ausgesprochenes Schwergewicht bezeichnen. Seine langen, leicht fettigen Haare, sein aufgedunsenes Gesicht und sein ausgesprochenes Faible für Schlabberlook-Klamotten (was soll man bei diesem Gewicht auch anderes tragen?) ließen ihn in meinen Augen nicht unbedingt als einen Wunschfreier dastehen. Und so schenkte ich ihm denn auch nur wenig Beachtung, als er die Stricherbar betrat; umgekehrt er mir allerdings umso mehr!
Als ich ganz am Anfang meiner Stricherlaufbahn stand, habe ich mir geschworen, es niemals mit sehr dicken oder hochbetagten Freiern zu treiben. Doch dies war ein sehr naiver Vorsatz! Die meisten Freier sind nun einmal dick und/oder alt und häufig sogar noch hässlich dazu! Meine Geldnot hat mir knallhart diktiert: Wetten, dass du mit all diesen Figuren ins Bett gehen kannst? Und tatsächlich, der Mensch gewöhnt sich an vieles! Gegen Ende meiner Stricherzeit war es mir dann so ziemlich egal, wieviel ein Freier wog, solange er nur sauber war und meine Bedingungen akzeptierte. Im Nachhinein halte ich sogar all jene Stricher und Callboys für unaufrichtig, die behaupten, dass sie weder mit alten noch mit dicken oder hässlichen Freiern je ins Bett gehen würden, noch dies jemals getan haben! Denn wovon wollen sie denn leben; vielleicht von neunzehnjährigen Zuckerpuppen, die zu Abertausenden die Dienste eines Strichers in Anspruch nehmen müssen, weil sie auf anderen Wegen nicht an Sexpartner gelangen? Berthold und ich wurden uns auf jeden Fall handelseinig und gingen aufs Zimmer. In der Folgezeit wurde der etwa dreißigjährige Goliath dann ein pflegeleichter Stammkunde. Und dies vor allem deshalb, weil er schnell abspritzte. Solche Kunden waren mir selbstredend immer die liebsten! Allein seine Anhänglichkeit nach seinem Abgang nervte mich. Aber diese Angewohnheit teile er schließlich mit vielen anderen Freiern. Leider wollen viele Freier nicht begreifen, dass die Mission eines Strichers mit dem Moment erfüllt ist, in dem dieser einen Freier zum Abspritzen gebracht hat! Für Zärtlichkeiten sind Callboys und Stricher wirklich die verkehrten Ansprechpartner. Auch für mich galt immer: Nicht mehr Berührung als irgend möglich! Es sei denn, es war zuvor etwas anderes miteinander vereinbart und das Honorar wurde entsprechend aufgestockt. Das mag sich jetzt vielleicht ein bisschen

nach Abzockermentalität anhören, aber dies war es ganz und gar nicht! Es war allein ein Deal, nicht mehr und nicht weniger! Und ich nahm lieber nur die Hälfte des Geldes, als dass ich mich von einem Freier unnötig lange streicheln lassen musste oder auch umgekehrt. Eines Tages fragte mich Berthold, ob ich nicht Lust hätte, mir auf andere Weise Geld zu verdienen. Er organisierte Bühnentechnik, insbesondere den Sound, und begleitete meist zweitklassige Sänger auf ihren Tourneen. Ich entschied mich, die Sache einmal auszuprobieren. Es stellte sich allerdings schnell heraus, dass es sich bei diesem Job um richtige Knochenarbeit handelte, die ich als Stricher gar nicht mehr gewohnt war. Obgleich Berthold mir zweihundertundfünfzig Mark am Tag bezahlte, wurde mir hier eindrucksvoll vorgeführt, wie (scheinbar) einfach und schnell man als Stricher doch sein Geld verdient. Ein Arbeitstag bei Berthold bedeutete mindestens zehn Arbeitsstunden. Und jede Faser meines Körpers erfuhr, wie verdammt schwer Bühnentechnik sein kann. Allein mit dem Aufbau waren wir mindestens vier bis sechs Stunden beschäftigt. Außerdem mussten wir bei all den Auftritten anwesend sein und gleich im Anschluss an die jeweiligen Gigs eilends alles wieder abbauen und auf den LKW zurück verladen. Es kam also durchaus vor, dass ein Arbeitstag bis tief in die Nacht hinein andauerte. Nein, diese Art von Arbeit war wirklich nichts für mich und meine schön gewachsenen zarten Hände! Ein letztes Mal wollte ich Berthold allerdings noch begleiten, denn der Auftrag hörte sich interessant an. Wir waren für die Bühnentechnik eines Schmalzsängers verantwortlich, der als Vorprogramm für Eros Ramazotti auftreten sollte, und zwar bei einer Wohltätigkeitsgala in einem Luxushotel. Während die Show lief, trottete ich ein bisschen umher. Ich sah ziemlich schnieke aus, trug einen noblen, vom Hotel gestellten Anzug, denn ein solcher war an diesem Abend Pflicht! Auf jeden Fall hatte es sich für mich in doppelter Hinsicht gelohnt, diesen einen Auftrag noch mitgenommen zu haben. Zum einen des Geldes wegen und zum anderen erlebte ich einen unvergesslichen Quicky mit einem Auszubildenden des Hotels. Diesem nämlich schaute ich im Vorübergehen frech hinterher, woraufhin er neckisch zurück blinzelte. Und ich, angetrunken wie ich war, bin ihm völlig ungeniert hinterhergedackelt. Da hat mich das Jüngelchen doch glattweg in eine Art Abstellraum bugsiert und mir die Hose runter gezogen. Dann haben wir es uns gegenseitig mit der Hand besorgt, während wir einander leidenschaftlich küssten. Was für ein Service! So etwas passiert einem wirklich nicht alle Tage. Schade nur, dass sich der Typ nach diesem kleinen Abenteuer sofort wieder aufgelöst hatte; genauso, wie sich auch die Sache mit Berthold bald verflüchtigte, wie es eigentlich eine jede *Beziehung* zwischen Freier und Stricher über kurz oder lang tut! Und was habe ich aus dieser Verbindung gelernt? Dass ehrliche, harte, körperliche Arbeit allen Unkenrufen zum Trotz manchmal richtig Spaß machen kann!

# PETRUS, DER PEDANTISCHE, ABER LIEBENSWERTE OPERNKNIGGE

Nein, dieser Mensch passte so gar nicht in dieses Etablissement! Spätabends wurde er von einem Geleitzug in die *Exquisit-Bar* am Spielbudenplatz dirigiert, denn allein hätte er eine derartige Einrichtung ganz gewiss nicht aufgesucht. Petrus‘ Begleiter waren mir größtenteils bekannt. Mit einigen seiner Weggefährten hatte ich sogar schon eine oder mehrere Nummern geschoben. Ja, die (Szene-)Welt ist halt klein! Ich war dann ziemlich überrascht, als ich hörte, dass sie Petrus allein meinetwegen in diesen Puff geschleppt hatten. Ihrer Meinung nach könnte ich nämlich der richtige Partner für seine hochgestellten Ambitionen sein. Was für Ansprüche Petrus im Einzelnen stellte, sollte ich allerdings erst viel später erfahren. Zunächst einmal stand dieser plötzlich in seinem feinen Nadelstreifenanzug vor mir und begrüßte mich auf eine Weise, die an diesem Ort wirklich nicht üblich war.

"Gestatten, ich würde mich Ihnen gerne vorstellen. Mein Name ist Petrus Regenschwarz." Seine Aussprache, Mimik und Gestik waren geradezu vorbildlich. Allerdings wirkte seine Galanterie in diesem doch eher frivolen Umfeld etwas deplatziert, ja fast belustigend, zumal ich ihm mit fast freiem Oberkörper und einer extrem einsichtigen Fetzenjeans gegenüber saß. Doch dies alles brachte ihn nicht aus seinem Konzept, das aus einer Mischung aus schwülstigem Anstand, drolliger Freundlichkeit und einem neurotischen, unsicheren Haltungsbemühen zu bestehen schien. Er bestellte uns etwas zu trinken. Rasch führten wir eine äußerst angeregte Unterhaltung. Und hier nun überraschte mich dieser schrullige Typ ein zweites Mal, weil er im Verlauf unseres Gesprächs in keinem einzigen Satz über Sex gesprochen oder auch nur eine vage Andeutung in diese Richtung versucht hätte. Vielmehr sprachen wir über Kultur, Politik und andere Dinge. Zum Abschluss unserer Konversation tauschten wir unsere Visitenkarten aus. Sodann verabschiedete er sich von mir, mit demselben Maß an Höflichkeit, mit dem er bereits vor mir salutiert hatte. Sofort am nächsten Tag rief mich Petrus an. Er fragte mich, ob ich ihn nicht zu einem Opernbesuch begleiten würde. Ich sagte zu. Zuvor bat er sich allerdings ein Treffen in der Innenstadt mit mir aus. Wie sich herausstellte, wollte er mir für den Opernbesuch noch die passende Garderobe spendieren. Er kaufte mir einen noblen schottischen Leinenanzug in Wert von weit mehr als tausend Mark. So etwas hatte ich bis dato noch nicht erlebt. Da investierte ein Freier einen solch hohen Betrag in mich, ohne mich zuvor wenigstens einmal nackt gesehen zu haben! Wieso das alles? Spätestens jetzt erwartete ich eine Forderung seinerseits. Doch Petrus machte keinerlei Anstalten sich von mir einen Ausgleich für seine Ausgaben zu erbitten. Den Grund für seine Kapitalanlage sollte ich aber bald erfahren. Zuvor aber folgten einige Opernbesuche. Erst dann trug er mir sehr diskret und ausgesprochen respektvoll sein Anliegen vor. Er fragte mich, ob ich mir eine symbiotische Partnerschaft nach altgriechischem Vorbild vorstellen könnte. Was das ist? Nun ja, im alten Griechenland wurden erotische Beziehungen zwischen Männern und Knaben, zu bestimmten Zwecken, toleriert. Sie liefen dabei nach einem ähnlichen Schema ab, wie man es heute von der männlichen Prostitution her kennt. Die einfache Formel lautet: *Alter braucht Jugend - Jugend braucht Geld! Alter gibt Geld - Jugend gibt Jugend!* Nur war im alten Griechenland, im Gegensatz zur Gegenwart, wenig Ehrenrühriges dabei, wenn sich ein Knabe in die Arme eines älteren Mannes begab und dafür seinen Lohn einforderte. Wie dem auch sei: Petrus wollte voller Entschlossenheit eine Beziehung nach eben diesem Modell mit mir aufbauen. Ich fand, dass sich dieses Vorhaben zumindest in der Theorie durchaus edel anhörte, zumal Petrus ja recht deutlich machte, auf was für einem Fundament diese Beziehung stehen sollte. Und allein deshalb ließ ich mich auf dieses kleine Wagnis ein. Petrus übernahm fortan meine Unterhaltskosten und zahlte mir zudem ein monatliches Taschengeld. Dafür stand ich ihm jeweils an den Wochenenden zur Verfügung. Ihm zur Verfügung stehen bedeutete in diesem Fall allerdings nicht, dass ich alles zu tun hatte, was Petrus wollte. Ich hatte lediglich eine gewisse Zeit bei ihm zu sein. Und die gemeinsame Zeit verbrachten wir zumeist mit tiefsinnigen Gesprächen. Auch führte er mich in die Welt der Oper ein. In diesem, in sich geschlossenen Kosmos war er geradezu psychopathisch pedantisch und rechthaberisch. Petrus‘ schlimmste Marotte war aber zweifelsohne seine permanente Anwendung von Benimmregeln, mit denen er mich wie zwanghaft zu erdrücken begann. Für ihn galt es, gewisse Dinge und Abläufe nicht irgendwie, sondern nach einer ganz genauen Vorlage zu vollführen. Wie hatte man z.B. richtig am Tisch zu sitzen? Wie hatte das Besteck zu liegen? Wie hatte man sich richtig anzukleiden etc.? Fast schien es mir so, als sähe er in mir ein kleines, noch nicht ganz stubenreines Äffchen, das es galt, salonfähig zu machen. Und so ließ ich Petrus zumindest dem Anschein nach kräftig an meiner Menschwerdung meißeln. Als Stricher war ich es schließlich gewohnt, Freiern den Affen zu machen, obgleich die meisten im Bett dann doch lieber das Schwein neben sich liegen hatten! Während der etwa fünf Monate, die unsere symbiotische Beziehung anhielt, hatten Petrus und ich gerade einmal vier oder fünf Sexkontakte. Sein Anstand ließ es nämlich einfach nicht zu, Sex als Gegenleistung für seine Zahlungen an mich einzufordern. Vielmehr machte er dies durch die Hintertür. Von Zeit zu Zeit, wenn seine überlaufende Geilheit ihm keinen anderen Weg mehr offen ließ, begann er, mir gegenüber einfach so lange und konsequent an seiner Sexlust vorbeizureden, bis mich Schuldgefühle übermannten und ich mich ihm für ein kurzes Stelldichein hingab.

Unser Kontrakt musste letztendlich scheitern, da Petrus eigentlich mehr wünschte, als das altgriechische Modell hergab, und mir dieses Korsett schnell zu eng wurde! Zumindest aber hatte mich dieser Versuch mit Petrus etwas gelehrt. Ich wusste nun, dass ich es als weitaus schlimmer empfand, mich an einen einzigen Mann zu verkaufen, und sei dieser auch noch so fair, als an Dutzende von Männern! Ließ ich nämlich mich von vielen Freiern bezahlen, so war ich es, der dabei die Zügel stets in der Hand hielt, weil ich nie allein von nur einem Freier finanziell abhängig war. Hat man hingegen nur einen einzigen Gönner, so entsteht rasch ein krasses Abhängigkeitsverhältnis. Und ich glaube, dies werden mir Millionen (Ehe-)Frauen auch bestätigen können!?

# TRUDE, DIE BARTANTE, ODER DAS FEUERSPUCKENDE UNIKUM

Ich lernte Trude als ein liebenswertes Unikat kennen. Ihr Kopf glühte stets rot wie Lava. Und das kam weit weniger vom Feuerspucken, womit sie sich nebenher etwas Geld für ihre zahllosen Affären mit jungen, strammen Burschen verdiente, sondern eher vom reichhaltigen Alkoholkonsum und ihrem satten Übergewicht, das ihren Bluthochdruck zusätzlich in die Höhe trieb. Trude hatte eine herzliche und unverfälschte Art, die man einfach gern haben musste! Und obgleich ich eher wenig davon halte, wenn Schwule ihre Namen verweiblichen, hätte Trudchen ein männlich Name eher weniger gut zu Gesicht gestanden! Dies zeigte sich vor allem dann, wenn man sie reden hörte. Einfach köstlich, kann ich nur sagen! Trude gab in der *Exquisit-Bar* ein Vielfaches von dem Geld aus, was sie hier als Barmann bzw. Barfrau verdiente; sie in hundert Jahren hier je verdienen könnte! Sie war halt in jeder nur erdenklichen Beziehung ein Genussmensch.

Ich bin etwa ein Dutzend Mal mit diesem Original auf einem der beiden angrenzenden Stundenzimmer des *"Ex*" abgestiegen. Und was mir sofort ins Auge stieß, war Trudes voluminöser Bauch, der mich von der Konsistenz her an einen Medizinball erinnerte. Einen derart aufgeblähten und dabei so ungemein zähen Unterleib habe ich bis heute nicht mehr zu Gesicht bekommen. Und das soll schon etwas heißen, habe ich doch schließlich Hunderte von Wampen gesehen und diese auf ihre Beschaffenheit hin abgegriffen! Wie so viele meiner Freier liebte auch Trude es, wenn ich an ihren Brustnippeln spielte und sie zwischen den Fingern zwirbelte. Und gleichzeitig nahm ich dann ihren Schwengel sanft zwischen meine Finger und rieb ihn. Zwischendurch musste ich Trude immer wieder mal ein Taschentuch unter die Nase halten, auf das ich zuvor ein paar Tröpfchen Poppers geträufelt hatte. Manchmal, wenn sie besonders wild war, sog sie sich dessen Dämpfe auch direkt aus dem Fläschchen in ihre Nasenflügel. Dann war sie meist für kurze Zeit wie weggetreten und wahrhaft willenlos! Nach ihrem Orgasmus blieben wir stets noch ein paar Minuten liegen, in denen sie sich sofort einem anderen Laster hingab. Es folgte die Zigarette danach. Während sie diese qualmte, schaute sie immer sinnierend hinauf an die Zimmerdecke und blies den Zigarettenrauch wie eine Diva durch Mund und Nase. Unser Kontakt brach ab, als ich der *Exquisit-Bar* schließlich aus Verschleißgründen den Rücken zukehrte.

Allerdings begegneten wir uns noch einmal auf dem Hauptbahnhof. Dies war aber für uns beide ein eher unangenehmes Wiedersehen. Ich war nämlich gerade mit meiner Mutter und zwei meiner Schwestern auf dem Hauptbahnhof unterwegs, weshalb ich auf Trudes Gruß nicht so reagieren konnte, wie ich es gern getan hätte.

## WOLFGANG ODER DER VERANTWORTUNGSLOSE KAMIKAZE UND IRRE AMOKLÄUFER

Auf den ersten Blick war Wolfgang ein ganz unauffälliger Freier; circa fünfzig Jahre alt, verheiratet, zwei Kinder und einige Rettungsringe auf den Hüften. Und dass seine Familie von seinen Ausflügen zum anderen Ufer nichts wissen durfte, war für mich ebenfalls absolut nichts Außergewöhnliches, da schließlich die meisten meiner Freier verheiratet waren und quasi inkognito mit mir verkehrten! Ich habe meine Freier übrigens nie nach deren Lebensumstände ausgefragt; sie selbst waren es, die diesbezüglich stets ein reges Mitteilungsbedürfnis hatten.

Die erste Auffälligkeit bei Wolfgang zeigte sich, als er mir seine Visitenkarte mit der paradoxen Bemerkung überreichte, die darauf stehende Nummer bitte niemals anzurufen, weil seine Frau ansonsten von seinem Doppelleben Wind bekommen könnte. Ich fand dies zwar komisch, dachte mir aber nichts weiter dabei. Und mit jedem Mal, das Wolfgang mich aufsuchte, äußerte er mir gegenüber deftigere Sexwünsche. Allem voran wollte er, dass ich ihn dominiere und Sex gegen seinen Willen mit ihm praktiziere; ein beliebtes Spielchen bei vielen meiner Freier! Einer seiner bizarren Wünsche war z.B. der, dass ich ihm in den Mund uriniere. Später wollte er dann unbedingt, dass ich ihm mein Sperma in den Rachen spritze. Ich habe bei Freiern nur ganz selten abgespritzt, eigentlich nur dann, wenn jemand unbedingt darauf bestanden hat und mir diesen Energieverlust zusätzlich honorierte. Aber selbst dann habe ich mich oftmals um einen Samenverlust gedrückt. Meine Qualitäten lagen halt woanders! Wolfgang habe ich meine Ladung allerdings häufiger zum Schlucken serviert, denn er zahlte ein gutes Extrahonorar. Vorab habe ich ihn selbstverständlich über die Risiken aufgeklärt. Das aber hätte ich mir sparen können, denn Freier, die sich dergleichen von einem Stricher wünschen, so meine Erfahrung, wissen ganz genau um das Risiko, das sie eingehen. Doch sie nehmen dies nicht nur billigend in Kauf, sondern sie wollen in der Regel auch nichts von einer Gefahr hören! Und Wolfgang entwickelte sich im Verlaufe unserer Geschäftsbeziehung genau zu einem solchen Freier. Und dazu passte in der Rückbetrachtung denn auch die Sache mit seiner Visitenkarte. Er suchte bei mir, wie auch bei anderen Callboys, das Risiko, den besonderen Kick, den Tanz auf dem heißen Vulkan; eben das, was man gemeinhin als Barebacking (Sex ohne Schutz) bezeichnet! Innerhalb von zwei Jahren suchte mich

Wolfgang sporadisch auf, um eben immer wieder diesen für ihn riskanten Sex zu praktizieren. Sicherlich ist die Frage berechtigt, ob es von meiner Seite nicht verantwortungslos war, auf seine Wünsche einzugehen, zumal ich doch wusste, dass er Frau und Kinder hatte, und ich von mir nicht sicher sagen konnte, keine Geschlechtskrankheiten zu haben. Ich habe mir diese Frage oft gestellt. Allerdings mochte ich daraus nie die nötige Konsequenz ziehen. So habe ich mich später als Callboy sogar auf Rollenspiele spezialisiert, bei denen ich stets den aktiven/dominierenden Part übernommen habe und unzähligen Freiern auf deren Wunsch z.B. in den Mund gepinkelt habe. Natürlich hätte ich dies alles ablehnen können, um meine Freier vor sich selbst zu schützen. Aber wo hätte ich da anfangen sollen? Allein, wenn sie nur meinen Arsch mit ihrer Zunge bearbeiteten, bestand für sie schließlich bereits die Gefahr, sich mit einer lebensbedrohlichen Hepatitis C zu infizieren. Ich habe es mir leicht gemacht, indem ich mir sagte, dass ich es schließlich mit erwachsenen Menschen zu tun habe, die eigentlich wissen müssen, worauf sie sich einließen; und die es meines Erachtens auch taten! Was konnte ich mehr tun, als sie über mögliche Gefahren zu informieren? Ich lebte schließlich von ihren dunklen Sexphantasien, von ihren Abgründen, von dem menschlichen Abgrund im allgemeinen! Doch meine moralisch verwerfliche Einstellung diesbezüglich wurde mir beinahe zum Verhängnis. Zumindest aber habe ich einen Denkzettel verpasst bekommen, der sich gewaschen hat, denn eines Tages hämmerte Wolfgang an meine Haustür. Er war sternhagelvoll und pöbelte mich wüst an, als ich ihm die Tür öffnete. Brutal stieß er mich gegen eine Wand. Ich sei an allem Schuld, schrie er, und war dabei dermaßen außer sich, dass mich eine Heidenangst überfiel. Als ich ihn fragte, was denn eigentlich los sei, ging er mir direkt an die Gurgel. Ich hätte ihn mit AIDS infiziert, brüllte er mich immer wieder an. Es hat mich einiges an Fingerspitzengefühl und jede Menge Angstschweiß gekostet, diesen Mann wieder einigermaßen zu beruhigen. Mit wackeliger Stimme habe ich ihm klar zu machen versucht, dass er sich auch bei jedem anderen Stricher oder Callboy mit dem tödlichen Virus infiziert haben konnte, da er sich schließlich von so vielen in den Mund spritzen ließ und mehr noch zuließ! Doch erst ein gutes Jahr nach diesem Vorfall konnte ich tatsächlich ausschließen, dass ich weder Wolfgang noch je einen anderen Freier mit AIDS oder Hepatitis angesteckt habe. Ja, erst nach dem Ende meiner Stricher- und Callboyzeit fand ich den Mut, einen Gesundheitscheck bei mir durchführen zu lassen.

Wenn man es sich leicht machen will, so kann man polemisch sagen, dass alle Prostituierten tickende Zeitbomben und tausendfache Überträger von Geschlechtskrankheiten sind. Doch zu einer scharfen Bombe gehört schließlich auch immer die Person, die diese zündet! So habe ich während meiner aktiven Zeit als Stricher und Callboy z.B. weit mehr als zweitausend Sexkontakte gehabt, mich selbst dabei aber stets nach bestem Gewissen geschützt. Und somit war ich weitaus weniger gefährlich für meine Umwelt, als z.B. ein Freier wie Wolfgang, der nicht nur mit seinem Leben, sondern wahrscheinlich auch mit dem seiner Frau gespielt hat. Zumindest aber hat er billigend in Kauf genommen, sich mit AIDS oder einer anderen Geschlechtskrankheit zu infizieren. Und im Nachhinein wollte er für seine eigene Verantwortungslosigkeit sogar noch andere Menschen zur Verantwortung ziehen.

# PROFESSOR H. GLAUBE, DER TOPMANAGER, ODER DIE WAHRHEIT UNTER NADELSTREIFEN

Spätabends rief er mich an und bat sich kurzerhand ein Treffen mit mir aus. Nicht einmal zwanzig Minuten später stand er dann vor meiner Wohnungstür. Er trug einen maßgeschneiderten Anzug und eine Uhr am Handgelenk, deren Wert mein Jahreseinkommen als Callboy sicherlich mit Leichtigkeit überstieg. Sogleich erkannte ich in ihm einen namhaften Professor der Atomphysik, was ihn ziemlich überraschte und ihm nicht sehr angenehm war. Er ging wohl davon aus, dass jemand aus diesem Milieu ihn nicht erkennen würde. Als er sich von diesem leichten Schock erholt hatte, meinte er, dass ich ihm von einem anderen Freier empfohlen worden war, dessen Identität er mir aber nicht verraten wollte. Zunächst einmal tranken wir ein Mineralwasser. Anschließend teilte er mir mit, dass er von mir erniedrigt werden wollte. Als wir mein Spielzimmer (ausgestattet mit Andreaskreuz, Peitschbock, Eisenbeschlägen, Leder- und Gummiklamotten etc.) betraten, meinte er, dass ich mich nicht erschrecken sollte, wenn ich ihn gleich nackt sehen würde. Doch ich erschrak trotz seiner Vorwarnung; ließ es mir aber nicht anmerken. Der schlanke, ruhmreiche Professor, der eben noch in einem feinen Designeranzug souverän und weltmännisch vor mir glänzte, hatte sich in ein Bild des Jammers verwandelt. Er war fast an jeder Stelle seines Körpers tätowiert. Allerdings nicht die normalen Tätowierungen, die bereits allerorten salonfähig sind. Es fanden sich vielmehr aufgezeichnete Symbole wie Ketten, Peitschen oder Wörter und Aussprüche wie: "Sklavensau" oder "Zur Benutzung freigegeben!" auf seiner arg ramponierten Haut wieder. Zudem war der Mister Atomphysiker, der in seinem Anzug wirklich wie ein Biedermann aussah, an Brust, Sack und Eichel gleich mehrfach gepierct. Zusätzlich wies seine Haut an diversen Stellen klein- und großflächige Vernarbungen auf. Ungefragt ging er vor mir auf die Knie und erbat sich eine konsequente Erziehung. Für einen Augenblick war ich ziemlich verblüfft. Zwar hatte er mir im Vorgespräch deutlich gemacht, dass er von mir erniedrigt und malträtiert werden wollte, aber da hielt ich ihn schließlich noch für einen dieser Anzugmasos, die von mir meist nur ein paar Schläge auf ihren Arsch bekamen, um dann bereits untertänig um Gnade zu winseln. Der Mann zu meinen Füßen würde mit dem Programm für Anfänger ganz gewiss nicht zufrieden zu stellen sein! Ich fesselte ihn zunächst an Armen und Beinen und begann dann mit einer Wachsbehandlung, die ihn allerdings überhaupt nicht zu beeindrucken schien; selbst dann nicht, als ich auf Kerzen mit einen höheren Schmelzpunkt auswich und ihm das heiße Wachs direkt über die Eichel träufelte. Schließlich offenbarte er mir leicht gehemmt, was er sich wünschte. Ich sollte ihm eine brennende Zigarette auf seinem abgebundenen Hodensack ausdrücken; und dies nicht nur einmal, sondern gleich mehrmals! Sein Sack sah schon reichlich mitgenommen aus, ähnlich einem aufgerauten Hartlederfetzen. An manchen Stellen hatte sich bereits eine eigenartige Verkrustung gebildet, die sich noch am ehesten mit einer stark ausgebildeten Hornhaut vergleichen ließ. Auf jeden Fall sah mir sein Beutel derart ramponiert aus, dass ich mir lieber chirurgische Wegwerfhandschuhe überzog, ehe ich seinen Sack als Aschenbecher missbrauchte. Nach der vierten oder fünften Zigarette war er dann so weit und hat abgespritzt. Herr Professor suchte mich danach noch einige Male zwecks einer Behandlung auf. Allerdings wurden mir seine Wünsche irgendwann zu heftig. So wollte er schließlich, dass ich ihm Nadeln in seinen straff abgebundenen Hodensack stecke und diese dann mittels eines Feuerzeuges erhitzte.

# MARTIN, DAS ROTHAARIGE GLUPSCHAUGE, ODER DER PENETRANTE FUSS-FETISCHIST

Es war mitten im Hochsommer und ein wahrhaft traumhafter Tag voll von herzerfrischendem Sonnenschein. Im Außenbereich eines drittklassigen Cafés in der Nähe vom Hamburger Hauptbahnhof legte ich wegen der großen Hitze eine kurze Siesta ein. Ich erfrischte mich an einer Cola. Dabei zog ich mir meine Turnschuhe aus, weil diese auf Grund der tropischen Temperaturen unangenehm an meinen Füßen klebten. Dann legte ich meine Füße zum Auslüften auf einem freien Stuhl ab. In diesen Moment kam ein langer Lulatsch des Weges und ging wiederholt an mir vorbei und blickte dabei verschämt zu mir herüber. Er hatte rostrote Haare und war circa vierzig Jahre alt. Seine großen Glupschaugen, die durch die starken Brillengläser seiner Brille noch gewaltiger wirkten, starrten gierig auf meine Treter. Ich bemerkte sehr wohl, wohin seine geifernden Blicke wanderten und genoss diese Form

der Fußbeschau. Ja, ich animierte das Glupschauge, sogar noch etwas genauer hinzuschauen, indem ich wie beiläufig mit meinen Füßen herum spielte und sie eigens für ihn immer wieder ins rechte Licht rückte. Und so pirschte sich das Rothaar dichter an mich heran, bis es sich schließlich am Nebentisch niederließ. Durch meine überdeutliche Koketterie dazu animiert, fand das Rothaar den Mut, mich auf einem öffentlichen Platz unverblümt auf meine Füße anzusprechen; mich sogar zu fragen, ob er diese liebkosen dürfte. Ganz zu seinem Kümmernis tat ich ihm gegenüber aber zunächst einmal so, als wäre ich ziemlich begriffsstutzig. Das war zwar gemein, aber auf diese Weise konnte ich mich wenigstens noch eine Weile an seinen unbeholfenen Annäherungsversuchen weiden. Und er ließ nicht locker! Schließlich wurde er so direkt, dass selbst der einfältigste Idiot verstanden hätte, was er von mir wollte. Daraufhin machte ich ihm klar, dass ich nicht auf Männer stehe und dass sich an dieser Einstellung auch nichts ändern würde; es sei denn, er hätte mir etwas anzubieten, was mich zum Umdenken bewegen könnte. Und damit hatte ich das Rothaar an einem unsichtbaren Angelhaken, und ich brauchte die Schnur nur noch langsam einzuholen. Wir gingen in ein nahegelegenes Pornokino und er liebkoste meine Füße, mit dem für ihn so feierlichen Gefühl, der erste Mann zu sein, der meine Quanten berühren durfte. Und auch war er von dem Glauben beseelt, dies bei einem Typ tun zu dürfen, der überhaupt nicht auf Männer steht und eigentlich nicht käuflich ist. Ach, was für ein exklusives Erlebnis! Dafür greift man dann auch gern etwas tiefer in die Tasche und legt dreihundert Mark hin. Mir konnte dies nur recht sein! Nach der dürftigen Lecknummer überreichte ich ihm meine Telefonnummer und hatte einen Fußlutscher mehr. Allerdings dauerte unsere Verbindung nicht lange an, da das Rothaar mir mit seinem Gerede und Anbetungsgesülze bald mächtig auf die Nerven ging. Ganz besonders nervte mich, dass er mir immer erzählte, dass er täglich für meine Füße (!) betete und auch jede Nacht davon träume. Das Fass zum Überlaufen brachte er aber, als er mir anbot, gesetzt den Fall, dass ich je meine Wohnung verlieren sollte, er mich einmal in der Woche bei sich schlafen lassen wollte. Dieses Angebot servierte er mir in einer derart penetranten, fromm daher geleierten Art und Weise, dass mir die Galle hochkam. Und natürlich waren mir seine weniger christlichen Hintergedanken dabei sehr wohl ersichtlich. Dieser Typ versuchte rotzfrech, meine zu dieser Zeit überhaupt nicht existente Notsituation auszunutzen, und bei alledem noch wie ein Mildtätiger dazustehen. Ich fand dieses Angebot dermaßen unverschämt und beleidigend, dass ich auf der Stelle seine Wohnung verlassen habe; nicht aber ohne ihn zuvor aufzufordern, meine Füße doch künftig aus seinen Gebeten auszuschließen.

# ÖDIPUSSI ODER DIE TUNTE, DIE IHR ALTES MÜTTERCHEN BESTAHL, UM SICH ALS GANZE FRAU ZU FÜHLEN

Gute Vorsätze sind bekanntlich dazu da, um sie zu brechen! Als ich am Anfang meiner Aktivität als Barstricher stand, hatte ich mir fest zum Vorsatz gemacht, niemals einen Freier mit in meine Wohnung zu nehmen. Es dauerte allerdings nicht lange und mein Bestreben, die eigenen vier Wände *rein* zu *halten*, fiel wie ein Kartenhaus in sich zusammen. Und das kam so: Ich saß gelangweilt in der *Exquisit-Bar*, als plötzlich ein sich furchtbar gebendes Männchen das Lokal betrat. Ich möchte es fortan Ödipussi nennen. Ödipussi war sehr klein und schmächtig geraten und sah ganz so aus wie ein ergrautes Jüngelchen, das mit Einsetzen der Pubertät zu wachsen aufgehört hat. Er schwebte geradezu durch die Stricherbar, bis er sich schließlich mit einer "Hoppla-da-bin-ich-Geste" auf einem der freien Barhocker niederließ. Mir sind in meinem kurzen Leben ja bereits einigen Tunten über den Weg gelaufen, aber Ödipussi war zweifellos eine der nervigsten ihrer Art! Nach jedem Satz, den sie von sich gab, schrie sie schrill und klirrend auf und wedelte mit ihrer abgrundtief hässlichen Stola umher. Allein Ödipussis Anwesenheit ließ mir eine Gänsehaut über den Rücken laufen. So mag eine übertrieben starke Selbstdarstellung, wie man sie von Tunten ja gewohnt ist, bei jungen Tucken noch ganz amüsant sein, bei alten hingegen ist sie meist nur abstoßend und peinlich! Und Ödipussi war nicht nur alt, sondern sein plumpes, weibisches Auftreten war eine Beleidigung für jede richtige Frau, denn Ödipussi verhielt sich hundertmal fraulicher als eine normale Frau sich je geben würde. Und außerdem gab sie sich derart vulgär, ganz wie ein dummes Ding, das von jedermann zu ficken ist! Die meisten Anwesenden schienen von seiner Anwesenheit ähnlich angewidert zu sein wie ich, so zumindest las ich es aus ihren Gesichtern. Aber dieser wild kreischende Pseudo-Transvestit scherte sich einen Kehricht darum. Meiner Meinung nach war Ödipussi weder schwul noch eine Transe, sondern einfach nur ein Männchen mit einer ausgewachsenen Psychose, die dringend nach einer Behandlung schrie. Als Ödipussi mich plötzlich ins Visier nahm, drehte ich meinen Kopf demonstrativ zur Seite. Doch meine halbherzige Flucht war vergebens. Ödipussi wies den Barkeeper an, mir einen Drink nach Wahl zu servieren. Und dann geschah es: Dieses krakeelende Elend wollte doch tatsächlich, dass ich mich zu ihm setze. Dankend lehnte ich diese Einladung ab, denn allein die aufgesetzte Stimme von Ödipussi weckte aggressive Energien in mir, von denen ich bis dato nicht wusste, dass ich sie besaß. Doch meine plumpe Abfuhr animierte Ödipussi verstärkt dazu, um mich zu werben. Immer drängender erbat sie sich meine Dienste. Vielleicht fand sie mein Auftreten gar männlich, obgleich ich ihr gegenüber nicht weiter als eine tiefe Abneigung signalisierte. Es hätte wirklich nicht mehr viel gefehlt und ich wäre aufgestanden und gegangen, als Ödipussi mir plötzlich das Honorar nannte, das sie bereit war, für meine Dienste zu berappen. Siebenhundert Mäuse! Ich dachte, ich hör nicht richtig. Sieben Blaue für eine Nummer! So viel Kohle ist für eine männliche Barschlampe eine absolute Traumgage. Und für mich war es die höchste Summe, die ich als Barstricher je für eine einzige Sexnummer erhalten habe. Ja, ich gestehe es! Ich ging tatsächlich mit dieser penetranten Person ins Bett. Nein, gut habe ich mich dabei nicht gefühlt! Aber wann fühlte ich mich schon jemals gut an der Seite eines Freiers? Wenn man es allein auf den Sex bezieht, so sage ich: Niemals! Doch bei Ödipussi fühlte ich mich nicht nur schlecht, sondern abgestraft und entlarvt zugleich. Hier zeigte jemand Unsichtbares mit seinem Finger auf mich: Schau, das ist die Tunte, die du so widerlich findest, dass du ihr am liebsten den Hals umdrehen möchtest. Doch kaum hält sie dir ein Bündel Banknoten vor die Nase, lässt du dich von ihr kaufen und wirst zu einem Wendehals. Schau nur, was du für eine schäbige Hure geworden bist! Und selbst deinen guten Vorsatz wirfst du für diese Person einfach so über Bord. Ja, das war nämlich der Haken an der Sache. Ödipussi wollte es unbedingt bei mir zu Hause besorgt bekommen. Mit einem Taxi sind wir also in meine dreißig Kilometer entfernt gelegene Wohnung gefahren. Das Licht im Treppenhaus habe ich aus Scham nicht angeknipst. Es wäre mir höchst unangenehm gewesen, wenn meine Nachbarn mich in Begleitung von Ödipussi gesehen hätten. Der Sex war grausam, obgleich er relativ normal verlief, zumindest so, wie ich ihn in ähnlicher Form schon unzählige Male absolviert hatte. Ödipussi zählte zur großen Schar der devoten Kunden und wollte von mir erniedrigt werden. Jemanden erniedrigen kann übrigens ziemlich anstrengend werden, weil man dabei ja meist einem Berg voll von Wünschen (Forderungen) gegenübersteht. Ich habe mich immer wieder gefragt, wer bei diesen Macht- und Unterwerfungsspielen eigentlich wessen Sklave ist? Diese Frage stellt sich insbesondere dann, wenn man für seine *Herrscherarbeit* bezahlt bekommt. Bei Ödipussi fiel es mir zunächst unsagbar schwer, mich zu beherrschen und nicht wutschnaubend auf sie einzuschlagen. Ich hasste diese Karikatur für das, was sie darstellte! Aber vielmehr hasste ich mich selbst für meine Käuflichkeit. Und ich war schockiert darüber, dass ich so weit ging; weiter, als ich es je für möglich gehalten habe! Beim Sex konnte ich dann wenigstens ein paar Aggressionen ablassen. Ich bespuckte Ödipussi, trat ihn mit meinen Füßen und ließ ihn ausdauernd meinen Arsch lecken, indem ich mich einfach mitten auf sein gepudertes Gesicht hockte. Dies tat ich vor allem, damit sein nerviges Gerede endlich ein Ende fand. Nachdem ich Ödipussi *bestraft* hatte, wollte sie an meiner Brust saugen. Ich musste so tun, als ob ich seine Mutter sei. Und dabei hatte ich ihn solange zu wiegen, bis er sich seinen Abgang schließlich selbst herbei gerubbelt hatte. Danach habe ich ihm sofort ein Taxi gerufen, und war heilfroh, als er endlich weg war. Aber, wie soll ich's sagen? Ich blieb nicht standhaft. Noch viermal trieben wir es miteinander. Ich konnte der Verlockung des schnellen, dreckigen Geldes einfach nicht widerstehen. Bei unserem letzten Zusammentreffen eröffnete mir Ödipussi, dass er nicht mehr kommen könnte, weil sein Geldvorrat nunmehr restlos aufgebraucht sei. Ich hatte mir ohnehin bereits die ganze Zeit Gedanken gemacht, woher dieses Männchen das viele Geld nahm. Schließlich wusste ich, dass ich nicht der einzige Stricher war, dem er dermaßen hohe Gagen zahlte, oder sollte man an dieser Stelle vielleicht lieber von Schmerzensgeld sprechen? Er beichtete mir, dass er dreißigtausend Mark von seiner bettlägerigen Mutter bekommen hatte. Hierfür sollte er das Dach an ihrem Haus reparieren lassen, in dem er ebenfalls wohnte, wie es sich für einen anständigen Ödipussi gehört. Tja, anstatt in die Dachpfannen, hat er alles Geld in nur wenigen Wochen in Stricher investiert. In der Bar-Exquisit wurde er auf jeden Fall nimmer mehr gesehen. Man kann sich denken, was passiert ist: Er wird von seinem alten Mütterchen ganz gewiss gehörig eins *aufs Dach* bekommen haben, obwohl dies bei seinem auffälligen Dachschaden eigentlich gar nicht mehr nötig getan hätte.

# CHARLOTTE ODER DAS KINDHEITSTRAUMA DER MASOCHISTISCHEN LÜGENBARONIN

In meiner sechsjährigen Aktivität als Stricher und Callboy haben auch einige Frauen meinen Service in Anspruch genommen. Meine außergewöhnlichste weibliche Auftraggeberin hieß Charlotte. Sie war weitaus jünger als ihr altertümlicher Name vermuten lässt; nämlich etwa dreißig Jahre alt. Als sie mich erstmals anrief, klang sie ziemlich wirr und zerstreut. Und da ich selbst nach einem halbstündigen Gespräch nicht verstand, was sie von mir wollte, schlug ich ihr vor, mich unverbindlich aufzusuchen, weil es ihr von Angesicht zu Angesicht vielleicht leichter fallen würde, mit mir über ihre sexuellen Phantasien zu sprechen. Direkt am nächsten Tag saß Charlotte mir dann gegenüber; eine Frau mit blondem, leicht strähnigem, ungepflegtem Haar und einer ausladenden Rubensfigur. Doch auch jetzt wollte sie mit der Sprache nicht so recht rausrücken. Erst beim nächsten Treffen brachte sie genügend Mut auf, um mir in mein *Arbeitszimmer* zu folgen. Allmählich schmolz das Eis und sie begann mir von ihrer Kindheit zu berichten; davon, wie ihr Vater und ihr älterer Bruder sie geschlagen und sexuell missbraucht haben. Sie schilderte mir in allen nur erdenklichen Details, wie ihr Vater sie z.B. täglich mit einem Gürtel schlug oder sie anderweitig demütigte und misshandelte. Bei diesem Treffen blieb es allein bei ihren schauerlichen Schilderungen. Als sie sich dann aber erneut bei mir meldete, machte sie mir durch die Blume klar, dass sie nun bereit sei, es zu tun. Und ich wusste sofort, was sie damit meinte! Schließlich versuchten viele meiner Kunden, bei mir ihre traumatischen Kindheitserlebnisse aufzuarbeiten, indem sie das Geschehene noch einmal neu durchlebten.
So hatte ich z.B. einmal einen etwa achtzehnjährigen Jungen als Freier, dessen Gesicht durch eine stark ausgeprägte Hasenscharte verunstaltet war, worüber ich mich lustig machen sollte. Er wünschte sich von mir, dass ich ihn als nichtsnutzigen Krüppel beschimpfe und dabei ins Gesicht spucke und schlage. Ich erfüllte ihm diesen Wunsch. Nachdem er allerdings abgespritzt hatte, fing er bitterlich zu weinen an, so dass er mir furchtbar Leid tat und ich ihn deshalb in den Arm nahm, um ihn zu trösten. Darauf aber reagierte er mit heftiger Gegenwehr und großer Empörung. Zunächst irritierte mich sein Verhalten. Später aber sah ich ein, dass er eben nicht Verständnis und Mitgefühl bei mir suchte, sondern von mir geschlagen und gedemütigt werden wollte, ganz gleich ob er nach seiner Behandlung nun in Tränen aus-

brach oder auch nicht! Er wollte ganz einfach keinen Trost, denn diesen fand er in seiner Kindheit wahrscheinlich auch nicht! Mit der Zeit habe ich gelernt mit solchen Fällen umzugehen oder vielmehr sie zu akzeptieren. Als Charlotte meine Kundin war, um auf sie zurückzukommen, war ich als Callboy bereits derart verroht, dass ich die Rolle ihres Peinigers und Vergewaltigers ohne allzu große Gewissens-bisse ausfüllen konnte. Als erstes musste sie sich nackt vor mir ausziehen. Als sie sich standhaft weigerte, was zum Spiel gehörte, verpasste ich ihr einige schallende Ohrfeigen und schrie sie mit obszönen, sie degradierenden Worten an. Ich sprach dabei in einem Ton zu ihr, wie man ihn häufig gegenüber kleinen Kindern gebraucht, damit sie sich leichter in ihrer Rolle wieder finden konnte. Dann zog ich meinen Gürtel aus den Hosenlaschen und schlug wie enthemmt auf sie ein. Für sie muss dieser Akt wie ein Flash-back gewesen sein, denn ihre Mimik und Gestik veränderten sich in einem Maße, dass es mir beinahe unheimlich wurde. Aber ich blieb hart, denn das war schließlich ihr Wunsch. Ich zog mir ein Kondom über und fickte sie hart und rücksichtslos durch, wie ein Stück totes Fleisch. Und während ich sie zum Schein vergewaltigte, ohrfeigte ich sie. Als ich das Gefühl hatte, dass sie *befriedigt* war, ließ ich von ihr ab. Sie weinte. Ich verließ den Raum und ließ sie mit ihren Empfindungen und ihrem Schmerz allein. Von da an kam Charlotte häufiger zu mir. Manchmal redete sie über ihre Kindheit und ein anderes Mal wollte sie wieder eine fühlbare Rückführung erfahren. Auch bei Charlotte fühlte ich mich mehr als Psychoanalytiker, denn als Callboy, auch wenn ich nicht allein als Zuhörer, sondern gleichsam als Vollstrecker fungierte. Die Sitzungen mit Charlotte wurden für mich aber immer unerträglicher. Es war nicht allein der Sex, der mich über Gebühr schlauchte; es waren vor allem ihre Lügen, die sie mir auftischte. Ihre Lügengeschichten bestanden fast ausnahmslos aus aneinander gereihten negativen Vorfällen. So wurde sie vermeintlich mehrmals von ihrem Mann geschieden und hat eben diesen Mann durch eine mysteriöse Krankheit verloren. Außerdem ist ihr Sohn weggelaufen und hat sich zu prostituieren angefangen. Bald darauf wurde er von einem Dealer hinterrücks erschossen. Auf seltsame Weise ist er aber bald darauf schon wieder auferstanden, aber nur, um einem noch schrecklicheren Gewaltverbrechen zum Opfer zu fallen. Auch ihre Mutter verstarb mehrmals. Ich unternahm aber gar nicht erst den Versuch, ihr ungereimtes Lügenepos anzuzweifeln. Irgendwann, als sie ihre Familie und Verwandtschaft in ihrer Gedankenwelt mehrfach niedergestreckt hatte, blieb sie ganz von selbst fern, weil ihr der Stoff ausging. Und was für ein tiefsitzender Schmerz sich tatsächlich hinter

Charlottes Lügenwelt auftürmte, sollte eher durch Gespräche bei einem Psychoanalytiker geklärt werden.

# Sex ist nicht gleich Sex !
# 21 Sexpraktiken
# aus der Sichtweise eines Callboys
# oder Strichers.

## HALLO, BIST DU AUCH GERADE SO GEIL WIE ICH? TELEFONSEX & TELEFONWICHSER

Von Jahr zu Jahr wächst der Telefonsexmarkt. Und dies beschränkt sich nicht allein auf die allseits bekannten *0190-Nummern,* die der Deutschen Telekom alljährlich dreistellige Millionenbeträge in die Kasse schwemmen. So geht die Tendenz z.B. eindeutig dahin, dass immer mehr Models Befriedigungsdienste per Telefon anbieten. Dies stimmt im Zeitalter von AIDS auch wenig verwunderlich, weil der berührungslose Sex schließlich eine gefahrlose Alternative zu den bestehenden, käuflichen Sexangeboten liefert. Doch während viele weibliche Anbieterinnen von Telefonsexservices heute schon gut leben können, kann sich ein männlicher Prostituierter hiermit allerhöchstens ein kleines Zubrot verdienen.

Und die wenigen Callboys, die diesen Service anbieten, entpuppen sich häufig als reine Lachnummern, wie mir einige meiner Freier zuspielten. Aber fairerweise sollte man auch erwähnen, dass die Durchführung eines aufgeilenden Telefongesprächs keine leichte Angelegenheit ist. So genügt es eben nicht, mit einem üppigen Hardcore-Vokabular zu agieren, sondern man sollte auch eine gehörige Portion Fantasie, Erzählergabe und nicht zuletzt auch eine erotische Stimme sein Eigen nennen. Telefonsex-Livegespräche kosten in der Regel zwischen dreißig bis siebzig Mark, wobei der Preis von der Gesprächsdauer und häufig auch vom Gesprächsinhalt abhängig gemacht wird. Je versauter und extremer die sexuellen Fantasien des Anrufers, desto teurer wird für diesen mitunter also auch das heiße Telefonat. Ein *nummerischer Anheizer* dauert in der Regel zwischen fünf bis zwanzig Minuten, selten länger! Deshalb sollte man als Interessent solcher Dienste hellhörig werden, wenn ein Model bei der Berechnung für ein Sextelefonat von einer Gesprächsdauer von dreißig oder gar sechzig Minuten ausgeht. In diesem Fall könnte es sich durchaus lohnen, bei dem Anbieter nachzufragen, ob man sich nicht auf die halbe Gesprächsdauer zum halben Preis einigen könnte, denn eine geschlagene Stunde benötigt man für ein solches Telefonat ganz bestimmt nicht! Bevor der Anrufer in den Genuss derlei Gefälligkeiten kommt, muss er zuvor aber auf das Konto des Telefonsexanbieters (in unserem Fall eines Callboys) meist einen zuvor vereinbarten Betrag einzahlen. Auf das Überweisungsformular schreibt er dann zusätzlich noch ein Codewort. Dieses hat er dann beim neuerlichen Anruf anzugeben, womit seiner Beglückung per

Kabel nunmehr nichts im Wege stehen sollte. Auch ich habe ein paarmal Telefonsex gegen Gebühr betrieben. Ich fand dieses Geschäft allerdings als viel zu aufwändig und dabei wenig einträglich. Und außerdem habe ich die Erfahrung gemacht, dass man als Callboy ohnehin oft genug mehr oder weniger zum Telefonsex missbraucht wird, so dass man auf zusätzliche Telefonwichser wirklich verzichten kann. So hat sich bei mir etwa jeder fünfte Anrufer am Hörer nebenbei einen abgewichst oder zumindest meine Stimme als Stimulator für eine anschließende Selfmade-Nummer missbraucht. Gegen diese Art von Missbrauch ist man als Callboy relativ machtlos, weil der gemeinhin wichtigste Kontaktstrang zum Freier schließlich die Telefonleitung ist. Und natürlich versucht man als Callboy jeden Anrufer für sich einzunehmen. Jedes Telefonat wird so zu einem Verkaufsgespräch, bei dem natürlich auch erotische bzw. sexuelle Dinge zur Sprache kommen, was Telefonwichser eiskalt für sich zu nutzen verstehen. Und diese Typen kann man häufig überhaupt nicht von wirklichen Freiern unterscheiden. So fragt z.B. jeder zweite Anrufer nach der Länge des Genitales oder aber wie der Arsch geformt ist und dergleichen. Nur selten machen Telefonwichser es einem Callboy leicht und verraten sich unfreiwillig, indem sie z.B. unüberhörbar am Stöhnen oder am Masturbieren sind. Aussagen wie: *"Hallo, bist du auch gerade so geil wie ich?", "Ohhhh, mein Teil steht schon; steht deiner auch?", "Erzähl mir mal, was du in Moment anhast!"* entlarvten diese Leute natürlich sofort und man kann das Gespräch beenden. In meiner aktiven Zeit als Callboy verging kaum ein Tag, an dem ich nicht mindestens einen dieser nervtötenden Anrufe erhielt. Und manche Telefonwichser blieben mir sogar über Jahre hinweg treu. Auch gab es die, die sich eine Gaudi daraus machten mich hereinzulegen, indem sie sich z.B. anmeldeten und dann nicht erschienen oder mich irgendwohin bestellten, wo dann natürlich niemand war. Doch mit der Zeit kannte ich die meisten ihrer Tricks und wurde zudem zu einem sehr hellhörigen Zuhörer. Hier weitere Auffälligkeiten, womit sich Telefonwichser bei Callboys verraten können:

1.) Wenn die Stimme des Anrufers auffallend schwankt oder an Tempo variiert

2.) Wenn zum Verhüllen eben dieser Schwankungen im Hintergrund ein Fernseher oder Radio (meistens ziemlich laut) mitläuft.

3.) Wenn der Anrufer nach Kleidungsstücken fragt, die man im Moment trägt oder auffallend detaillierte Beschreibungen über Körper, insbesondere der Geschlechtsregionen, erfragt.

4.) Wenn der Anrufer meint, dass Geld keine Rolle spielt bzw. er ein

extrem verlockendes finanzielles Angebot in Aussicht stellt.
5.) Wenn der Anrufer nicht nur wissen will, was man für Sexpraktiken anbietet, sondern auch detailliert beschrieben haben möchte, wie diese im Einzelnen ablaufen.
6.) Und größte Vorsicht ist geboten, wenn ein Anrufer diese oder ähnliche Aussagen tätigt: *"Erzähl mir doch mal, was dich geil macht!", "Du hast eine total erotische Stimme, die macht mich ziemlich scharf.", "Erzähle bitte noch einen Augenblick von dir, ich komme dich dann auch ganz bestimmt besuchen."*

**Kundenbeispiel**: Hier nur ein Beispiel, wie mich ein Anrufer richtiggehend verschaukelt hat. Er ging dabei recht geschickt vor. So nannte er bei seinem ersten Anruf gerade einmal seinen Namen. Dann entschuldigte er sich freundlich; doch er müsste jetzt auflegen, weil sein Sohn gerade zur Tür herein kommen würde. In den nächsten Tagen wollte er sich noch einmal bei mir melden, was er dann auch tat! Auf diese Weise hatte er bereits eine gewisse Vertrauensebene zu mir aufgebaut. Und so brachte er es bei diesem zweiten Telefonat tatsächlich fertig, mir einen Bären aufzubinden. Vielleicht glaubte ich seine Story auch deshalb, weil ich mir damals einfach nicht vorstellen konnte, dass jemand so erfinderisch ist und dermaßen viel Energie darauf verwendet, nur um sich am Telefon einen runter zu hobeln. Nach Nennung seiner kompletten, sich nachträglich natürlich als falsch herausstellenden Anschrift und Telefonnummer, berichtete mir der Mann, dass er seit kurzem Witwer und allein erziehender Vater eines siebzehnjährigen Jungen sei. Seine Frau wäre nach einer langjährigen Krankheit verstorben. Weiter erzählte er mir, dass sein Sohn seit dem Tod seiner Mutter extrem rebellisch und aufständisch geworden ist. Dies wäre, so fuhr er fort, als seine Frau noch lebte, ganz anders gewesen. Sie erzog ihn hart und konsequent, so dass er von ihr manchmal auch etwas mit dem Rohrstock übergezogen bekam. Und nun suchte er halt eine Person, die diese Aufgabe anstelle seiner verstorbenen Frau einnehmen würde, da er hierzu selbst nicht genügend Autorität besäße. Auf all meine nun folgenden Bedenken gab er mir plausible Antworten. So auch auf den Einwand, dass sein Sohn mit seinen siebzehn Jahren um einiges zu alt wäre, sich derartige Erziehungsmethoden gefallen zu lassen und man davon einmal abgesehen die Prügelstrafe für Kinder ohnehin längst abgeschafft hat. Daraufhin entgegnete er mir nur, dass er felsenfest davon überzeugt ist, dass sein Sohn sich die Stockhiebe seiner Mutter insgeheim ersehnt. Der Mann klang wirklich verdammt ehrlich und verzweifelt, dass ich ihm bald die ganze Lügengeschichte abkaufte, und wir nun gemeinsam besprachen, wie die Bestrafung seines Sohnes am besten umzusetzen wäre. Und da stöhnte dieser Kerl plötzlich laut auf und beendete das Gespräch. Tja, und ich saß wie ein geschorener Langhaardackel vor dem Telefon, und es blieb nicht weiter, als über meine eigene Leichtgläubigkeit zu lachen.

## SCHREIB MAL WIEDER!
## WICHSPOST / WICHSBRIEFE / WÄSCHEVERSAND

*16-jähriger, blonder, unbehaarter (B)Engel verschickt seine getragenen Slips und erfüllt auch Sonderwünsche.* Und derartige Sonderwünsche könnten wie folgt aussehen: getragene Unterwäsche mit Sperma-, Urin- oder Bremsflecken; verschwitzte, stinkige (Tennis-)Socken; vollgespritzte Kondome; in Einmachgläser oder Gefrierbeutel abgefüllte Pisse oder Scheiße, vollgerotzte Taschentücher oder angesammelter Speichel. Auch werden ausgetragene (Turn-) Schuhe, Hosen und andere Kleidungsstücke angeboten. Den sexuellen Fantasien bzw. Abgründen sind hierbei kaum Grenzen gesetzt! Der Versand von erotischem Postmaterial ist in den letzten Jahren sprunghaft angestiegen, wozu insbesondere das Medium Internet beigetragen hat. Allein in Deutschland bieten (Stand: Juli 2000) inzwischen weit über 1000 (Schein)Boys via Net ihre Wäsche und Ausscheidungen an; meistens getragene Socken! Den Begriff Scheinboy gebrauche ich deshalb, weil sich hinter den meisten Anbietern in Wahrheit keine pubertierenden Knaben mit scheuem Rehkitzblick und zarten Handfesseln verbergen, sondern eher mäßig aussehende Männer, die nicht selten doppelt so alt sind, wie sie es in ihren Anzeigen oder Homepages vorgeben. Doch, wie heißt es so schön: Der Mensch will betrogen werden! Und der Wäsche- und Wichsbriefversand ist nun zweifelsohne ein Geschäft mit der Illusion wie kaum ein zweites! Dieses gilt übrigens auch auf der Heteroebene! Auch heterosexuelle Männer legen beispielsweise dreißig bis fünfzig Mark für ein Dufthöschen hin, das irgendeine blutjunge Schönheit angeblich tagelang für sie getragen haben will. Dass sich in Wahrheit aber eher ein altes Hausmütterchen den Schlüpfer im Akkordtempo über ihre Muschi gerieben hat, davon will der Käufer natürlich nichts wissen! Fast immer wird die Illusion übrigens durch ein Lockfoto verstärkt. Und das geht so: Ehe der Kunde Wäsche oder dergleichen bestellt, lässt er sich meist zuvor eine Versandliste mit den möglichen Versandartikeln zusenden. Da eine solche Liste für sich allein genommen aber nur wenig Scharfmachendes aufzubieten hat, wird als Anhang eben ein Foto beigelegt. Und auf diesem Foto glaubt der Kunde natürlich nun die Person abgebildet zu sehen, die ihm die begehrten Sachen  zuschickt. Hier nun wird von Seiten der Versender oftmals mit simplen Tricks gearbeitet, die es eigentlich jedem erlauben, sich als Wäsche verschickenden Knabe auszugeben. So wird z.B. ein

junger, bildhübscher Boy im Freibad oder irgendwo anders fotografiert und anschließend werden mit dessen Konterfei Kunden geködert. Auch setzen Anbieter derartiger Versandservices Privatboy-Fotoserien aus dem Ausland, z.B. aus der Tschechei oder Polen, ein. Diese Fotoserien werden deshalb so oft verwendet, da Boys aus diesen Ländern dem landläufigen Schönheitsideal entsprechen und diese Fotografien zumeist nicht wie professionelle Aufnahmen aussehen. Dies ist ein sehr wichtiger Punkt, denn der Kunde träumt ja von einem jungen verdorbenen Boy, der sich ein paar Mark verdienen will und nicht von einem professionellen und abzockenden Wäscheversender, der Wünsche wie am Fließband bearbeitet! Bei vielen Bestellern schwingt zudem auch eine Spur Hoffnung mit, den fiktiven Versender irgendwann einmal in natura sehen und erleben zu können, was diese oftmals sogar in Aussicht stellen, allerdings so gut wie niemals einlösen! Bei käuflich zu erstehenden Wichsbriefen, die angeblich selbst erlebte Sexabenteuer beschreiben sollen, muss der Interessent meist davon ausgehen, dass es sich um Massenbriefe handelt, die häufig direkt aus dem Internet heruntergeladen werden. Sodann werden sie ein wenig modifiziert und fertig ist der ganz persönliche Wichsbrief!
Auch ich habe hin und wieder Wichspost verschickt. Neben getragenen Unterhosen waren dies zumeist Kondome. So hatte ich u.a. zwei Freier, denen ich vollgespritzte Kondome zukommen ließ. Was sie allerdings bis heute nicht wissen, ist, dass es niemals mein eigenes Sperma war, das ich ihnen zugeschickt habe. Sie erhielten einfach irgendein Gummi meiner Kunden. Und da sich die beiden Männer nur sporadisch bei mir zwecks Bestellung meldeten, hatte ich einige gefüllte Gummis immer in einem Extrabehälter meines Kühlfachs zwischengelagert.

**Kundenbeispiel**: Auf eine meiner wenigen Wichspostversandanzeigen hatte sich einmal ein sehr junger Boy gemeldet, der bis dahin noch keinerlei sexuelle Erfahrungen, außer mit sich selbst, gesammelt hatte. Per Post orderte er ein vollgespritztes Kondom von mir, welches ich ihm gegen eine Gebühr von dreißig Mark zugeschickt habe. Und ausnahmsweise handelte es sich dabei sogar um mein eigenes Sperma, weil dieser Bursche sich die Mühe gemacht, mir neben der Order einen seitenlangen, niedlichen Brief zu schreiben. Einige Tage, nachdem ich ihm meinen Saft zugesandt hatte, erhielt ich einen weiteren Brief von ihm. Dieser war ziemlich klamm und wies hier und da gelbliche Feuchtigkeitsränder auf. Und als ich das Kuvert öffnete, bestätigte sich meine böse Vorahnung. Er hatte mir nun seinerseits ein vollgewichstes Kondom zugeschickt, dieses allerdings nicht richtig verschlossen, so dass es fast völlig ausgelaufen war. Dazu hatte er erneut einen ellenlangen Brief geschrieben, in dem er mir u.a. ein Tauschgeschäft vorschlug: Ich sollte jeweils zwei Kondome von ihm bekommen, wenn ich ihm dafür eines von mir zuschicken würde! Außerdem schrieb er mir sehr detailliert, was er mit dem von mir zugesandten Gummi angestellt hatte. Kurz zusammengefasst hat er dieses in einen Kochtopf gelegt und etwa auf Körpertemperatur erwärmt, um sich dessen Inhalt schließlich in den Mund laufen zu lassen. Ach ja, auf das Tauschangebot bin ich nicht eingegangen!

## KNETE MICH RICHTIG SCHÖN DURCH! EROTISCHE MASSAGE

Wann immer sich ein Freier eine erotische Massage von mir erbat, wurde ich hellhörig, denn ich habe die Erfahrung gemacht, dass sich meine Auffassung von einer erotischen Massage oftmals von der eines Freiers fast gänzlich unterschied. So klopfen meines Erachtens unzählige Freier ganz raffiniert bei einem Callboy mit dem Wunsch nach einer Massage an, obgleich sie eigentlich etwas ganz anderes wollen! Hierzu fragen sie zunächst einmal, ob dieser derlei Service in seinem Programm hat. Wenn dieser nun bejaht, erfragen sie hierfür den Preis. Und da liegt der Knackpunkt! Für eine erotische Massage kann und wird ein Callboy nämlich nicht so viel Geld verlangen wie für eine Standardnummer, bei der Wichsen und Oralverkehr für gewöhnlich inbegriffen sind. Doch, und das ist der Clou, läuft eine erotische Massage nach Meinung einer Vielzahl von Freiern eben genau auf eine solche Nummer hinaus bzw. versuchen sie es auf eine solche hinauslaufen zu lassen! Manch gerissener Freier versucht also, auf diese Weise Geld zu sparen und ein Mehr an Leistung vom Stricher oder Callboy heraus zu kitzeln. So dauert eine Standardsexnummer im Durchschnitt etwa 15-20 Minuten. Wünscht sich ein Freier hingegen eine erotische Massage, kommt man leicht auf das Doppelte an Zeit, und zwar sehr häufig mit dem gleichen Finale; und das alles nicht selten für den halben Preis! Hört sich ziemlich nach Abzockerei von Seiten des Freiers an, nicht wahr? Genau so habe ich das auch gesehen, weshalb ich es mir angewöhnt hatte, konsequent nachzufragen, wie ein Freier sich seine erotische Massage denn so vorstelle, und vor allem, worauf diese schlussendlich hinauslaufen solle? Auf diese Weise hatte ich die erbetene Massage meistens als eine getarnte Sexnummer entlarvt. Obwohl, eine erotische Massage hatte ja auch Vorteile für mich. So hatte ich die Freier im doppelten Sinne in meiner Hand. Verließ mich nämlich nach etwa einer Viertelstunde die Lust am Kneten, genügten meist einige geübte Handgriffe, um die Freier dahin zu bekommen, wo ich sie haben wollte; auch weil sie durch die Massage weitaus weniger verkrampft waren als dies für gewöhnlich der Fall war. Ihren Abgang erreichte ich dann oft sogar, indem ich ihren Schwanz zwischen meine eingeölten Füße nahm und ihn wichste.

**Kundenbeispiel**: Ein weit über die Grenzen Hamburgs bekannter Geschäftsmann suchte mich regelmäßig auf, um sich von mir durchkneten zu lassen. Dieser Vorgang hatte stets exakt fünfundvierzig Minuten zu dauern, worauf er peinlich genau achtete. Ich empfand den Massageakt mit diesem Freier immer als ziemlich kräfteraubend, weil er eine starke Führungshand bevorzugte, und ich mich nach etwa der Hälfte der Zeit allein seinem Mannesteil zuzuwenden hatte. Und dies mit der Auflage, seinen Schwanz unter keinen Umständen zum Explodieren zu bringen. Dies war ein ausgesprochen exotischer Wunsch, wie er mir in sechs Jahren Stricher- und Callboyzeit nur ganz selten untergekommen ist. Darauf angesprochen, warum ich es ihm denn nicht bis zum Schluss machen sollte, erwiderte er mir allen Ernstes, dass durch eine Ejakulation sich der Untreue an seiner Frau schuldig machen würde. Dazu fiel mir dann auch nichts mehr ein!

## TANZ MIR DEN TANGO!
## STRIPTEASE

Einen Striptease im konventionellen Sinne, also mit Musik und einstudierter Choreografie, hatte ich nicht in meinem Repertoire. Wohl aber kam es vor, dass ich Freier mit speziellen Entkleidungsnummern oder narzisstischer Gestik und Mimik sowie unter der Zuhilfenahme präparierter Kleidung für mich einzunehmen verstand. So trug ich zu meiner Barzeit z.B. eine von mir eigens kunstvoll kreierte Jeans, die weit mehr als nur verschlissen war. An einigen Stellen wurde die Hose lediglich von einem dünnen Stofffetzen zusammen gehalten und bot tiefe Einblicke auf meine Hinterbacken und Oberbeine. Jede Bewegung in diesen Jeanslumpen wirkte auf manchen Betrachter ähnlich wie eine kleine Stripeinlage. Außerhalb der Bar erntete ich wegen dieser Lumpenhose die unterschiedlichsten Reaktionen; meistens war man amüsiert oder aber brüskiert über dieses Meisterstück der Schneiderkunst. Einige Passanten reagierten aber auch mitleidig, wie beispielsweise eine ältere Dame, die mir, während ich auf einen Zug wartete, doch tatsächlich Geld in die Hand drücken wollte, damit ich mir eine neue Hose kaufen könnte. Wenn das liebe Mütterchen geahnt hätte, wieviel Geld mir dieser Stofffetzen bereits eingebracht hatte, hätte sie wohl anders reagiert.
Im weitesten Sinne lässt sich meines Erachtens jeglicher Einsatz aufgeilender Gesten und Bewegungen sowie aufreizender Kleidung, die natürlich reichlich Einsicht auf nackte Haut gewähren sollte, zum Striptease zählen! Als Stricher oder Callboy lernt man übrigens zwangsläufig, seinen Körper bewusst einzusetzen; und das nicht nur im Bett! So achtet man z.B. auf das kleinste Feedback eines potenziellen Freiers. Allein, wenn ich mir in einer Stricherbar wie nebenbei mit einer Hand über den Schritt gefahren bin oder aber kurz meine Arschbacken zusammengedrückt habe, damit sich die Proportionen auf der Hose besser abzeichnen, geschah dies ganz bewusst; ganz gleich wie unverkrampft und spielerisch es auch ausgesehen haben mag. Und wenn es dann zur Sache ging, habe ich mich, um die Vorfreude des Freiers zu steigern, meist ganz langsam entblättert. Auch habe ich mich von vielen Freiern enthüllen lassen. All dies erregte sie auf jeden Fall weitaus mehr, als hätte ich mich ihnen sofort nackt präsentiert.

**Kundenbeispiel**: Einen meiner Freier suchte ich mehrmals in einem Hamburger Mittelklassehotel auf. Wir spielten dann immer ein reichlich ödes Rollenspiel. Der leicht untersetzte Freier übernahm dabei die Rolle des Chefs einer Modellagentur, und ich musste einen jungen Mann mimen, der um jeden Preis Karriere auf dem Laufsteg machen wollte. Als erstes hatte ich mich wie ein Modell vor ihm zu bewegen und schließlich dann als Heißmacher einen Striptease hinzulegen. Danach spielten wir die Wirklichkeit noch so weit durch, dass die berühmt-berüchtigte Besetzungscouch, hier in Form eines Hotelbettes, ebenfalls ihren Einsatz fand.

# MEISTER SUPERSAUBER-BLITZEBLANK NACKTPUTZSERVICE

Eine Zeit lang wurden spezielle Anzeigenrubriken geradezu von so genannten Nacktputzern bzw. Nacktputzservices überflutet. Diese Woge hat sich mittlerweile allerdings wieder weitestgehend geglättet. Das liegt zum einen daran, dass es nur wenige Interessenten gibt, die an käuflichen Nacktputzern interessiert sind, und zum anderen daran, dass viele der Männer, die einen solchen Service anbieten, eher weniger professionelle Absichten damit verfolgen. Vielmehr wollen sie sich durch das Nacktputzen selbst befriedigt wissen! So wollen denn die meisten Nacktputzer eher niedere Putzarbeiten verrichten wie Toiletten reinigen, Boden schrubben etc. Dies allein weist bereits darauf hin, dass diese Nacktputzer im Grunde genommen Meister- und Sklavenspiele spielen möchten, wobei sie die Rolle des Dienenden einnehmen wollen. Und nach eben genau dieser Konstellation besteht keine oder aber eine nur sehr geringe Nachfrage! So habe ich z.B. zahlreiche Freier gehabt, die bei mir putzen wollten, aber im Gegenzug nicht einen einzigen, der bei mir je angefragt hat, ob ich denn nicht einmal im Adamskostüm bei ihm sauber machen könnte.

Erstes **Kundenbeispiel**: Ein ehemaliger hochrangiger Bundeswehrbediensteter suchte mich gleich mehrfach auf, um sich von mir herumkommandieren zu lassen, was ich als Wehrdienstverweigerer besonders erheiternd empfand. Zum Zwecke seiner Erniedrigung schlüpfte ich jedes Mal in eine abgetragene amerikanische Uniform. Er stellte bei diesem Rollenspiel einen deutschen Kriegsgefangenen dar, den ich schikanierte, indem er vor meinen Augen niedere Arbeiten zu verrichten hatte. So musste er Staub wischen, den Teppich saugen, die Toilette reinigen und meine Schuhe putzen etc. All diese Arbeiten hatte er nackt zu verrichten. Ich begutachtete dann die jeweiligen Ergebnisse und strafte ihn durch Stockhiebe, wenn er die Arbeiten nicht zu meiner vollsten Zufriedenheit ausgeführt hatte. Herr Oberstleutnant, oder welchen Dienstgrad er auch jemals inne haben mochte, gab eine ziemlich jämmerliche Figur ab. Dies tat er insbesondere dann, wenn er vor mir stramm stand und sein steifer Schwanz von seinem Hängebauch fast gänzlich zugedeckt wurde. Für mich war es in diesen Momenten schwer vorstellbar, dass diese kümmerliche Gestalt tatsächlich einmal Abertausende von Soldaten herumkommandiert haben soll.

Zweites **Kundenbeispiel**: Einen etwa zwanzigjährigen Freier ließ ich des Öfteren mit einer Zahnbürste meine Dusche schrubben, wofür er mir zweihundert Mark zu bezahlen hatte. Leicht verdientes Gelt? Von wegen! Was sich hier so einfach anhören mag, bedeutete tatsächlich harte Arbeit für mich; musste ich doch die ganze Zeit, die er putzte, hinter ihm stehen und ihn mit Vulgärausdrücken anschreien. Glücklicherweise hatte ich mir zu diesem Zeitpunkt bereits ein Register mit obszönen Ausdrücken angelegt, um mich nicht ständig wiederholen zu müssen.

## AUF UND NIEDER, IMMER WIEDER! WICHSEN / HANDBETRIEB

Das wichtigste Werkzeug eines Strichers oder Callboys ist seine Hand! Erst auf den Plätzen zwei, drei und vier folgen Glied, Mund und das Hinterteil. Ein Großteil der Freier lässt sich entweder von einem Sexdiener den Schwanz wichsen oder aber legt selbst Hand bei sich an, während der Stricher beispielsweise an dessen Brustwarzen herum spielt. Überhaupt wird fast jede Nummer durchs Wichsen beendet, gleich welche Sexpraktik ihr auch vorausgegangen sein mag! Ja, es ist wirklich überraschend, wie viele (schwule) Männer doch selbst Hand bei sich anlegen müssen, um eine Ejakulation herbeizuführen. So vermochte ich zwar die meisten meiner Freier bis zu einem gewissen Punkt hoch zu schaukeln, die letzten zwei bis drei *Handschläge* mussten oder wollten die meisten von ihnen dann aber doch selbst tätigen. Bei meinen Stammkunden verschob sich dieses Bild hingegen leicht zu Gunsten meines geübten *Handwerks*, was einleuchtend ist, da eine gewisse Eingespieltheit beim Wichsen sehr hilfreich sein kann. So hat jeder Mann ganz spezielle Vorlieben, wie und wo er mit der Hand befriedigt werden will, die es erst einmal herauszufinden gilt! Die Vorliebe, es sich selbst mit der Hand zu geben, beschränkt sich übrigens nicht allein auf das Feld der käuflichen Liebe. So besorgen es sich z.B. viele passive Männer beim Analverkehr mittels ihrer Hand selbst, während sie es von hinten gesteckt bekommen. Das *Geficktwerden* dient ihnen sozusagen lediglich als Stimulans für die "Selbstbefriedigung".

**Kundenbeispiel**: Hier kann ich eigentlich nur für alle Freier sprechen, die ich in all den Jahren als Stricher und später auch als Callboy gehabt habe. Nicht einer von ihnen hat mich jemals per Hand dazu gebracht abzuspritzen! Sie konnten mir zwar relativ einfach einen Steifen herbeizaubern, aber der Funken sprang niemals über, weil ich mich dagegen vehement gesperrt habe. Das führte bei vielen Freiern nun dazu, dass sie mich durch noch gröbere *Handarbeit* ins Ziel zu bringen versuchten, wodurch sie aber nur das Gegenteil bewirkten, und mein Schwanz regelmäßig in sich zusammenfiel.

# IN ALLER MUNDE! FRANZÖSISCH / ORALVERKEHR

Die Mehrheit meiner Freier war eher darauf bedacht, meinen Schwanz zu blasen, als den ihrigen von mir verwöhnt zu bekommen, was mir natürlich nur recht sein konnte. Dennoch muss ich sagen, dass insbesondere verheiratete Bi-Freier bei mir gleich scharenweise durch eine Blasprüfung fallen würden, wenn es denn eine gäbe! Da gibt es z.B. die Spezies, die auf einer Eichel herumkaut, als wäre dies ein Stück zähes Fleisch; wieder andere saugen daran wie eine außer Kontrolle geratene Melkmaschine an einem Euter. Und bei einigen Bläsern spürte man hingegen weder wann sie zu blasen anfingen noch wann sie damit aufhörten, so behutsam gingen sie zu Werke. Als besonders leidlich empfand ich all jene Freier, die mich nach zwei bis drei Saugzügen erwartungsvoll anschauten wie kleine Kinder, die am Heiligabend sehnsüchtig auf die Bescherung warten, und Bemerkungen vom Stapel ließen wie etwa: *"Na, jetzt kommt er doch gleich ganz hoch oder?", "Oh, der Lümmel kann bestimmt schön weit spritzen?", "Na, wie gefällt dir das?", "Kommst du gleich?", "Wann bist du so weit?"*, etc. Glücklicherweise wurde ich rasch routiniert, was mir erlaubte, auf derlei Aussagen passende Antworten zu geben. Übrigens wollten fast alle meiner Freier meinen Schwanz nur ohne Kondom blasen; eine Erfahrung, die meines Wissens nach, fast alle Callboys und Stricher machen bzw. gemacht haben.

**Kundenbeispiel**: Einer meiner treuesten Stammkunden war ein ausgesprochenes Schleckermäulchen. Ihm bereitete es höchste Wonne, meinen Stängel mit Gaumen und Zunge ausgiebig zu bearbeiten. Und dabei gehörte er zu den wenigen Männern, die einen Schwanz regelrecht schlucken konnten, ich ihm also mein Glied bis zum Anschlag in seinen Rachen treiben konnte. Über die Zeit bekam er immer mehr Gespür dafür, wie ich es am liebsten hatte. Was die Sache mit ihm aber besonders angenehm machte, war die Tatsache, dass ich bei ihm nicht unter dem Erwartungsdruck stand, ständig einen knallharten Kolben haben zu müssen. Dies nämlich verlangen viele Freier, womit sie Stricher und sich selbst keinen Gefallen tun.

## DEN ARSCH GESTOPFT KRIEGEN! GRIECHISCH / ANALVERKEHR

Nicht einmal jeder zweite meiner Freier hat mir gegenüber den Wunsch nach Analverkehr geäußert. Und lediglich für etwa jeden sechsten meiner Freier musste der Analverkehr unbedingt dabei sein. Ich habe meinen Freiern im übrigen niemals eine Garantie darauf abgegeben, sie auf jeden Fall ficken zu können. Denn die Ansicht, dass Arsch gleich Arsch ist, kann ich gar nicht teilen! Während ich nämlich ohne nennenswerte Probleme ein kleines knackiges, gut gebräuntes Hinterteil besteigen konnte, sah ich mich bei allzu ausladenden, behaarten und ungepflegten Ärschen rasch vor unlösbare Probleme gestellt. Erfahrungsgemäß half mir da auch ein Cockring, der einen Blutstau herbeiführt, was den Schwanz ein wenig anschwellen lässt, nicht mehr aus der Bredouille. Einige der Freier, die von mir gefickt werden wollten, haben mein Nervenkostüm ganz schön strapaziert, weil sie sich einfach schnurstracks auf den Bauch legten und erwarteten, dass ich ihnen den Stier mache. So weit, so gut! Dies war schließlich mein Job. Aber wenn die Herrschaften es nicht einmal für nötig befanden, sich vorab eine anständige Spülung zu verpassen oder ihnen noch Kackkrümel an ihren Arschhaaren klebten, verlor ich regelmäßig die Beherrschung.
Wann immer ich spürte, dass es mit dem Ficken, aus welchen Gründen auch immer, nicht so recht funktionieren wollte, versuchte ich es mit dem einen oder anderen Trick, deren Anwendung allerdings meist nur bei Bi-Ehemännern, und Unbedarften funktionierte, weniger bei ausgebufften (Szene-)Schwulen. Am häufigsten narrte ich fickwillige Freier mit folgender Masche: Da ich einen relativ dicken Schwanz habe, mimte ich ihnen gegenüber den Fürsorglichen. Ich log ihnen vor, dass ihr Loch für mein großes Kaliber zunächst einmal durch einen Dildo empfänglicher und aufnahmebereiter gemacht werden müsste, damit sie den Fick auch in vollen Zügen genießen könnten. Begleitend dazu verteilte ich Komplimente, wie sie jeder anal-passive Mann gern hört, nämlich dass er ein kleines, enges, jungfräuliches Arschloch hat. Dass ich diese Schmeicheleien allerdings selbst jenen Freiern zukommen ließ, deren Rosette bereits eher einem Bombentrichter als einem Poloch glich, sei an dieser Stelle nur nebenbei erwähnt! Direkt nach meinen Höflichkeitsbekundungen führte ich ihnen dann jeweils einen Dildo in ihre Spalte. Und dabei stellte ich mich absichtlich derart ungeschickt (und für sie äußerst unangenehm) an, dass den meisten auf

Grund dessen die Lust auf Analverkehr schnell vergangen ist und mein Problem somit gelöst war!
Ich selbst habe mich *nur* von sehr wenigen Freiern ficken lassen, denn dies tat mir nicht allein nur rein körperlich weh, sondern ich empfand es stets auch als ein zutiefst erniedrigendes Gefühl. Wenn es dazu kam, so habe ich lediglich ganz bestimmte Stellungen zugelassen, die es mir erlaubten, den Ring des Kondoms zur Sicherheit festzuhalten. Dadurch konnte ich zumindest das Risiko minimieren, dass dem Freier ein Verhüterli vom Glied runter rutschte und dessen Inhalt in meinen Hintern gelaufen wäre. Dies nämlich kommt beim Analverkehr weitaus häufiger vor als es einem lieb sein kann!

**Kundenbeispiel**: Ein sehr junger Freier, der auf Grund seiner extremen Fettleibigkeit weitaus älter wirkte, als er tatsächlich war, wollte von mir gebumst werden. Auf dem normalen Wege war dies allerdings unmöglich, denn allein bei seinem Anblick schrumpfte mein Pullermann auf eine negative Bestmarke. So manövrierte ich diesen Freier mit Schwung auf den Bauch. Diese Stellung wählte ich, damit er im folgenden nicht sehen konnte, welch falsches Spiel ich hinter seinem Rücken trieb. Ich schob ihm nämlich anstatt meines Schwanzes einen Dildo in den Arsch. Und der Typ hat den Betrug glücklicherweise nicht bemerkt! Er besuchte mich fortan häufiger. Und jedes Mal besorgte ich es ihm auf diese Tour. Er nahm mir diese Täuschung aber nicht nur ab; er nannte mich doch tatsächlich den geilsten Ficker, den er je in seinem Leben gehabt hat. Na, ich nehme mal an, ich war einfach nur der erste!

## ACH, LECK MICH DOCH AM ARSCH!
## RIMMING / ARSCHLECKEN

Beim Arschlecken besteht bei vielen am Anfang eine große Barriere, die es erst einmal zu überwinden gilt. Das Poloch gilt in unserer Kultur schließlich als **die** Tabuzone des Körpers, obgleich das Glied ebenso der Ausscheidung dient! Ja, man kann sogar sagen, dass ein Poloch, wenn dieses korrekt gepflegt wird und unbehaart ist, vom hygienischen Standpunkt als durchaus unbedenklicher einzustufen ist als ein unbeschnittener Schwanz.
Ich empfand es stets als die angenehmste aller Möglichkeiten, einen Freier zu bedienen, indem ich ihm einfach meinen Arsch vors Gesicht hielt. Meist lag ich dabei entspannt auf dem Bauch und stellte mir anstatt der Zunge des Freiers die eines hübschen Burschen aus dem Orient vor. Später, als ich abgebrühter wurde, setze ich mich mit meinem Knackarsch meist direkt auf das Gesicht eines Freiers. Dies war zwar eine eher ungemütliche Haltung für mich, dafür aber barg sie wertvolle Vorteile! In dieser Position konnte ich den Schwanz eines Freiers nämlich viel besser bearbeiten und den Bewegungs- und Handlungsspielraum des Kunden gleichzeitig stark einschränken. So war dieser mir fast hilflos ausgeliefert und ich konnte ihn auf diese Weise meist binnen weniger Minuten abmelken. Und versuchte ein Freier mein Tempo zu drosseln, so ließ ich mich einfach mitsamt meines Hinterteils noch ein Stück weiter auf seinem Gesicht nieder. Ich selbst habe niemals den Arsch eines Freiers geleckt! Meine ablehnende Haltung diesbezüglich teile ich übrigens mit den meisten Callboys und Strichern. Während es für den Freier fraglos sehr geil sein kann, den wohlgeformten Arsch eines Strichers mit der Zunge zu verwöhnen, ist es für diesen wiederum einfach ekelig und erniedrigend.
**Kundenbeispiel**: Ich hatte einige ausgesprochene Po-Fetischisten in den Reihen meiner Freier, die es einzig und allein auf mein Hinterteil, und dabei insbesondere mein Poloch, abgesehen hatten. Ich musste nichts weiter tun, als einfach nur daliegen und sie gewähren lassen. Manchen reichte es vollkommen aus, meine Rosette mit der Zunge zu umkreisen. Andere rieben meinen Arsch mit Schokoladenpudding, Himbeerkonfitüre, roter Grütze, Vanillesoße oder anderen Köstlichkeiten ein, um es danach von eben diesem wieder abzulecken. Und ein Gourmet wollte sogar eine Banane direkt aus meinem Loch verspeisen. Nun ja, über Geschmack lässt sich bekanntlich nicht streiten!

## EINMAL KÜNSTLICHE BEFRUCHTUNG, BITTE ! DILDOS & DILDOSPIELE

Dildos waren für mich als Callboy ein unverzichtbares Utensil. Ich hatte sie in den verschiedensten Ausführungen und Größen, wobei der kleinste kaum mehr Umfang als ein Daumen hatte und der größte einer Männerfaust nachgebildet war. Auch hatte ich in meiner Sammlung Doppeldildos, auf die sich zwei Männer gleichzeitig *aufspießen* konnten, sowie ein mit Noppen beschichteter Kunst-schwanz und einige Umschnalldildos. Zudem hatte ich diverse batteriebetriebene Schwanznachbildungen in meiner bizarren Sammlung, welche allerdings fast nie zum Einsatz kamen. Erstens nervt das Vibrationsgeräusch und zweitens erzeugt eine auf dem elektronischen Wege erzeugte Schwingung (Stimulation) ein unangenehmes, kitzelndes Gefühl an den Darmwänden. Neben den handelsüblichen Kunstschwänzen habe ich Freiern auf Wunsch auch Kerzen, Salatgurken, Rettiche oder aber zuweilen auch meine Faust eingeführt. Und häufig habe ich Dildos auch als vorbereitende Maßnahme für den Analverkehr *(siehe hierzu auch unter Analverkehr)* eingesetzt bzw. den Analverkehr hiermit simuliert. Ausgesprochen selten hingegen kamen bei mir Plugs zum Einsatz. Ein Plug ist eine Art Dauerdildo und funktioniert ähnlich einem Korken; er läuft nach oben spitz zu und weitet sich nach unten. Dank dieser Formgebung hält er den Kanal gut dicht. Er kommt meist als Strafmittel bei Erziehungsspielen zum Einsatz.

**Kundenbeispiel**: Aus Angst, sich mit AIDS zu infizieren, wollte ein extrem vorsichtiger Freier anstatt des gewöhnlichen Analverkehrs lieber mit einem Umschnalldildo von mir gefickt werden. Hierfür verwendete ich eine innen hohle Kunstschwanzimitation, in die man sein Glied einführen und fixieren kann. Und obgleich man zweifelsohne davon ausgehen konnte, dass die etwa ein Zentimeter starke äußere Gummischicht nicht nur als Stabilisator, sondern auch als äußerst verlässliches Verhüterli ausreichen würde, bestand dieser Freier dennoch darauf, dass ich mir zusätzlich jeweils über meinen Schwanz sowie auch über den Dildo je zwei(!) Kondome überziehe. Von Gefühlsechtheit also keine Spur!

## ACH, KOMM AN MEINE BRUST! TITTENTRIMM / BRUSTBEHANDLUNG

Viele der Freier, die mir in Laufe von sechs Jahren unter die Finger gekommen sind, fuhren auf Brustbehandlung bzw. Tittentrimm ab; sei es mittels Zunge oder Finger, von sanft bis extrem hart! Und ich habe dabei die Erkenntnis gewonnen, dass, je älter meine Freier waren, desto empfindlicher wurden sie in der Regel an ihren Brustwarzen. So waren es denn zumeist auch ältere Freier, die sich wünschten, dass ich ihren Nippeln eine besondere Aufmerksamkeit zuteil werden ließ. Der überwiegende Teil bevorzugte dabei die eher sanfte Behandlung. Hierzu kreiste ich meist mit meiner Zungenspitze über ihre, sich für gewöhnlich schnell aufrecht stellenden und hart werdenden Brustwarzen. Auch nahm ich ihre Nippel zwischen Daumen und Zeigefinger zart in die Zange. Zum sanften Service gehörte außerdem das vorsichtige *Anknabbern* der empfindlichen Brustantennen. Und Freiern, die die harte Gangart bevorzugten, hängte ich z.B. Gewichte oder Brustklammern an ihre Brustnippel. Wieder andere liebten es, wenn ich ihnen heißes Wachs über die Brustwarzen goss oder aber diese auf andere Weise malträtierte. Nadelbehandlungen habe ich allerdings prinzipiell abgelehnt, weil es dabei zu Blutungen kommt, wodurch sich ein zu hohes Infektionsrisiko ergibt.
Unfreiwillig komisch wurde es häufig dann, wenn Freier ihrerseits an meinen Brustwarzen *herumzwirbeln* wollten. Diese nämlich waren so klein und derart schwach ausgeprägt, dass man sie kaum zu fassen bekam. Und außerdem spürte ich keinerlei Hochgefühl während ihrer Bemühungen, höchstens ein unangenehmes Zwicken. Ich vermochte es auch niemals nachzuvollziehen, was derart viele (schwule) Männer an einer Brustbehandlung so toll finden. Vielleicht muss ich selbst erst in die Jahre kommen, um diese Vorliebe zu verstehen oder gar zu teilen?

**Kundenbeispiel**: Eines Abends empfing ich ein Freundespärchen, das sich, sich verliebt in die Augen schauend, in meine Hände begab. Es handelte sich um zwei durchaus attraktive Männer, beide circa dreißig Jahre alt. Sie äußerten mir gegenüber den Wunsch, sich einer sanften Brustbehandlung hinzugeben, die ich ausschließlich mit meinen Fingern zu vollführen hatte. Weder sollte ich meine Zunge einsetzen, noch den Brustbereich verlassen, weil beide, wie sie mir sagten, extrem eifersüchtig seien. Nun ja. Das Spiel lief so: Die beiden

Turteltauben lagen die ganze Zeit dicht beieinander und küssten sich leidenschaftlich, während ich hinter ihren Köpfen kniete und ihre Nippel bearbeiten musste. Sie fummelten derweil jeder mit einer Hand am eigenen und der anderen Hand am Schwanz des anderen herum, bis es ihnen fast gleichzeitig kam. Ich fand diese Nummer derart lustig, dass ich ein Lachen des öfteren unterdrücken musste. Da hockte ich hinter einem verliebten Pärchen und sorgte allein dafür, dass diese sich ihren tiefen Zungenspielereien hingeben konnten und ihre Hände zum Wichsen freihatten. Ja, wirklich, nur auf Grund dessen, dass sie dabei partout nicht auf ihre heiß geliebte Brustbehandlung verzichten wollten, fand ich an dieser Stelle überhaupt statt. Mir hat diese Nummer auf jeden Fall Spaß bereitet, und das nicht nur, weil dieses Pärchen für zwei bezahlt hat!

## LASS MICH DOCH DEIN GRETCHEN SEIN! DAMENWÄSCHETRÄGER

Es waren insbesondere verheiratete Männer, die sich bei mir Dessous überstreiften oder diese bereits unter ihrer normalen Kleidung trugen, als sie bei mir einkehrten. Auch ich selbst habe zuweilen (*siehe hierzu auch Seiten 193-196*) Strümpfe oder Strapse getragen, dann, wenn Freier darauf scharf waren. Es ist für mich auch durchaus nachvollziehbar, warum ausgerechnet bi-sexuelle Männer Damenwäsche tragen und/oder einen Damenwäscheträger suchen. Für einen Mann, dessen Interesse sich nach beiden Geschlechtern hin ausrichtet, muss es nun einmal besonders prickelnd sein, sich Spielereien hinzugeben, bei denen er Mann und Frau zugleich ein Stück weit vereint wiederfindet. Auch ich finde es mitunter durchaus erotisch, wenn sich ein attraktiver (eher femininer) Mann in geile Wäsche packt, sich z.B. eine seidene Strumpfhose überzieht oder dergleichen. Allerdings ist hierfür unbedingte Voraussetzung, dass er der geeignete Typ für derlei Verkleidungsnummern ist! Meine Damenwäsche tragenden Freier konnten mich leider überhaupt nicht reizen; höchstens vielleicht mein Zwerchfell! Mitunter kam ich mir in ihrer Gegenwart sogar wie bei einer grotesken Karnevalsveranstaltung oder in einer Freakshow vor! Es gibt nämlich wirklich schönere Anblicke, als die eines schwer übergewichtigen, maskulinen Mannes, der sich in hauchdünne Nylons zwängt, die daraufhin aus allen Nähten platzen. Und der sich zu allem Überfluss dann noch einen viel zu kleinen Büstenhalter umlegt sowie weitere grobe Verstöße gegen sämtliche Naturgesetze auffährt. Nein, wirklich, dies ist kein Augenschmaus! Als eigentlichen Hammer empfand ich aber immer, wenn solche Freier tatsächlich meinten, dass sie in einem solchen Gewand irgendetwas anderes bei mir hervorrufen könnten als ein ungläubiges Staunen oder eine gehörige Portion Mitleid. Konnten sie sich denn nicht wenigstens rasieren, die Wollsocken ausziehen, die Rolex ablegen und überhaupt? Homosexuelle Wäscheträger boten mir da schon weit mehr gestalterische Lichtblicke als ihre bisexuellen Wesensbrüder, wenngleich mich auch der Inhalt, bis auf eine brasilianische Ausnahme, nie reizte.

**Kundenbeispiel**: Er kam spät, so gegen zwölf, und war eine mächtige Erscheinung; circa zwei Meter groß, mit mindestens einhundertundzwanzig Kilo Kampfgewicht auf den Rippen. Er trug einen dunklen Trenchcoat und sah aus wie ein alternder, übel gelaunter

Schwergewichtsboxer. Auf der Bettkante sitzend begann er mir zu erzählen, dass er bereits seit über zwanzig Jahren glücklich verheiratet sei und in seiner Ehe eigentlich alles gut laufen würde, bis eben auf diesen Drang in ihm, als ein nuttig aufgetakeltes Hurenfötzchen durchgefickt und benutzt zu werden. Ich entschuldigte mich für einen kurzen Moment und verließ das Zimmer. Vor der Tür holte ich dreimal tief Luft und versuchte, mich auf diese für mich absurde Situation einzustellen. Sollte ich diesem Bär von einem Mann wirklich den Hengst machen; ich, ein Typ, der bei einhundertzweiundachtzig Zentimetern gerade einmal siebzig Kilo auf die Waage brachte? Als ich nach kurzen Überlegungen wieder zurück in mein Arbeitszimmer kehrte, zog der Bulle sich bereits sein mitgebrachtes Mieder über. Er war wirklich ein Kraftpaket, und es war mir nicht eben wohl zu Mute, als ich ihn fickte und dabei als billige Bahnhofsnutte beschimpfte. Zu allem Unglück wollte er dann auch noch auf mir reiten. Also wirklich, unter diesem Koloss kam ich mir vor wie ein Zwergpinscher, nicht aber wie ein Hengst! Ich musste mich voll konzentrieren, um nicht zu versagen, denn dieser Bär sah in seinem Mieder nicht nur grotesk, sondern schlichtweg schauderhaft aus. Kurz bevor es dann aus ihm herausfloss, ließ er sich mit seinem mächtigen Oberleib auf den meinigen herabsinken, so dass ich nach Luft rang und heilfroh war, als dieser Miederriese endlich wieder von mir abstieg. Mein Gott, wenn alle Frauen so wären, wie er meinte, Frauen interpretieren zu müssen, dann wird es bald garantiert keinen einzigen heterosexuellen Mann mehr geben.

# FIGARO, FIGARO
# INTIMRASUR

Der Mann des neuen Jahrtausends hat gefälligst unbehaart zu sein! Kuschelbären mit Zottelfell sind immer weniger gefragt! Dieser Trend ist bei schwulen Männern schon seit dem letzten Jahrzehnt des abgelaufenen Jahrtausends zu beobachten. Und mehr und mehr überträgt sich diese Strömung auch auf (junge) Heterotypen!
Während meiner Stricher- und Callboyzeit musste ich ständig darauf achten, am Sack und am Hintern rasiert zu sein, weil die Mehrheit meiner Freier haarloses Fleisch favorisierte. Ich konnte von Glück reden, dass ich kaum behaart bin, so dass sich meine tägliche Rasur auf Intimbereich und Beine beschränkte. Damals machte ich mir des Öfteren einen Jux daraus, anhand der Körperbehaarung meiner Freier Rückschlüsse auf deren sexuelle Ausrichtung zu ziehen. Stand mir z.B. ein älterer Freier gegenüber, der sowohl an Brust, Hintern und Sack rasiert war, so ging ich mit an Sicherheit grenzender Wahrscheinlichkeit davon aus, dass dieser nicht verheiratet war; zumindest nicht mit einer Frau! Mit weiblichen Wesen verheiratete Freier, wenn diese über vierzig Jahre alt waren, traten mir hingegen fast ausnahmslos mit unrasiertem Intimbereich entgegen. Einige wenige Freier ließen sich von mir eine Intimrasur verpassen. Dieser Service war allerdings nur als sexuelles Vorspiel gedacht. Bei Intimrasuren habe ich stets Latexhandschuhe übergezogen, weil die Gefahr, bei einer Nassrasur mit Blut in Berührung zu kommen, relativ hoch ist!

**Kundenbeispiel**: Einer meiner Freier entlohnte mich dafür, dass er mich rasieren durfte; insbesondere im Intimbereich. Und weil ich Nassrasur nicht vertrage, musste er Zentimeter für Zentimeter meiner behaarten Hautpartien mit einem Elektrorasierer abfahren; außer natürlich dem Hodensack. An dieser Stelle kommt man beim besten Willen nur mit einem Nassrasierer weiter; es sei denn, man möchte sein Säckchen geschreddert haben! Wenn dieser Freier meine Haut glatt geraspelt hatte, genügte es ihm, sich dass enthaarte Endprodukt kurz anschauen, und schon kam es zum *Zielauslauf.* Mir trug dieser Kunde nicht nur ein annehmbares Honorar zu, sondern er nahm mir auch jede Menge lästiger Arbeit ab. Wie schade nur, dass er mich so selten besuchte.

# LIEG MIR ZU FÜSSEN! FUSS-FETISCHISMUS

Der Fetischismus kann sich zwar auf jedes einzelne Körperteil beziehen; in meiner Laufbahn als Callboy hatte ich jedoch hauptsächlich mit Fuß- und Pofetischisten zu tun. Der größte Unterschied zwischen diesen beiden Fetischen zeigt sich in der Regel darin, dass Pofetischisten den Hintern zwar auch in den Mittelpunkt ihrer sexuellen Handlungen stellen, ihre Vorliebe sich allerdings nicht allein auf die Vergötterung dieses Körperteils beschränkt; während sich bei Fußanbetern meist das gesamte sexuelle Interesse allein auf den Fuß, und gelegentlich noch auf Strümpfe und das Schuhwerk, begrenzt. Fußfetischisten erfahren ihre Befriedigung, indem sie Füße z.B. anschauen, sie streicheln oder daran lecken. Die Mehrheit der Fußliebhaber, die vor mir auf die Knie gefallen sind, waren an käsigen, stinkigen und ungewaschenen Füßen interessiert. Ihre Wünsche konnte ich allerdings nicht ohne weiteres befriedigen, denn was für sie die Erfüllung ihrer sexuellen Träume bedeutete, wäre für die meisten meiner Kunden ein Grund gewesen, auf dem Absatz kehrt zu machen. Und weil ich keinen Bock hatte, extra für jeden Fußfetischisten kurz vor dessen Ankunft einen Marathon zwecks Schweißbildung hinzulegen, musste ich Mutter Natur ein wenig nachhelfen. Zu diesem Zweck habe ich mir meine Füße mit Frischhaltefolie umwickelt und sie danach mehrfach mit Aluminiumfolie umschlagen. Anschließend habe ich mich in extrem enge Schnürstiefel gezwängt und diese etwa 2-3 Stunden in meiner Wohnung spazieren geführt. Und musste die Geruchsbildung noch schneller eintreten, habe ich meine derart präparierten Füße etwa eine halbe Stunde (bei ca. 60-70 Grad) in den Backofen gestreckt. Für die ganz hartgesottenen Fußanbeter hielt ich außerdem stets ein lang eingetragenes Paar Strümpfe in einer luftdicht verschnürten Tüte parat, auf das ich im Notfall schnell zurückgreifen konnte.

Erstes **Kundenbeispiel**: Ein junger, furchtbar schüchterner Freier war so sehr auf meine Füße fixiert, dass er selbst, wenn er mit mir redete, seine Blicke nicht eine Sekunde lang von ihnen abwendete. Wenn er mich zwecks Terminvereinbarung anrief, bat er mich jedes Mal, dass ich ihn barfuß empfangen sollte, so dass er sich unmittelbar an meinen Tretern aufgeilen konnte. Er gehörte zu den Fußfetisch-Freiern, die es liebten, wenn meine Füße (zumindest den Anschein nach) seit längerer Zeit nicht mehr gewaschen waren und sich auf Grund dessen bereits ein leicht käsiger Geruch insbesondere zwischen den Zehen gebildet hatte. Bei diesem Freier brauchte ich mich lediglich in Herrscherpose auf mein Sofa zu setzen und ihm meine schmalen Füße quer über sein Gesicht wischen, als benützte ich dies als Fußmatte. Gierig streckte er daraufhin seine Zunge hinaus und leckte meine Fußsohlen ab. Er tat dies jedes Mal mit einer Hingabe, als wäre er ein kleiner Schoßhund, der ganz selig darüber war, Herrchens Füße abschlecken zu dürfen. Bei alledem gab er zuweilen sogar hündische Laute von sich. Und gleich einem Köter ereilte ihn der Samenerguss stets innerhalb kürzester Zeit. Passenderweise arbeitete er in einem Tierheim, wo ich ihm zufälligerweise einmal begegnet bin, als er gerade damit beschäftigt war, einen Hundezwinger zu säubern. Als er mich erblickte, hat er eilends Reißaus genommen. Böses Hündchen!

Zweites **Kundenbeispiel**: Eine noch bedingungslosere Form von Fußfetischismus habe ich bei einem älteren, zwergenhaften Mann beobachten können. Dieser hat mich eines Nachts im *Rudis Night Club* (*mehr zu dieser Stricherbar auf Seite 214)* anvisiert. Wohl eine geschlagene Stunde saß er mir schweigend gegenüber und starrte ununterbrochen auf meine Boots. Irgendwann, als ich pissen musste, folgte der Zwergenmann mir unauffällig auf die Toilette. Dort fragte er mich fast unhörbar, ob er mir meine Schuhe mit seiner Zunge säubern dürfte. Ich nickte. Er drückte mir einhundertfünfzig Mark in die Hand und kroch vor mir als mein Schuhputzer auf dem Boden. Nach knapp fünf Minuten hatte er seine Arbeit vollbracht und verzog sich verschämt in eine Toilettenkabine. Wir trafen uns fortan häufiger in dieser Bar. Noch oft folgte er mir auf die Toilette, wo sich stets dasselbe Ritual, wie bei unserer ersten Begegnung, wiederholte. Erst nachdem wir uns fast zwei Jahre kannten, beichtete er mir, dass er eigentlich weitaus weniger auf Schuhe, als auf Füße abfahren würde; es ihn deshalb aber um so mehr aufgeilen würde, lediglich jene Stiefel lecken zu dürfen, in denen die von ihm begehrten Füße stecken. Ganz schön kompliziert, nicht wahr? Der kleine Typ war im Übrigen allein an dunklen, hohen Stiefeln interessiert. Trug ich z.B. Turnschuhe oder Halbschuhe, so war ich quasi Luft für ihn und er würdigte mich keines zweiten Blickes.

# DER ETWAS ANDERE GOURMET
# NATURSEKT & KAVIAR (DIRTY SEX)

Natursekt und Kaviar bedeutet auf Sexdeutsch weitaus weniger delikat ausgedrückt: Pisse und Scheiße. Was für die meisten Menschen im höchsten Maße Ekel erregend ist, gehört für andere wie selbstverständlich beim Sex dazu! So kamen unzählige Freier zu mir, um bei mir ihre Natursektfantasien auszuleben. Für die Mehrheit meiner Natursekt-Freier stellte der Akt des sich Vollurinierenlassens eine von ihnen ersehnte Form der Besudelung und Demütigung dar. Und die gravierendste Art der Herabwürdigung war dabei, wenn ich ihnen in den Mund urinierte und sie meinen Nektar schluckten. Zunächst aber musste ich lernen, auf Kommando zu pissen. Und dies war beileibe keine leichte Aufgabe! So haben viele Männer bereits größte Probleme, wenn sie ihre Blase auf einer öffentlichen Toilette, im Beisein eines anderen Mannes, entleeren müssen. Anhand dieses Beispiels können sich wohl die meisten Männer vorstellen, wie schwer es ist, jemanden direkt ab Quelle zu bedienen, insbesondere, wenn dieser Jemand erwartungsvoll vor einem kniet. In einer solchen Situation dürfte bei fast allen Kerlen der Hahn wie abgedreht sein. Doch ich habe diese Kopfsperre überwunden und wurde mit wachsender Berufserfahrung ein gnadenloser *Drauflospisser*, der quasi auf Knopfdruck, wie und wo auch immer, seinen Urin abgeben konnte. In Bezug auf Natursekt hatten meine Kunden die außergewöhnlichsten Wünsche. So musste ich einem Freier in dessen Stiefel pissen, die er im Anschluss daran vor meinen Augen leer getrunken hat; ein Stammkunde wünschte, dass ich ihm ein Kondom voll uriniere, welches er dann mit nach Hause nahm; ein anderer Freier brachte stets ein- und dieselbe ungewaschene Hose mit zu mir, die ich jedes Mal aufs Neue *markieren* sollte. Und einem Kunden sollte ich sogar mittels meines Urinstrahls eine Haarwäsche verpassen. Legen, Schneiden und Föhnen waren allerdings im Preis nicht mit inbegriffen!

So viele Natursektträume ich auch verwirklichte, so wenig hatte ich hingegen mit Kaviarliebhabern zu tun. Der einzige Punkt, den Dirtysex für die meisten Callboys reizvoll macht, ist der, dass man hierfür ein hohes Honorar einfordern kann. Und hat man als Stricher oder Callboy den Ekel erst einmal überwunden winkt ihm hierbei schnell verdientes Geld! So eine Nummer dauert nämlich selten länger als ein ganz gewöhnlicher Toilettengang! Ich rang mich auf jeden Fall dazu durch. Und so hielt ich einigen auserwählten Freiern entweder mein ungewaschenes Arschloch entgegen oder aber benutzte sie als lebende Plumpsklos. Dabei konnte es durchaus passieren, dass Freier plötzlich erkannten, wie gewaltig der Unterschied zwischen Fantasie und Wirklichkeit sein kann. Ich denke, viele dieser Typen hatten sich wohl irgendwann einmal einen dieser Hardcorepornos reingezogen, in dem sämtliche Grenzen des guten Geschmacks überschritten werden, und wollten solche Grenzüberschreitungen nun unbedingt selbst vollziehen. Ja, und dabei haben sie u.a. außer Acht gelassen, dass Scheiße in der Realität eine ziemlich prägnante Duftmarke setzt. Also beschränkte ich meine Kaviarabgaben schließlich nur noch auf jene Freier, die mit der braunen Materie bereits Erfahrung gesammelt hatten, und die wussten, was auf sie niederfällt. Ich habe Natursekt und Kaviar lediglich an meine Freier abgegeben, niemals aber *gelbe oder braune* Gaben von ihnen empfangen! Es findet sich auch kaum ein Stricher oder Callboy, der sich darauf einlässt.

**Kundenbeispiel**: Er wohnte in Rellingen, einem kleinem Kaff irgendwo vor den Toren Hamburgs. Sein Name war Bruno. Wann immer seine Eltern verreist waren, hielt er in ihrem bieder eingerichteten Haus die Stellung und trieb mit mir fäkale Spielchen. Bruno war etwa Mitte Dreißig und extrem fettleibig. Er empfand sich selbst als dermaßen hässlich, dass er kaum vom Boden aufzuschauen wagte. Ich sollte ihn seinen optischen Makel spüren lassen; sollte ihm zeigen, zu was allein er gut war, indem ich ihn zur menschlichen Toilette degradierte. Hierzu gingen wir in den Keller, wo er seine Körpermasse mit der Beweglichkeit eines Faultiers zu Boden brachte. Alsdann gab ich ihm, wonach er begehrte, und ließ ihn anschließend vollgepisst und vollgeschissen liegen.

## ATTA ATTA, TÜÜ TÜÜ
## WINDEL- & BABYSEX / BABYFANTASIEN

In meiner etwa fünf Jahre währenden Stricher- und Callboyzeit wähnte ich gerade einmal eine Handvoll Windel- und Babysexfans als zahlende Klientel. Zum Windel- und Babysex gehört insbesondere das Tragen von Windeln. Vor allem aber wollen sich Anhänger dieser Sexspielart wie ein Baby fühlen und dementsprechend *bemuttert* werden. So lassen sie sich gerne Fläschchen geben oder einen Schnuller in den Mund stecken etc. Ich habe Babyfantasien bis zu jenem Punkt zugelassen, als dass sich derart veranlagte Freier ihre Windeln bei mir einnässen durften. Allerdings habe ich die Riesenbabys dann nicht etwa trocken gelegt, sondern ihnen die volle Windel z.B. zur Strafe ins Gesicht gedrückt. Mit diesen Einschränkungen konnten meine Babyfreier gut leben, auch weil der Vorgang des Windelnwechselns beim Rollenspiel *Mutter und Baby* bzw. *Vater und Baby* ohnehin nicht der wesentliche Moment ist. Vielmehr lag es an mir, jenen Freiern das Rundumgefühl zu vermitteln, ein hilfloses Bündel Mensch zu sein, das ohne meine Fürsorge und meine strenge Hand nicht lebensfähig ist! Und um dieses Gefühl zu intensivieren, hatten diese Männer vor mir auf dem Boden zu kriechen oder zu robben, ganz nach dem von ihnen oder mir gewünschten Entwicklungsstand. Bei solchen Rollenspielen war es ihnen zudem lediglich erlaubt, sich mir gegenüber in der Babysprache zu gebärden. Im Endeffekt lief aber immer alles auf dasselbe Spiel hinaus: Mama bzw. Papa hat Baby lieb - Baby macht in die Hose - Baby ist böse - Mama oder Papa bestraft Baby - Baby will wieder artig sein! Man kann sich sicherlich vorstellen, dass die Riesenbabys zu meinen Füßen ein komisches Bild abgegeben haben, wenn sie so in ihren Monsterwindeln vor mir auf dem Boden krochen. Einmal bin ich selbst in die Babyrolle geschlüpft, wobei es dem Freier nur darum ging, mir ein Fläschchen zu geben. Das heißt, nicht ganz! Als ich meinen Haferschleim nämlich leer getrunken hatte, wollte der Typ plötzlich von mir gefickt werden. Was für ein Spagat!?

**Kundenbeispiel**: Es war ein Hausbesuch. Schon vorab erfuhr ich im Detail, was meine Aufgabe sein sollte. Der Freier wollte mich in einer, von ihm eingenässten, Spezialwindel empfangen. Auf Grund des Einnässens sollte ich ihn bestrafen, indem ich ihm die Wickel abnehmen, hinein urinieren und danach wieder anlegen sollte. Damit wollte das Riesenbaby dann noch eine Weile durch die Wohnung robben und es sich schließlich durch ausdauerndes Reiben an der Monsterpampers selbst besorgen. Und genauso verlief diese Nummer denn auch. Das Dumme bei dieser Geschichte war nur, dass ich für das Babysitting kein Bargeld, sondern einen Barscheck ausgestellt bekam. Und als ich diesen am nächsten Tag einlösen wollte, fragte mich die Bankangestellte nach meinem Personalausweis, den ich leider nicht zur Hand hatte, woraufhin mich das Fräulein um etwas Geduld bat. Doch anstatt des erwarteten Zasters betraten alsbald zwei Polizeibeamte die Bankfiliale. Höflich aber bestimmt bugsierten sie mich in einen Nebenraum, in dem sie mir unangenehme Fragen stellten, weil mit dem Scheck etwas nicht in Ordnung war. Gottlob klärte sich die Angelegenheit zumindest insoweit auf, als dass ich letztlich nicht als Scheckbetrüger, sondern als Opfer dastand. Ja, das hat man nun davon, wenn man sich von einem Baby einen Barscheck andrehen lässt!

## DAS EROTISCHE THEATER
## ROLLENSPIELE / ERZIEHUNGSSPIELE

Je länger ich als Callboy im Geschäft war, desto mehr verlegte ich meinen Schwerpunkt auf Erziehungs- und Rollenspiele. Dies barg gleich mehrere Vorteile für mich: Zum einen konnte ich meine Fantasie und meinen Erfindungsreichtum hierbei voll ausleben. Des Weiteren kam das erotische Theaterspiel meiner Fähigkeit zugute, mich in die Denkmuster anderer Menschen hineinfühlen zu können. Außerdem mochte ich schon seit jeher mit Worten jonglieren. Und nicht zuletzt hatte mein Entschluss, den Dominus zu mimen, den großen Vorteil, dass ich hierdurch an jene Kundschaft gelangte, die weniger auf mein Alter schielte. Als annähernd Dreißigjähriger wurde es für mich nämlich immer problematischer, mich als Boy zu verkaufen! Und auch kotzte mich dieser Part, aus dem ich längst herausgewachsen war, zunehmend an!
Aus all diesen Gründen und noch einigen mehr verwandelte ich mich immer häufiger in einen selbstverliebten Herrschertyp, einen unnachgiebigen Tyrann, einen grausamen Sadisten oder aber in einen wahrhaft teuflischen Dominus. Und manchmal versuchte ich sogar, all diese Figuren, in nur einer einzigen Person vereint, darzustellen! So kam ich im Laufe der Zeit zunehmend mit solchen Freiern in Kontakt, die mir ihre ausgefallenen, dunklen Sexträume offenbarten. Allerdings hörten sich ihre Sexfantasien meist wie schlecht geschriebene Drehbücher an, nach deren Vorlage ich auf die Schnelle *befriedigende* Inszenierungen abzuliefern hatte. Da mir dies in vielen Fällen unmöglich schien, habe ich etliche imaginäre Drehbücher im Interesse meiner Freier überarbeitet. Meist geschah dies, weil darin unüberwindbare Gräben zwischen ihren Wünschen und deren Durchführbarkeit aufbrachen! Und einige Freier musste ich auch schlichtweg vor sich selbst schützen. So z.B. den, der in einer Badewanne von mir solange unter Wasser gehalten werden wollte, bis er Wasser schlucken und das Bewusstsein verlieren würde; oder aber den Wahnsinnigen, den ich dazu zwingen sollte, sich in meinem Beisein die Hoden operativ entfernen zu lassen. Einen Operateur für diesen Eingriff hatte er bereits ausgemacht!
Wenn ein Freier ein befriedigendes Rollen- bzw. Erziehungsspiel erleben will, so sollte er bei einem Stricher oder Callboy zuvor unbedingt ein offenes, aufklärendes Gespräch führen. Leider aber hapert es meist genau daran! So ist es vielen Prostituierten nämlich scheißegal,

ob ein Freier auf seine Kosten kommt oder nicht. Und von Seiten des Freiers kommen häufig so nichts sagende Aussagen wie: *"Ich will dein Sklave sein", "Mach mich fertig!", "Ich bin nichts wert!", "Mach mit mir, was du willst!"*. Mit solch allgemein gehaltenen Anleitungen kann ein Sexmeister wenig anfangen; erfährt er schließlich kein einziges Wort darüber, welche Art von Sex der Unterwürfige im Speziellen praktizieren will. Leider aber halten sich insbesondere devote Freier bezüglich ihrer sexuellen Fantasien aus Scham heraus ziemlich bedeckt. Und dies ist fürs Gelingen nicht nur hinderlich, sondern unnötig dazu! Denn wo sonst, wenn nicht bei einem Stricher oder Callboy, können schwule Männer ihre Sexwünsche offen darlegen? Vor jedem Erziehungsakt habe ich deswegen darauf bestanden, zumindest ein kurzes Gespräch zu führen, in dem ich versucht habe, mich in den devoten/ schmerzgeilen Freier hinein zu fühlen. Dies war mitunter zwar eine recht mühselige Prozedur, aber letztlich hat sie sich für beide Seiten ausgezahlt. Des Freiers Fantasien wurden erfüllt und ich gewann einen neuen Stammkunden hinzu! Um dies zu erreichen, telefonierte ich mit manchen Freiern auch schon mal mehrere Male, ehe sie mir ihre sexuellen Wünsche schließlich anvertrauten und sich damit zu mir wagten. Bei all diesen Gesprächen hatte ich allerdings immer darauf zu achten, dass die Herantastphase nicht allzu lange währte, weil ansonsten zu viele Freier absprangen! Wichtig ist zudem, dass man als der dominante Part Vertrauen zur devoten Person aufbaut, ohne dabei allerdings zu fürsorglich zu wirken. Des Öfteren bin ich genau an diesem Punkt gescheitert! Die Sache mit dem Vertrauen ist beim käuflichen Sex aber auch eine heikle Angelegenheit! Und für mich ist es durchaus nachvollziehbar, dass ein devoter Freier einem Callboy nur selten das Vertrauen entgegenbringt, dass für ein zufriedenstellendes Ergebnis eigentlich erforderlich wäre. Dafür bewegen sich einfach zu viele plumpe Abzocker im Sado-Maso-Gewerbe. So ist es beileibe keine Seltenheit, dass *Meister-Callboys* einen Freier für ein paar Minuten an ein Andreaskreuz ketten, ihm drei bis vier Schläge auf den Arsch verpassen und für diesen Nonsens noch kräftig abkassieren.

Gegen Ende meiner Dienstzeit als Callboy haben mich die mir zu Füßen liegenden Sklaven, Hunde, Dreckschweine, Nigger, Untertanen, Kakerlaken, Fußabtreter oder wie sie auch immer von mir genannt werden wollten, mit all ihrem demutsvollen Gerede und Untertänigkeitsgehabe, nur noch angewidert. Nun mag man als Außenstehender vielleicht meinen, dass es mir aus eben diesem Grund viel leichter hätte fallen müssen, jene Freier zu erniedrigen, zu schlagen, sie zu besudeln und zu quälen oder anderweitig niederzumachen. Doch Fakt war, dass ich dieses ganze Sado-Maso-Puppentheater psychisch nicht mehr ertragen konnte! Meine vermeintlichen Sklaven begannen mich zusehends auszuhöhlen! Tag für Tag lagen sie mir in ihrer selbst gewählten Niedrigkeit und Nichtigkeit zu Füßen und verlangten von mir, ihrem Herrscher, dass ich einer Gottheit gleichkam. Und dann ihr ständiges Bitten und Quengeln. Wer es nicht selbst einmal erlebt hat, hat nicht den blassesten Schimmer, wie herrisch Sexsklaven sein können: *"Meister, bitte schlage mich! Aber bloß nicht an dieser oder jener Stelle, weil ich da so empfindlich bin!", "Sir, ich möchte untertänigst darum bitten, Ihre Füße lecken zu dürfen! Nein, Sir, ich will nicht die Hacke vorgesetzt bekommen; ich mag doch nur die Ferse!", "Oh, mein geliebter Gebieter; bitte pissen Sie Ihr dreckiges Sklavenschwein voll! Nein, meine Gottheit, nicht auf die Brust! Ich mag es nur auf den Bauch! Außerdem bevorzuge ich den hellgelben Urin!",* etc. Dieser ganze Bittgesang, der eigentlich nur ein Knäuel voll von Forderungen ist, und dieses ganze Meister-Sir-Herrscher-Gottheit-Gelaber ging mir irgendwann dermaßen auf den Sack, dass ich mir derlei Anreden verboten habe. Aber das zahlende Kriechgetier hielt meist nur solange die Schnauze, bis dass ich ihnen meinen Schwanz eventuell einen Zentimeter zu tief in den Rachen geschoben, meinen Arsch etwas zu weit außer ihrer Sichtweite bewegt, meine Spucke nicht auf die von ihnen gewünschte Stelle gerotzt oder aber einen meiner zahlenden Sklaven einen Tick zu lasch oder heftig geohrfeigt hatte. Ich kann resümieren, dass fast alle meine devoten Freier von der Verkörperung eines guten Sexsklaven etwa so weit entfernt waren wie ich, während der Zeit ihrer Anwesenheit vom Zustand der Glückseligkeit!

Eine Erziehungseinheit für jene Anfänger, die keine eigenen Vorstellungen darüber hatten, wie sie erzogen werden wollten, lief bei mir etwa wie folgt ab: Zunächst einmal zog ich mir eine Leder-, Latex- oder Soldatenuniform an. Dies übte bereits auf die Mehrheit meiner kriecherischen Freier einen nicht zu unterschätzenden sexuellen Reiz aus. Wohl auch, weil Uniformen gemeinhin als Insignien der Macht gelten. Und mir signalisierten diese Kostümierungen ganz nebenbei, dass ich meine wahre Identität mit jenem Moment ablegte, in dem ich mir eine solche Tracht überstreifte.

Am Anfang der Erziehungsstunde hatte mich mein Untertan zu begrüßen; so wie es sich für einen Sklaven gehört, indem er mir die Schuhe oder Füße küsste. Danach musste seine sklavische Zunge meinen Körper säubern, wobei ich sehr schnell mitbekam, inwieweit die Leckdienste ihm zusagten. Zwischendurch bekam ein Lernsklave meinen Schwanz ins Maul gesteckt oder ich habe ihm meinen Arsch vors Gesicht gehalten. Und die ganze Zeit über wurde er mit wüsten Beschimpfungen bedacht, was stets von elementarer Bedeutung war, denn bei fast allen meiner devoten Freier konnte ich beobachten, dass sie insbesondere auf Verbalerniedrigung ansprachen. Gegen Ende dieser lockeren Erziehungseinheit bekamen die Sklaven ein Hundehalsband umgelegt und mussten auf allen Vieren vor mir kriechen, wobei ich ihnen einige mehr oder weniger starke Schläge mit der Reitgerte verpasste. Abschließend durften sie sich zu meinen Füßen selbst befriedigen. Und, wenn sie dies wollten, konnten sie sich dabei von mir anspucken lassen. So weit die Anfängerfassung, auf die sich meistens gut aufbauen ließ!

**Kundenbeispiel**: Für diesen Freier wurde ich jedes Mal von einem Freund bis nach Bremerhaven kutschiert. Allein für die Fahrt (hin und zurück) gingen annähernd vier Stunden drauf, für die Heino stets tief in die Tasche zu greifen hatte. Heino war ein schlacksiger, höchst ordnungsliebender Mensch. Alles in seiner Wohnung hatte seinen festgelegten Platz und nach Staub suchte man dort verebens. Ich wurde von Heino immer mit einer Tasse Kaffee und Gebäck empfangen. Und wehe, ich krümelte; dann war Heino sofort mit seinem Tischstaubsauger zur Stelle! Doch so ordentlich und sauber seine Wohnung auch war, beim Sex konnte es für Heino gar nicht dreckig genug zugehen! Und diese Diskrepanz machte für ihn wohl auch den Hauptreiz unseres Sexspiels aus. So war es sein Wunsch, dass er sich von mir erniedrigen, schlagen und demütigen lassen musste. Vor allem aber wollte er bespuckt werden; insbesondere in seinen Mund und auf sein frisch aufgezogenes, wohlduftendes Bettzeug. Dieses hatte ich außerdem kräftig durchzuwühlen. Ein paar Sekunden nach seinem Orgasmus verfiel er dann wieder seiner Ordnungsliebe und begann wie im Wahn, das von mir verursachte Chaos zu ordnen.

## DIE FAUST IM MANNE!
## FAUSTFICKEN / FISTING

Das erste Mal, das ich Augenzeuge eines Fistings wurde, war, als ich in einem Pornokino beobachtete, wie sich ein etwa zwanzigjähriger, knabenhafter Typ vor mehreren Zuschauern die Faust eines alten Knackers einführen ließ. Und obgleich mich diese Darbietung nicht im Geringsten sexuell erregte, konnte ich mich ihr dennoch nicht entziehen! Ich fragte mich, wie ein von der Statur zerbrechlicher Mensch diese Tortur aushalten und dabei sogar noch Befriedigung erfahren konnte? Schon wenige Wochen nach dieser Begebenheit sollte ich dann ganz konkrete Erfahrungen mit Handballing sammeln, wie Faustficken auch genannt wird. Ich übernahm den Part des aktiven Faustfickers. Und beim besten Willen konnte und kann ich es mir nicht vorstellen, jemals in die andere Rolle zu schlüpfen; sprich, eine Hand in meinem Allerwertesten zu spüren. Wenn ich mir in Gedanken ausmale, dass ich deren sogar zwei eingeführt bekommen sollte wie einst einer meiner Freier, wird mir ganz anders! Bei diesem besagten Kunden sollte ich meine Hände nämlich wie zu einem Gebet vereinen, um sie in dieser Haltung langsam in seinen Darm einzuführen. Im Darm hatte ich sie dann vorsichtig zu öffnen und die Darmwände so weit zu dehnen, wie nur irgend möglich. Während dieser Prozedur inhalierte der Typ Unmengen von Poppers. Dies haben übrigens fast alle Freier gemacht, die ich gefistet habe! Und der Schließmuskel einer meiner Faust-Fick-Freier war bereits dermaßen ausgeleiert, dass dieser ohne Einlagen (Windeln für Erwachsene) gar nicht mehr auskam. Was für eine große Verantwortung ich als "Mister Fister" übernahm, war mir bei meinen ersten Faust-Fick-Nummern gar nicht richtig bewusst. Erst später habe ich nachgelesen, wie verletzungsanfällig die Darmwände eigentlich sind und wie häufig es beim Handballing zu Verletzungen kommt; insbesondere zu Darmrissen; die lebensbedrohlich verlaufen können! Latexhandschuhe sollten beim Fisting nicht nur aus hygienischen Gründen niemals fehlen! Und die besten Handschuhe bringen nichts, wenn die Fingernägel nicht extrem kurz geschnitten sind! Aber auch der passive Part sollte sich ausreichend auf das Handballing vorbereiten. Leider haben dies viele meiner Freier nicht getan! So habe ich häufig beim Vortasten spüren müssen, dass einige von ihnen eine unzureichende oder gar keine Darmspülung durchgeführt hatten. Wenn dem so war, habe ich die Aktion sofort abgebrochen! Mir ist es wirklich unbegreiflich, dass es tatsächlich Freier gibt, die ihren Darm noch randvoll mit Scheiße haben, aber von einem Stricher gefistet werden wollen! Solche Momente empfand ich immer wie Ohrfeigen! Denn sie waren ein erschreckendes Beispiel dafür, wie geringschätzend manche Freier Strichern gegenübertreten. Übrigens konnte ich einmal einen querschnittsgelähmten Freier mittels einer abgeschwächten Form eines Fistings (Prostatamassage) zu einem *trockenen* Orgasmus verhelfen.

**Kundenbeispiel**: Einst begleitete ich einen annähernd vier Zentner schweren Koloss in sein Hotelzimmer, wo er von mir gefistet werden wollte; und zwar ohne jegliche Vordehnung! Also habe ich mir flugs einen Handschuh übergezogen und bin rein in die modrige Stube. Und es war unglaublich, denn meine Hand flutschte hinein, als besäße dieser Koloss so etwas wie einen Schließmuskel nicht! In seinem *Kloakenkanal* angekommen sollte ich mit meinen Fingern die Darmwände abklopfen, woraufhin er blitzartig von einem mächtigen Orgasmus durchgeschüttelt wurde. Und just in diesem Moment sind wir mitsamt dem Hotelbett zusammengebrochen. Neben der üppigen Bezahlung reichte er mir noch eine Tüte voll mit Marzipanbroten, denn er war Vertreter eines allseits bekannten Süßwarenherstellers. Und die Produkte seines Arbeitgebers schienen ihm sichtlich gut zu munden. Ich würde sagen: ein bis zwei Zentner zu gut!

## DU BÖSER, UNGEZOGENER JUNGE! ENGLISCHE ERZIEHUNG / FLAGELLATION

Die "Englische Erziehung" sollte nicht unbedingt der feinen englischen Art zugezählt werden, handelt es sich dabei doch um eine *traditionelle* Form der körperlichen Züchtigung. Meine häufigst gebrauchten Schlagwerkzeuge bei der Flagellation waren: Rohrstock, Reitgerte, Peitsche sowie meine linke *Schlaghand.* Bevor ich allerdings derlei Instrumente gebrauchte, galt es zunächst einmal herauszufinden, wie sich der erziehungswillige Freier seine Bestrafung vorstellte und in wieweit er selber einschätzen konnte, was er verträgt. Zwar sollte man bei der Flagellation im Vorwege nicht sämtliche Details abklären, weil dies die Spannung kaputtmachen kann, aber einen ungefähren *Schlagplan* sollte man sich schon ausarbeiten! Zu diesem Zweck habe ich Vorgespräche geführt, bei denen zumindest so grundsätzliche Fragen abgeklärt wurden wie z.B. wohin und womit die gewünschten Schläge verabreicht werden sollten. Häufig kam bei solchen Unterredungen dann zur Sprache, dass es einem Freier nicht um das bloße Geschlagenwerden ging, sondern er diesen Akt eigentlich immer auch mit einem (Aha-) Erlebnis aus seinem Leben verknüpfte. Und eben diesen Punkt galt es mir, ihnen zu entlocken. Ich bin heute fest davon überzeugt, dass die wenigsten meiner schmerz-geilen Freier mich aufsuchten, weil ich kräftig zuschlagen konnte. Das kriegt schließlich fast jeder hin! Sie kamen vor allem deshalb zu mir, weil ich ihre körperliche Züchtigung stets nur als Teil einer umfassenden Behandlung angesehen habe! Denn ich wusste durch viele Erzählungen meiner Freier, dass die wenigsten von ihnen bei einem Callboy auf ihre Kosten gekommen sind, weil diese bei der Flagellation meist nur blindlings auf sie eingeschlagen haben. Dabei sollte man bei der Englischen Erziehung folgendes beachten: je härter ein Schlag, mit desto mehr Gefühl sollte dieser ausgeführt werden! Und auch sind kleine Pausen zwischen den Schlägen wichtig! Verabreicht man z.B. vierzig zuvor ausgemachte Peitschenhiebe ohne jegliche Unterbrechung, so ist die Angelegenheit nach nicht einmal fünf Minuten gegessen. Und diese paar Minuten reichen bei weitem nicht aus, um einen devoten Zögling in die richtige Stimmung zu versetzen! Bei der Flagellation verhält es sich in einem Punkt ähnlich wie mit dem Analverkehr. Verkrampft sich der passive Partner, tut ihm das Geficktwerden weh! Will er den Akt genießen, so muss er sich ihm entspannt hingeben! Und dafür braucht es Zeit!

Auch wenn es sich im ersten Moment widersinnig anhören mag, doch auch der Flagellant will die Schläge genießen! Deswegen ist ihm mit plumpen Schlagorgien auch nur in den seltensten Fällen geholfen! Aus diesem Grund habe ich gerne eine Art Rahmenhandlung um körperliche Züchtigungen installiert, wobei ich allerdings auf die Mithilfe (*siehe oben*) meiner Freier angewiesen war. Nur mit deren Unterstützung konnte ich den eigentlichen Akt des Geschlagenwerdens so lange dehnen, bis dass sich bei ihnen die befriedigende Wirkung der Schläge vollständig entfalten konnte.
Vor allem ältere Freier ließen sich von mir z.B. mittels Rohrstock (ab)strafen. Und was die Mehrheit dieser Freier miteinander verband, waren ihre vergleichbaren Kindheits- oder Jugenderfahrungen. Fast alle wurden nämlich in einem Internat, in einer Schule oder aber im Elternhaus mit den unterschiedlichsten Schlagutensilien gezüchtigt. Und weil diese Züchtigungen vielfach im Zeitabschnitt der sexuellen Frühblüte bzw. Pubertät dieser Freier durchgeführt wurden, haben sich diese bei ihnen dermaßen tief ins Bewusstsein eingeprägt, dass sie nunmehr ein Leben lang durch deren ständige Reproduktion sexuelle Befriedigung suchen und auch erfahren.
Ich habe am liebsten mit Peitschen (z.B. siebenschwänzige Katze) gearbeitet, weil sich deren Schlagstärke leicht dosieren ließ, und sie im Vergleich zu anderen Schlagwerkzeugen wenig Lärm verursachten. Schließlich bot ich meine Callboy-Dienste in der ersten Zeit in diversen Mietswohnungen an. Und da war es schon ziemlich peinlich, wenn ich, nachdem ich einen Freier z.B. mit flacher Hand verdroschen hatte, im Treppenhaus von einem Nachbarn vorwurfsvoll angeschaut wurde. Aber wohl nicht allein die Schlaggeräusche waren Grund dafür, dass ich mehrmals umziehen musste, ehe ich schließlich in einer gewerblich nutzbaren Wohnung landete.

**Kundenbeispiel**: Er war Flugzeugkapitän bei der Lufthansa und suchte mich in unregelmäßigen Abständen auf. Auch er erfuhr in seiner Kindheit und Jugend Bestrafung mittels Rohrstock. Von Mal zu Mal verlangte der Kapitän der Lüfte bei mir nach einer höheren Schlagzahl. Dennoch vermochte ich ihn nicht zu befriedigen. Dies vollbrachte ich erst bei unserem letzten Zusammentreffen. Denn soviele Anläufe benötigte er, ehe er mir endlich sagen konnte, was der auslösende Moment für seine sexuelle Vorliebe war. Erst jetzt konnte ich diese Begebenheit mit ihm nachstellen. Hierfür hatte ich die Rolle seines Klassenlehrers einzunehmen, der ihn nach Schulschluss, wegen rüpelhaften Benehmens, in die Sporthalle zitierte. Und hier nun hatte er bei heruntergelassener Turnhose achtzig Stockhiebe zu empfangen! Damit war die Strafe allerdings noch nicht abgegolten. Zusätzlich musste er, wie anno dazumal, vor den Augen seines Lehrers seinen Lümmel bis zum Abspritzen bearbeiten. Der Luftkapitän erlebte einen sensationellen Orgasmus, aber wurde bei mir dennoch nie wieder gesehen. Ja, so erlebte ich es immer wieder: Freier, die eine Englische Erziehung bei mir suchten und irgendwann scheinbar den Gipfel der Lust erklommen hatten, trieb es alsdann zu neuen Höhen (Callboys).

# NA, WIE GEHT'S UNS DENN HEUTE ?
# KLINIKSEX / KLISTIERSEX

Was dem einen der Rohrstock, ist dem anderen der Katheter! Und während bei manchen Männern allein durch den Anblick einer Militäruniform oder einer Lederkluft wahre *Hochgefühle* ausgelöst werden, brauchen andere hierfür lediglich die Gegenwart eines Mannes in einem schlichten weißen Arztkittel.
Kliniksex ist eine Rollenspielvariante mit vielen Extras; vor allem dem Einsatz von Klinikzubehör, wie etwa eines Katheters, eines Spekelums oder einer Einlaufkanüle. Und während sich die meisten S/M-Rollenspiele auf die Formel: "Herrscher und Sklave" reduzieren, ist es beim Kliniksex das Machtverhältnis: "Arzt und Patient", was die Beteiligten elektrisiert. Es stimmt schon nachdenklich, wie sehr das Bild von den Göttern in Weiß beim Kliniksex ad absurdum geführt wird und wie sich daraus ein eigener Sexzweig mit Videos, Kontaktheften und Klinikzubehör speziell für Doktorspiele herausgebildet hat.
Bei mir fragten durchaus einige Freier an, ob ich ihnen einen Katheter legen oder aber einen Einlauf verpassen könnte. Doch derlei Offerten habe ich stets dankend abgelehnt! Allein die Vorstellung, jemanden ein Röhrchen durch Eichel und Penisschaft zu schieben, verursacht bei mir eine Gänsehaut. Und selbst einen leicht zu verabreichenden Einlauf sollten sich meine Freier lieber von jemand anderem geben lassen. Nein, all diese Aktionen waren nichts für mich! Ich war lediglich dazu gewillt, harmlose Kliniksexspiele mitzuspielen. So z.B. die, in denen ich einen Arztkittel zu tragen hatte, die Freier ans Bett fesselte und sie dann auf deren Wunsch hin vergewaltigte. Ich wütete in ihnen, sozusagen als ein Teufel in Weiß!

**Kundenbeispiel**: An dieser Stelle möchte ich einen Mann erwähnen, dem ich im Internet begegnet bin. Während unserer Unterhaltung (Chat) erzählte er mir, dass er schon seit geraumer Zeit eine extreme Form von Kliniksex auslebte. Seinen Angaben nach war er Narkosearzt, der immer wieder nach Strichern Ausschau hielt, die sich ihm für seine bizarren Fantasien zur Verfügung stellten. Neben Legen eines Katheters und einer sich daran anschließenden Überwachung des Blasenschließmuskels wollte er die Strichjungen, quasi als Krönung, betäuben, um sich dann an ihnen zu vergehen.

## SCHÖN RUHIG LIEGENBLEIBEN!
## FESSELSEX / BONDAGE

Im Verlaufe meiner Callboyzeit habe ich mich mehr und mehr zu einem Fesselkünstler entwickelt. Zu Beginn meiner zweifelhaften Karriere hatte ich gerade einmal ein paar billige Handschellen und eine Wäscheleine; also das richtige Zubehör für ein bisschen Hausfrauenbondage. Doch bald gesellten sich außerdem ein Andreaskreuz, ein Spezialbock mit Fesselvorrichtungen, handgefertigte Hand- und Fußschellen, diverse Taue, Stricke, Ketten und jede Menge Haken und Ösen dazu, die es mir erlaubten, Bondage begeisterte Freier in jeder nur erdenklichen Körperhaltung zu fesseln. Auch war ich dazu in der Lage, meine Kunden bis zur Bewegungslosigkeit zu fixieren. Dieses Vorhaben lässt sich im Übrigen weit weniger gut mit den oben aufgelisteten Utensilien herbeiführen, sondern eher mit einem ganz stinknormalen Gebrauchsgegenstand, nämlich einer Rolle Frischhaltefolie! Wickelt man diese unter Spannung mehrfach um den Körper, so hat der hierin Eingewickelte keine Chance, sich aus eigener Kraft zu befreien! Voraussetzung hierfür ist allerdings, dass die Arme des *Eingeschnürten* dicht an den Körper angelegt sind! Eine Person mit Frischhaltefolie zu umwickeln, gleicht in gewisser Weise einer Mumifizierung, die man auch ganz vorzüglich mit Mullbinden vornehmen kann. Als ich mich schließlich hinlänglich mit der Bondage-Materie vertraut gemacht hatte, hätte ich am allerliebsten nur noch fesselwillige Freier unter meine Fittiche genommen. Warum? Auf diese Weise hätte ich keine Hände mehr ertragen müssen, die meinen Körper abtasten, als wäre ich ein zu verzehrendes Stück Fleisch. Ich selbst habe mich nie fesseln lassen! Welcher Stricher oder Callboy will einem Freier auch schon hilflos ausgeliefert sein?

**Kundenbeispiel**: Wenn ich Ronny in einer Disco begegnet wäre, hätte ich ihn vielleicht angebaggert, denn er entsprach durchaus meinem Schönheitsideal. Ronny war schlank und unbehaart. Außerdem hatte er dunklere Haut und einen leicht südländischen Einschlag. Im Nachhinein kann ich nur sagen, wie gut, dass er als Freier zu mir kam, denn andernfalls hätte es beim Sex ein böses Erwachen gegeben! Ronny wollte nämlich bis zur völligen Bewegungslosigkeit bondagiert werden. Erst musste ich ihm Hand- und Fußschellen anlegen und dann ein dreißig Meter langes, kräftiges Seil um seinen grazilen Körper binden. Und zu guter Letzt wollte er noch geknebelt werden.

In diesem für ihn völlig hilflosen Zustand, hatte ich Ronny dann drei Stunden sich selbst zu überlassen. Seinen Orgasmus führte ich schließlich dadurch herbei, indem ich mich über ihn beugte, ihm meinen Schwanz in den Mund schob und dabei sein Lendengewächs abwichste. Wie schon gesagt, wie gut, dass ich Ronny nicht aus einer Disco abgeschleppt habe, denn bei seiner Vorstellung von Sex hätte ich ohnehin nur als Handlanger fungiert. So aber bekam ich wenigstens eine Arbeitsaufwandsentschädigung dafür!

## WILLST DU DIR ETWAS TASCHENGELD VERDIENEN? KINDERSEX / PÄDERASTIE/ PÄDOPHILIE

Um es gleich vorwegzunehmen: Ich habe weder Kindersex angeboten noch Minderjährige an Freier vermittelt! Sehr wohl aber fanden sich unter meinen Kunden Päderasten und Pädophile. Es ist übrigens höchst aufschlussreich, dass zwei von drei Freiern, wenn man sie nach dem für ihren Geschmack idealen Alter eines Strichers fragt, sie dieses zwischen 16 und 22 Jahren angeben. Unter die Schutzaltergrenze (die in Deutschland bei 16 Jahren liegt) geht zwar kaum einer, aber es ist schon interessant, dass dermaßen viele Freier ganz unten, an der gerade noch legitimen Altersgrenze, ansetzen. Für mich war es denn auch wenig verwunderlich, dass viele meiner Kunden mit verräterischen Aussagen daherkamen wie z.B.: *"Ja, auf einen geilen Knaben hätte ich auch Lust", "Ach, einen Sprössling, der an der Schamgegend noch völlig unbehaart ist, den würde ich auch nicht von der Bettkante stoßen.", "Felix, kannst du mir nicht einen wirklich jungen Typen vermitteln?", "Ein blutjunger Boy wäre mein absoluter Traum.", "Ich mag ja vor allem die, die noch unschuldig sind."* Solche oder vergleichbare Aussagen habe ich von unzähligen Freiern gehört. Schwule Freier unterscheiden sich in diesem Punkt übrigens nicht von heterosexuellen Freiern! Auch für diese kann das käufliche Fleisch oft nicht jung genug sein! Man surfe nur einmal im Internet und gebe dort den Suchbegriff "Lolita" (Synonym für blutjunge Frauen bzw. Mädchen) ein. Bei den großen Suchmaschinen erhält man hierauf zwischen 10.000 bis 100.000 Treffer (sprich: Weiterleitungsmöglichkeiten auf im Netz abgelegte Texte, Homepages etc., in denen dieser Begriff auftaucht). Und obwohl ich erst als etwa Fünfundzwanzigjähriger *auf den Strich* gekommen bin, haben viele Freier dennoch nach dem Kindlichen in mir gesucht. Wollte man ihre Suche verteufeln, so müsste man sehr viele schwule wie heterosexuelle Freier an den Pranger stellen und sie als päderastisch bzw. pädophil brandmarken. Ich will es noch einmal wie folgt auf den Punkt bringen: Wenn von einem Stricher das letzte Stück Kind oder pubertierender Knabe abgefallen ist, wird er für knapp die Hälfte der Freier uninteressant!

**Kundenbeispiel**: Der Begriff Ventilfunktion fällt des Öfteren im Zusammenhang mit dem krankhaften Ausleben von Sexualität. Ich möchte diesen Ausdruck an dieser Stelle für einen meiner Freier gebrauchen, der seinerzeit meine Dienste in Anspruch nahm. Er war ein durchschnittlich aussehender, unauffällig wirkender Mann, der nach eigenen Angaben verheiratet und Vater eines Sohnes war. Und eben dieser Sohn sollte bei seinen Besuchen indirekt die Hauptrolle spielen. Dies erfuhr ich allerdings erst gegen Ende unseres ersten Zusammentreffens. Retrospektiv betrachtet, fand ich es schon seltsam, dass mich dieser Typ beim Sex die ganze Zeit über Florian nannte und mit mir sprach, als wäre ich ein kleines Kind. Aber ich konnte ja nicht ahnen, dass er sich anstatt meiner Wenigkeit den eigenen minderjährigen Sohn an seiner Seite wünschte. Erst nach dem Sex trug er mir sein Innerstes vor und heulte schließlich ungehemmt drauf los. Es vergingen einige Wochen, ehe er mich erneut aufsuchte. Und bei diesem Treffen offenbarte er mir dann all seine gefühls-mäßigen Abgründe. So erfuhr ich u.a., seit wann er für seinen Jungen sexuelle Gefühle empfand und wie diese im Einzelnen aussahen. Abschließend meinte er, dass er keinen anderen Ausweg mehr sehen würde, als dass ein Callboy in die Rolle seines Sohnes schlüpfen müsste, damit er seine Fantasien an ihm anstatt an dem eigenen Sohn ausleben könnte. Lange Rede, kurzer Sinn: ich übernahm den ungewöhnlichen Part! Allerdings bin ich mir immer noch nicht sicher, ob es eine gute Entscheidung war, mich auf dieses Rollenspiel einzulassen. Einerseits spricht die Psychologie der Prostitution eine positive Rolle zu, wenn es darum geht, Triebverbrechen zu vermeiden und als Ventilfunktion herzuhalten. Insofern also denke ich, richtig gehandelt zu haben! Andrerseits bleibt die bange Frage, ob sein Hunger durch unsere Sessions anstatt gestillt nicht womöglich erst geweckt wurde.

# STRAPSBOY DENISE
# KUNDENFANG ALS TRANS

Weibliche Prostituierte verdienen viel mehr Geld als ihre männlichen Kollegen, falls sie ihren Verdienst in die eigene Tasche wirtschaften. Und dieser Umstand lässt sich leicht erklären: Schließlich sind neunzig Prozent aller Männer heterosexuell veranlagt, so dass Huren, Callgirls etc. trotz gewaltiger Konkurrenz viel mehr Zulauf haben als Stricher und Callboys. Vor allem aber erklären sich ihre Mehreinnahmen wie folgt: Wenn heterosexuelle Männer älter werden und damit meist an Attraktivität einbüßen, eröffnen sich ihnen immer weniger Möglichkeiten, unentgeltlich ihren Sexhunger zu stillen; ausgenommen sie leben in einer festen Beziehung! Anders sieht es da bei homosexuellen Männern aus. Diesen stehen selbst noch im hohem Alter und bei wenig Attraktivität diverse Optionen offen, wie z.B. Gay-Saunen, Darkrooms oder Cruising Areale, wo sie sich kostenlos Befriedigung verschaffen können. Der zweite Punkt ist der, dass ein weibliches Model einen Freier viel schneller abfertigt. So führen die wenigsten Huren lange Gespräche mit ihren Kunden, wie dies Stricher für gewöhnlich tun; tun müssen! Und sollte sich eine Hure auf eine längere Unterhaltung mit einem Freier einlassen, womit wir bei Punkt drei wären, so lässt sie sich diesen Zeitaufwand extra honorieren. Wenn sich dies je ein Stricher einfallen ließe, würden ihm die meisten Freier die kalte Schulter zeigen und zum nächsten Boy gehen. Außerdem sind Huren, wenn sie in Bars, Bordellen oder Clubs arbeiten, oftmals (indirekt) am Getränkeumsatz beteiligt. Ja, selbst wenn sie für sich allein in einem Appartement arbeiten, lassen sie sich die Getränke von ihren Kunden meist teuer bezahlen. Und noch etwas bringt einer Hure mehr Geld ein; nämlich das nachträgliche Herauftreiben des zuvor vereinbarten Honorars. Weibliche Prostituierte lassen sich oftmals jeden Handgriff extra bezahlen! So werden Freier zunächst einmal mit sehr niedrigen Lockpreisen (30-50 Mark) geködert, und auf dem Zimmer dann, nach allen Regeln der Hurenkunst, abgezogen. So zupfen die meisten Huren für einen Hunderter gerade einmal ein paar Minuten lustlos an einem *eingetüteten* Schwanz herum, wofür sie sich in der Regel noch nicht einmal ausziehen! Die Dreistigkeit, mit der ein Großteil der Prostituierten Freiern gegenübertritt und diese ausnimmt, können sich männliche Huren, in dem eher überschaubaren Stricher- und Callboymilieu, nicht erlauben, wollen sie nicht binnen kürzester Zeit ohne Kundschaft dastehen!

Und eben auf Grund dieser vielen Vorzüge, die weibliche Models gegenüber ihren männlichen Berufskollegen genießen, entschloss ich mich seinerzeit, die Fronten zu wechseln. Schließlich hatten mir einige meiner Freier nachgesagt, dass ich etwas Androgynes an mir habe. Damit meinten sie in erster Linie wohl meine weiche Haut und meinen grazilen Körperbau. Und so dachte ich mir, naiv wie ich war, dass sich aus eben diesen Zutaten doch Kapital schlagen müsste. Und so fand Hals über Kopf meine Verwandlung statt! Aber leider gestaltete sich meine *Geschlechtsumwandlung* alles andere als einfach. Bald schon musste ich mir eingestehen, dass das einzig Unkomplizierte an meiner Metamorphose die Ausgangsidee war. So hatte ich mich z.B. noch nie zuvor in meinem Leben in irgendeinen Frauenfummel geworfen und im Gegensatz zu vielen Schwulen brachte ich wenig Begabung mit, fraulich aufzutreten. Dennoch besorgte ich mir voller Kühnheit schwarze Dessous, Strapse und Strapshalter, coole High Heels, eine Langhaarmähne à la Tina Turner und diverse Schminkutensilien. Noch am selben Tag inserierte ich in der *Hamburger Morgenpost* als Boytrans. Und zwei Tage darauf, als die erste Anzeige erschien war, schminkte ich mich extra nuttig und ordinär. Hierzu gebrauchte ich einen grellen rosafarbenen Lippenstift, jede Menge Wimperntusche, Gesichtspuder und Rouge. Zum Schluss legte ich mir falsche Wimpern an und setzte mir krallenartige Fingernägel auf. Denise war geboren! Als sich dann aber der erste Freier anmeldete, stiegen erstmals große Zweifel in mir auf. Wie sollte ich diesem Mann bloß gegenüber treten? Wie sollte ich mich ihm gegenüber bewegen und wie sprechen? Ich trank mein Bier schließlich am liebsten wie ein Bauarbeiter und mein Gang hatte weitaus mehr von John Wayne als von Grace Kelly. Und auch meine Stimme hatte beim besten Willen nichts Frauliches an sich. Und so war ich plötzlich ziemlich nervös und der felsenfesten Überzeugung, dass mein erster Hetero-Freier auf der Türschwelle kehrt machen würde. Doch zu meiner Verwunderung blieb er! Und das Telefon stand in den folgenden Stunden überhaupt nicht mehr still! An meinem ersten Tag als Denise konnte ich mehr Einnahmen verbuchen, als Felix in einer ganzen Woche! Doch trotz des durchschlagenden finanziellen Erfolges entschloss ich mich, meine Metamorphose, hin zu einem Mischwesen, von dem ich selbst nicht recht wusste, was es darstellen sollte, wieder rückgängig zu machen. Und das, obwohl ich in dieser kurzen Zeit die Erkenntnis gewonnen hatte, dass heterosexuelle Freier leichter zufrieden zu stellen sind als homosexuelle Kunden. Doch nach knapp zwei Wochen war ich schlichtweg psychisch am Boden, so sehr nahm dieses Zwitterwesen namens Denise von mir Besitz.

**Kundenbeispiel**: Gleich am ersten Tag nach Erscheinen meiner Transboyanzeige meldete sich eine Frau bei mir. Mit sonorer Stimme unterbreitete sie mir ein höchst ungewöhnliches Angebot, das ich anfänglich für einen schlechten Scherz gehalten hatte. Aus diesem Grund verhielt ich mich zunächst einmal sehr zurückhaltend und bat die Frau, mich am nächsten Tag erneut anzurufen. Sie rief wie verabredet an und ihr Angebot blieb dasselbe. Ihr Wunsch war es, dass ich sie und ihre Freundin in ihrer edel eingerichteten Wohnung, in der Hamburger Hafengegend, aufsuchen sollte. Sie beide waren auf der Suche nach einem Mann, den sie rein äußerlich zu einem Mädchen umgestalten konnten. Nach anfänglichen Zaudern fand ich die Sache schließlich spannend und lukrativ genug, um mich auf sie einzulassen. Für die beiden Lesben war übrigens überaus wichtig, dass ich mich von ihnen nicht nur wie eine Frau zurechtmachen ließ, sondern dass ich mit einer Frau im Bett auch etwas anzufangen wusste. Als ich mich tags darauf bei dem lesbischen Pärchen einfand, wurde ich von diesem umgehend in ein Spitzenkleid gesteckt, in dem ich mir ziemlich blöde vorkam. Dann haben mich die attraktiven Weiber ähnlich einer Porzellanpuppe geschminkt und so lange an mir herumgezupft, bis alles genauso aussah, wie sie es sich in ihren Fantasien ausgemalt hatten. Unter meinem Kleid musste ich einen scheußlichen Damenschlüpfer tragen. Außerdem haben sie mir meinen Schniedelwutz nicht eben liebevoll nach hinten gelegt, so dass auf den ersten Blick nur wenig an mein männliches Geschlecht erinnerte. Fertig hergerichtet, oder sollte ich vielmehr hingerichtet sagen, musste ich die beiden Frauenzimmer streicheln. Dabei durfte ich ihre Brüste sowie ihre Schamgegend allerdings nicht berühren! Schon nach einigen Minuten hatten sie genug von meinen Zärtlichkeiten und begannen sich mittels Zunge ihre Liebestäler zu liebkosen. Alsdann fickte die resolute der beiden Frauen ihre schmächtige Freundin mit einem Umschnalldildo. Ich durfte ihrem Akt derweil nur noch als Zuschauer beiwohnen. Und ich tat dabei natürlich so, als ob es mir über alle Maßen schwer fiel, nicht in das Geschehen eingreifen zu dürfen. Schließlich war es das, was die beiden Lesben im Grunde genommen von mir wollten, wie es mir mehr und mehr schwante. Jawohl, ich hatte einen lächerlich gemachten, schwanzlosen Mann zu mimen, der betrübt darüber zu sein hatte, nicht an ihre Muschis zu dürfen. Hätte ich geahnt, welchen Verlauf dieses Engagement nehmen würde, so hätte ich mich wohl nicht darauf eingelassen. Doch die große Frage lautet: Was habe ich von einem Job bei zwei Lesben anderes erwartet?

# Drogen und andere Stimulanzen in Verbindung mit käuflichem Sex

Ich kann von Glück reden, dass ich die Rolle, die Viagra im käuflichen Gewerbe zunehmend spielen wird, nicht mehr zu spüren bekomme! Erst gegen Ende meiner Callboyzeit konnte man sich die Potenzpille entweder direkt aus Amerika mitbringen oder aber über eine internationale Apotheke beziehen, so dass ich kaum von Viagra-Freiern heimgesucht wurde. Da ich aber noch Kontakt zur Szene halte, weiß ich, dass Stricher und Callboys *anschwellend* unter Viagra zu leiden haben. Und zwar deshalb, weil die kleinen, blauen Pillen bei vielen Männern, bezogen auf ihr *Stehvermögen*, wahre Wunder wirken. Mitunter verhilft dieses Potenzmittel sogar Halbgreisen zu einer bemerkenswerten Dauerlatte. Womit wir uns mitten im Albtraum vieler käuflicher Jungen und Männer wieder finden: Blieb früher nämlich vielen Freiern auf Grund von Erektionsproblemen die Praktizierung des Analverkehrs verwehrt, weil ihr Glied z.B. immer dann einknickte, wenn sie sich ein Verhüterli überziehen wollten oder aber in den After des Strichers einzudringen versuchten, so verspricht Viagra in solchen und ähnlichen Fällen nunmehr Abhilfe. Und mit Unterstützung dieses chemischen *Härters* wollen immer mehr Freier, die sich einst mit Wichs- oder Blasnummern zufrieden gegeben haben, ihre stahlharte Männlichkeit unter Beweis stellen. Für Stricher und Callboys bedeutet dies im Klartext, dass sie es immer öfter mit Freiern zu tun bekommen werden, die sie ficken wollen. Und das wirklich Schlimme an dieser Sache ist, dass diese Freier, ganz im Unterschied zu früheren Tagen, den Analverkehr jetzt auch *durchstehen* können! Schlechte Aussichten also für Prostituierte; von denen die wenigsten wild darauf sein werden, sich ficken zu lassen!
Bei einem meiner Stammfreier wirkte die Potenzpille wahre Wunder, auf die ich liebend gerne verzichtet hätte! Bevor es Viagra gab, wollte mich dieser zwar immer besteigen, aber er konnte diesen Wunsch, wie so viele andere Freier auch, nie in die Tat umsetzen, weil ihm allein der Gedanke, sich hierfür ein Kondom überzuziehen, seinen Schwanz abschlaffen ließ. Doch welch kleines, blaues Wunder musste ich erleben? Mittels Viagra hatte dieser Kunde sich jener Fessel schlagartig entledigt und avancierte zum Rittmeister. Allerdings ohne mich!
Wenn Stricher oder Callboys nun aber denken, dass sie ihren Freiern durch die Einnahme einer Potenzpille ebenfalls mit ausgefahrenem Luststab gegenübertreten können, sehen sie sich getäuscht! Viagra setzt nämlich sexuelle Lust voraus! Und die wenigsten Stricher dürften tatsächlich geil auf ihre Freier sein, oder?

Die Gefahr, die von Poppers ausgeht, wird meines Erachtens von den meisten Schnüfflern verharmlost und bagatellisiert. So musste ich immer wieder feststellen, mit welcher Sorglosigkeit viele meiner Freier Unmengen von Poppers inhalierten. Durch die Inhalation dieses "Lösungsmittels", welches mit verschiedenen, z.T. hochgiftigen Wirkungssubstanzen versetzt ist (darunter Alkylnitrite und Isobutynitrit), wird die Hemmschwelle des Konsumenten herabgesetzt. Dies schließt u.a. mit ein, dass PoppersSchnüffler im Zustand ihres Rausches Safer-Sex-Richtlinien nicht mehr so genau oder aber gar nicht einhalten! Wer Poppersdämpfe einatmet, verfällt in eine Art narkotischen Wachzustand, der sexuell stimulierend wirken soll. Fakt allerdings ist, dass ich bei keinem Freier, der diesen Schnüffelstoff vor meinen Augen inhalierte, eine körperliche Steigerung seiner Lust wahrnehmen konnte. Meist verhielt es sich sogar genau umgekehrt, und die Erektion ging sichtbar zurück! Viele Poppers-Schnüffler meinen zwar, dass sie sexuell leistungsfähiger sind; dies trifft aber definitiv nicht zu! Was ich allerdings immer wieder beobachten konnte, war folgendes: Viele meiner Schnüffelfreier zappelten nach Inhalation am Poppers-Fläschchen unkontrolliert herum, als seien sie unter Strom gesetzt, und redeten wirres Zeug. Außerdem fiel bei einigen von ihnen die Hemmschwelle ins Bodenlose! Wenn man allein vom Rauschzustand ausgeht, ist Poppers ein extrem kurzwirkender Cocktail verschiedenster Substanzen. Die Berauschtheit hält in der Regel gerade einmal 30-60 Sekunden an. Ich selbst habe diesen Schnüffelstoff nie direkt inhaliert. Leider aber ließ es sich nicht immer vermeiden, dass ich jene penetranten, nach Gülle stinkenden Giftdämpfe, auf Umwegen einatmete. Ich glaube übrigens keinem Poppers-Schnüffler, der meint, dass diese ätzende Flüssigkeit nicht zu psychischer Abhängigkeit führen kann. Als was sonst, wenn nicht als Suchtverhalten, soll man es deuten, wenn manche Männer sich Sex ohne Poppers nicht oder nur schwerlich vorstellen können? Den meisten Poppers-Konsumenten scheint es egal zu sein, dass es während des Schnüffelns zum plötzlichen Tod durch Herzstillstand kommen kann oder aber, dass die Wahrscheinlichkeit, an Krebs zu erkranken, deutlich zunimmt. HIV-infizierte Personen sollte ohnedies auf den Gebrauch von Poppers verzichten! In Labortests konnte nämlich eindeutig nachgewiesen werden, dass bereits nach einmaliger Inhalation für Stunden bis Tage die Produktion an T-Helferzellen, die für dass körpereigene Abwehrsystem immens wichtig sind, heruntergefahren wird.

Einen besonders heftigen Fall von Schnüffelsucht beobachtete ich bei einem etwa dreißigjährigen Freier. Bereits am Telefon galt seine erste Frage dem Lösungsmittel, und ob er dieses bei mir inhalieren dürfte. Erst dann interessierte er sich für mein Aussehen und meine Honorarvorstellungen. Während unserer "sexuellen Handlung" musste ich ihm unentwegt ein mit Poppers beträufeltes oder vielmehr durchtränktes Taschentuch vor die Nase halten. Dieser Kerl benötigte eine dermaßen starke Konzentration davon, dass mir ganz schwarz vor Augen wurde. Und das, obgleich ich die penetranten Dämpfe nur indirekt in mich aufsog und zusätzlich ein Fenster offen hielt, damit diese besser abziehen konnten. Der Freier war von diesem Zeug schließlich derart geplättet, dass er nur noch konfuse Satzbruchstücke daher leiern konnte. Verzückt stammelte er, was für geile Ferkeleien ich doch in diesem Moment mit ihm anstellen würde. Dabei tat ich gar nichts! Ich saß lediglich auf dem Bett und hörte seinen bizarren, abgehackten Schilderungen zu. Und die ganze Zeit über hielt ich dieses Taschentuch in der Hand, das ich auf keinen Fall unter seiner Nase wegziehen durfte; es sei denn, um neues Poppers drauf zu geben! Die übel riechende Nummer dauerte etwa eine halbe Stunde und bestand eigentlich nur aus obszönem Geschwafel seinerseits. Irgendwann spritzte er, warum auch immer, ab?! Doch aus welchem Grund ist dieser Kerl eigentlich zu mir gekommen? Nur, damit ich ihm für einhundertundfünfzig Mark ein Stofftaschentuch unter die Nase halte?

# ALKOHOL

Wenn dich in Deutschland jemand fragt, ob du Drogen nimmst, so schließt seine Frage den Konsum von Alkohol in der Regel aus, obgleich man diesen zweifellos zu den verheerendsten Suchtmitteln überhaupt zählen muss! Besonders in meiner Barstricherzeit spielte Alkohol eine wesentliche Rolle. So war annähernd jeder zweite meiner Freier alkoholisiert. Einige davon sogar dermaßen stark, dass sie bereits deutliche Ausfallerscheinungen erkennen ließen! Hätte ich mich aber geweigert, mit an und betrunkenen Freiern etwas anzufangen, so hätte ich vom Anschaffengehen nicht leben können! Also habe ich getan, was die meisten Barstricher tun: Ich habe aus meiner finanziellen Notlage heraus jene Freier nicht nur akzeptiert, sondern um sie besser ertragen zu können, häufig sogar mit ihnen mit gesoffen. Leider verhält es sich generell so, dass Alkohol in Bordellen von vielen Freiern als Enthemmer und Mutmacher eingesetzt wird. Und nicht wenige verlieren durch dessen übermäßigen Konsum den eigentlichen Zweck ihres Bordellbesuchs vollkommen aus den Augen. Viele meiner Freier haben mir gegenüber offen zugegeben, dass sie *ein wenig* Alkohol bräuchten, um sich in die richtige Stimmung zu schaukeln. Im Endeffekt entpuppten sich die "flüssigen Anheizer" dann aber als Spielverderber und waren für unzählige Abstürze und Notnummern verantwortlich.

Viel zu oft erniedrigte ich mich als käufliche Barschlampe dazu, an der Seite irgendeiner Saufnase zu verweilen, die von Stunde zu Stunde glasigere Augen bekam. Und dies nur, weil die Hoffnung bestand, mit einem solch berauschten Typen auf einem Stundenzimmer zu landen. Wohl jeder Barstricher kennt dieses Übel bis zum Erbrechen; und zwar im wahrsten Sinne des Wortes! Erst kommen die Freier in einen Boypuff und wollen ficken, und dann schütten sie solange Alkohol in sich hinein, bis sich bei ihnen nichts mehr regt! Und weil Stricher generell unter akuter Geldnot leiden, sitzen sie oft neben solchen Zechbrüdern fest und hören sich deren Geschichten an, die sie so oder so ähnlich bereits hundert- oder gar tausendfach über sich ergehen lassen mussten. Und einem Barstricher stehen nicht einmal viele Optionen offen, sich vor solchen Freiern zu schützen. Nun gut, er kann natürlich aufstehen und jene Männer links liegen lassen. Aber ein Stricher tut dies nicht! Zumindest nicht nach dem ersten oder zweitem Glas Bier, auf das ein solch vermeintlicher Freier ihn einlädt. Schließlich wittert er ein Geschäft. Und ehe er realisiert, dass ein Freier sich betrinkt, hat er bereits so viel Zeit in einen solchen Typen

investiert, dass er diesen nicht mehr fallen lassen will. Dazu sollte man wissen, dass sich für einen Stricher in einer Boybar an manchen Abenden gerade einmal eine einzige Chance auf einen Verdienst eröffnet.
Ich erinnere mich nur zu gut, wie wütend es mich jedes Mal machte, wenn eine alte Saufnase in einer Stricherbar einen Hunderter versoff, bei Strichjungen aber um Fünf-Mark-Beträge feilschte.
*Zum Saufen geh ich in die Kneipe; zum Ficken in den Puff!* Diesen Aufruf wird dir wohl jeder Barstricher unterschreiben, so häufig gerät er an saufende Freier! Leider gibt es kaum einen Boypuff, der Stricher für deren bloße Anwesenheit mit einem Tisch- oder Flaschengeld entlohnt. Eher im Gegenteil. Fast ohne Ausnahme müssen Stricher ihre Getränke aus eigener Tasche berappen, und zwar zum vollen Preis! Und das, obgleich Boybars durch Fernbleiben der Stricher ihre Hauptattraktion verlieren würden.
Als ich schließlich auf Callboy umgesattelt bin und meine Freier in einem Appartement empfangen habe, hatte ich weitaus weniger mit alkoholisierten Freiern zu kämpfen.

Eines gleich vorweg; die hier geschilderten Beobachtungen stellen eine rein subjektive Erfahrung dar! Allerdings gehe ich davon aus, dass meine Wahrnehmungen, die sich auf ein Hamburger Stricherlokal beschränken, auf vergleichbare Einrichtungen übertragbar sind.
In jenen Monaten, in denen ich fast täglich im *Rudis Night Club* ein- und ausgegangen bin, hatte ich Umgang mit mehreren asiatischen Strichern, die Ecstasy konsumierten. Meist schluckten diese ihre kleinen chemischen Smarties in einer Discothek, die nicht einmal zweihundert Meter von dem besagten Stricherlokal entfernt lag. Wenn dann einige von ihnen, ungefähr zwei bis drei Stunden, nachdem sie eine Ecstasy eingenommen hatten, in die Bar zurückkehrten, waren sie noch immer ziemlich zugeknallt. Dies hielt aber einige nicht davon ab, in diesem Zustand anschaffen zu gehen. Dabei fiel sofort auf, dass sie sich gegenüber Freiern ganz anders verhielten, als sie dies für gewöhnlich taten; als dies ein Stricher für gewöhnlich tut! Jeder, der in seinem Leben selbst einmal Ecstasy konsumiert oder aber sich eingehender mit diesem Thema beschäftigt hat, weiß, dass diese Droge u.a. bewirkt, dass der Konsument glaubt, alles und jeden zu lieben. Und insbesondere unter der Wirkung von MDMA (wesentlichster Wirkungsstoff der meisten Ecstasy-Pillen) finden deren Konsumenten selbst jene Personen begehrenswert, die sie im nüchternen Zustand eher als abstoßend einstufen würden. Überträgt man diese vorübergehende, häufig unkontrollierbare Wesensveränderung auf ein übliches Freier- und Stricher-Verhältnis, so lauern hierbei folgende Gefahren: Bei einem Stricher können die Grenzen zwischen Käuflichkeit und eigener Begierde, zwischen Vorsicht und maßloser Hemmungslosigkeit auf riskanteste Weise verschwimmen!
**Hier ein Beispiel**: In einer Nacht von Samstag auf Sonntag ging ich im *Rudis* wie immer meinem Geschäft nach, als plötzlich ein etwa sechzigjähriger Mann mit Schmerbauch und einem süßen Thailänder im Schlepptau, an mich herantrat. Auf Grund meiner eigenen Drogenerfahrung sah ich dem Jungen sofort an, dass dieser nicht mehr ganz von dieser Welt war. Wie eine Klette hing er in den Armen des äußerst unattraktiven Freiers, der auf Grund der Anhänglichkeit des Asiaten mächtig stolz war; denn er drehte sich nach allen Seiten hin um, damit ein jeder in dieser Bar seine "Eroberung" sehen konnte. Dieser Freier wollte natürlich nicht wahrhaben, dass der zugedröhnte Thai sich in seinem Zustand auch im Schoß eines Neandertalers wohl gefühlt hätte! Auf jeden Fall wählte mich der Feier, auf Wunsch des

Thailänders, als dritten Mann für ein kleines Sexabenteuer aus. Wir landeten schließlich auf einem Stundenzimmer ganz in der Nähe. Und hier wurde ich Zeuge einer Aufführung, die mich ziemlich schockierte. Der *zugedrogte* Thailänder gab sich dem alkoholisierten Freier nämlich auf eine Weise hin, als wäre dies der Mann seiner süßesten Träume. Zwar war mir bekannt, dass thailändische Stricher zu den anhänglichsten Liebesjungen überhaupt zählen; aber ganz bestimmt nicht in diesem Ausmaß! Außerdem ist ihre Anhänglichkeit vollkommen oberflächlich, und jeder halbwegs aufmerksamer Beobachter nimmt die große Distanz wahr, die Thais gegenüber Freiern stets aufrechterhalten. In dieser Nacht und bei diesem Jungen verhielt es sich allerdings ganz anders! Der Thaiboy war derart in seinem Rausch versunken, dass für ihn jegliche Scham-, Stolz- und Ekelgrenzen nicht mehr vorhanden zu sein schienen. Es bereitete mir größte Mühe, diese Nummer durchzustehen, ohne den thailändischen Stricher nicht kräftig durchzuschütteln und zurück ins Leben zu rufen.

Als ich ihn am nächsten Abend auf die zurückliegende Nacht angesprochen hatte, war ihm die ganze Angelegenheit sichtlich unangenehm. Dies hinderte ihn allerdings nicht daran, bereits ein paar Tage später erneut im Ecstasy-Rausch im *Rudis* aufzutauchen, wo er nur kurze Zeit später mit einem Freier davonzog, der von seiner Zuneigung natürlich ebenfalls begeistert war, und den es sicherlich auch nicht interessierte, woher diese rührte!

Kokain wird von einigen Männern irrigerweise als Potenzmittel eingesetzt. Dabei ist das gewonnene Alkaloid aus den Blättern des Kokastrauchs eines der unzuverlässigsten und kostenintensivsten Mittelchen, das man sich zur Steigerung der Manneskraft zuführen kann! Weitaus bessere Resultate erzielt man(n) in jedem Fall mit Viagra. Diese Potenzpille ist im Vergleich zu Koks nicht nur bedeutend billiger, sondern sie verhilft auch weitaus sicherer zu einem befriedigenden Samenerguss. Viele Kokser bilden sich zwar mächtig viel auf ihr stahlhartes Glied ein, aber was soll man(n) mit einer, unter Spannung stehenden, Schleuder schon anfangen, die sich nicht, oder nur nach größtem K(r)ampf zum Samenverschießen bewegen lässt? Als Callboy war ich bezüglich vollgekokster Freier rigoros. Sobald ich bemerkte, dass jemand nicht abspritzen konnte, weil er sich vorab zu viel Kokain durch die Nase gezogen hatte, war dies sein Problem! Ich habe mich lediglich bis zu einem gewissen Punkt bemüht. Und wenn die Koksnase dann immer noch keine Anstalten machte, zu ejakulieren, war halt Schicht im Schacht! Es gehört allerdings eine gehörige Portion Fingerspitzengefühl und Mut dazu, einem im Kokainrausch befindlichen Freier zu signalisieren, dass man die Nummer mit ihm abzubrechen gedenkt. Wer Kokain intus hat, leidet nämlich nicht nur unter einer grenzenlosen Selbstüberschätzung, sondern er kann auch verdammt aggressiv werden!

So rigoros ich als Callboy gegenüber Koksern auch war, so sehr ließ ich mich in meiner Barstricherzeit von diesen noch missbrauchen! Und dafür gibt es eine simple Erklärung: Zu jener Zeit zog ich mir dieses Pulver noch selbst gern durch die Nase. In diesem Zusammenhang nur eine Begebenheit von vielen: Eines Nachts wurde ich im *Rudis Night Club* von einem korpulenten, relativ jungen Typen auf ein Glas Champagner eingeladen. Er saß gemeinsam mit drei anderen Männern im Rudis und orderte eine Flasche nach der anderen von diesem Luxusgesöff. Für mich war es unübersehbar, dass das Quartett in einer ganz exquisiten Hochstimmung war, die nicht allein vom Luxussekt herrühren konnte. Ich hatte denn auch eine leise Ahnung, was für ihre rauschhafte Begeisterung und übertriebene Selbstdarstellung verantwortlich sein könnte. Und meine Vermutung sollte sich bestätigen. Nach einer Weile fragte mich der Dicke nämlich, ob ich mir eine Line durch die Nase ziehen wollte. Gemeinsam mit einem seiner Freunde verzog ich mich daraufhin auf eine Toilette, wo wir uns durch einen zusammengerollten Hunderter eine fette Koksstraße, in die

Nasenflügel zogen. Nachdem wir allesamt ausgesprochen *beflügelt* waren, wollte der Jüngste aus der Viererbande unbedingt etwas mit mir anfangen. Eher widerwillig nannte ich ihm meine Konditionen und wir fuhren in seine Wohnung. Ich hatte in diesem Zustand null Bock darauf, mit einem Freier Sex zu haben, weil ich mich einfach megagöttlich fühlte! Doch bei Kokainkonsum tritt folgende Gesetzmäßigkeit in Kraft: Je mehr man auf Koks ist, desto gieriger lechzt man nach immer mehr von diesem räuberischen Pulver! Und da dieser Typ Unmengen davon bei sich trug, wollte ich ihm gerne noch etwas Gesellschaft leisen.

Der Sex verlief symptomatisch für eine Nummer unter der Wirkung von Kokain. Die sexuellen Fantasien dieses Koks-Freiers waren grenzenlos, ebenso wie seine *mentale* Geilheit. Und auch sein Schwanz (meiner übrigens auch) stand ihm wie eine Eins. Aber im Endeffekt war es ein fürchterlicher Kraftakt, ihm einen Samenerguss herbeizuführen. Ich glaube, ich habe annähernd zwei Stunden gebraucht, ehe ich ihm seinen Kolben endlich leer geschüttelt hatte. Nach dieser Geschichte bin ich dem Koks-Quartett noch häufiger über dem Weg gelaufen. Stets waren die Vier schick gekleidet und ihre Luxuslimousinen parkten immer als auffällig abgestellte Statussymbole vor den Bars, in denen sie mehr oder weniger zugekokst auf ihren Barhockern hingen. Einige Monate nach unserem ersten Zusammentreffen fanden sich zwei Konterfeis der Viererbande in der *Bild-Zeitung* abgedruckt. Und wenig später wurden sie allesamt auf Grund irgendwelcher dubioser Immobiliengeschichten eingelocht. Ja, Hochmut kommt bekanntlich vor dem Fall! Und kaum ein zweites Zitat ist so geschaffen für Kokain wie dieses!

Das Wort Stricher wird von vielen Menschen in einem Atemzug mit Heroin genannt. Für sie gehören diese Droge und männliche Prostitution untrennbar zusammen. Tatsächlich aber konsumiert ein eher geringer Teil der Stricher Heroin. Es ist also eine grobe Verallgemeinerung, jeden käuflichen Boy mit dieser Teufelsdroge in Verbindung zu bringen!
Ein Junkie braucht am Tag durchschnittlich zwischen 50-150 Mark für seine Ration Heroin. Dies ist eine Menge Geld, die sich durch normale Arbeit kaum aufbringen lässt, zumal der Drogensüchtige auf dem Arbeitsmarkt chancenlos ist und oft aus gesundheitlichen Gründen für eine Erwerbstätigkeit nicht mehr in Frage kommt. Was für einen Fixer an Möglichkeiten der Geldbeschaffung übrigbleibt, ist meist nur das Verüben von Straftaften (Beschaffungsdelikte) oder aber der Weg in die Prostitution.
Heroin gehört zu den wenigen Drogen, die ich in meinem Leben noch nicht konsumiert habe. Ich weiß allerdings aus vielen Gesprächen mit Beschaffungsstrichern, dass sich Heroin stark auf die Libido auswirkt, indem sie diese gewissermaßen ausschaltet. Und viele Junkies führen sich zum Heroin zusätzlich starke Beruhigungsmittel oder andere Drogen zu. Mit einem solch starken Drogencocktail im Körper sind sie häufig überhaupt nicht mehr in der Lage, irgendetwas zu empfinden!
Leider sehen sich insbesondere Beschaffungsstricher Freiern gegenüberstellt, die ihre Notlage auszunutzen versuchen. Jene Freier warten z.B. einfach ab, bis ein Junkie-Stricher *einen Affen schiebt* (Einsetzen der Entzugssymptome). Sie spekulieren in solchen Situationen kaltblütig darauf, dass diese Stricher zu allem bereit sind, nur um an das Geld für Heroin zu gelangen. Ich selbst habe es einige Male am Rande miterlebt, wie unmenschlich sich einige Freier gegenüber Junkie-Strichern verhalten haben. So habe ich besonders jenen schmierigen Freier in schlechter Erinnerung, von dem fast jeder in der Hamburger Stricher-Szene wusste, dass er mit dem HIV-Virus infiziert war. Dieser Typ war ein absoluter Kotzbrocken, und das ist noch geschmeichelt! Einmal hatte mich dieser Kerl in einer elenden Kaschemme angesprochen, weil er mitbekam, dass ich unbedingt Kohle für meine Miete brauchte. Kalt grinsend bot mir Hilfe an, auf die ich dankend verzichtete, weil ich nur allzu gut wusste, wie diese Hilfe aussah. Doch viele heroinsüchtige Stricher, die auf Turkey kamen, waren dazu verdammt, seine *Hilfe* anzunehmen. Und dies bedeutete nichts anderes, als dass sie sich von dieser tickenden Zeitbombe ohne Gummi ficken lassen

mussten! Heroin wird für Beschaffungsstricher bei solch mörderischen Freiern im doppelten Sinne zu einer Todesdroge! Sinngemäß meinte einmal ein heroinabhängiger Stricher zu mir, dass es ihm letztlich egal sei, was ihn umbringen würde, ob nun die Sucht oder die Seuche, weil er doch im Grunde genommen bereits seit langem tot ist!

# Einige der Bars, in denen ich angeschafft habe.

## EXQUISIT-BAR
## HOTEL FLORIDA

In der *Exquisit-Bar* bediente ich meinen ersten Freier (*siehe hierzu auch Seite 107*) und für etwas über zwei Jahre sollte hier mein Hauptbetätigungsfeld als Stricher liegen. Nahezu täglich konnte man mich in diesem leicht angestaubten Boypuff antreffen, der auf Grund seiner alt-backenen Möblierung etwas Kleinbürgerliches ausstrahlte. Nicht selten harrte ich hier mehr als zwölf Stunden am Stück aus. Häufig war ich dann dermaßen ausgepumpt, dass ich vor lauter Müdigkeit in dem zur Bar dazu gehörenden *Hotel Florida* übernachtete. Mitunter schaffte ich es gerade mal jeden dritten Tag kurz zum Klamotten wechseln und Duschen in meine Wohnung, die seinerzeit außerhalb Hamburgs lag.

Die Besucherschicht der *Exquisit-Bar* machte vor allem ein z.T. hochbetagtes Stammpublikum aus. Dieses traf sich hier entweder auf Kaffee und Kuchen und ein bisschen Geselligkeit oder schlichtweg auf ein Besäufnis. Ach ja, zum Ficken trieb es den einen oder anderen Mann denn auch in diesen Boypuff! Stricher fühlten sich in dieser kleinen Bar eher unwohl. So war die Einrichtung eindeutig auf ältere Semester zurecht geschnitten, und man wähnte sich hier eher in Omas guter Stube als in einer Stricherbar! Und nicht zuletzt trieb die allseits verhasste Tresenschlampe Heinerle (*siehe hierzu auch Seite 123)* scharenweise Stricher in die Flucht. Die "*Ex-Bar*" fand sich einst wenige Meter vom kultigen Schmidts-Theater am Spielbudenplatz entfernt, wo sie von einem älteren lesbischen Pärchen betrieben wurde, das sich allerdings nur selten in der Bar blicken ließ. In den siebziger und achtziger Jahren soll in der *Exquisit-Bar* nach Aussagen vieler Freier regelmäßig die Post abgegangen sein! Da soll die Nachfrage nach Strichern mitunter so groß gewesen sein, dass diese häufig nicht mehr von den Stundenzimmern runter gekommen sind. Als ich dort aber in den frühen Neunzigern meinen Körper feilgeboten habe, war dieses Stricherlokal nur noch an den Wochenenden gut besucht. Und als Haralds Hotel auf der gegenüberliegenden Straßenseite seine Pforten öffnete, ging es mit den Besucherzahlen im "*Ex*" rapide bergab.

## RUDIS NIGHT CLUB

Einst war *Rudis Night Club,* der auf dem Steindamm in Hamburg zu finden ist, für seine große Auswahl an asiatischen Strichern bis weit über die Landesgrenzen hinaus bekannt. Doch dies ist spätestens seit Mitte der neunziger Jahre des vorherigen Jahrhunderts Geschichte, was nicht heißen soll, dass Asiatenliebhaber hier nun gar nicht mehr fündig werden können. Nur verhält es sich nunmehr so, dass asiatische Models hier meist nicht vor Mitternacht und dann auch eher sporadisch auftauchen! Heute verkehren vornehmlich Boys aus Rumänien und anderen Ostblockstaaten in dieser Boybar, die die ganze Woche über gut besucht ist. Dies gilt insbesondere am Wochenende und in der Nacht von Mittwoch auf Donnerstag! Vor allem in dieser Nacht treffen Freier hier vermehrt auf Gelegenheitsstricher. Viele Teens und Twens nutzen das Rudis an diesem Wochentag als Startrampe für einen Besuch im PIT. Dies ist die älteste Gay-Disco in Hamburg, bei der seit eh und je Mittwoch abgetanzt wird. Die Preise für einen Jungen liegen im *Rudis* zwischen 100-200 Mark; mitunter aber finden sich hier auch Stricher für die preiswerte Alternativnummer auf der Toilette. Stricher schätzen *Rudis Night Club* u.a. wegen seiner verkehrsgünstigen Lage (fünf Gehminuten vom Hauptbahnhof), aber auch auf Grund der lautstarken Musikberieselung, die dafür sorgt, dass man sich hier zuweilen wie in einer Tanzbar fühlt. Infolgedessen macht das *Rudis* denn auch trotz seines langen Bestehens einen jugendlichen, fast frischen Eindruck! Wenn an milden Sommerabenden die großen Glastüren im Eingangsbereich geöffnet werden, dürfte das *Rudis* wohl zu den aufgeschlossensten Boypuffs in ganz Deutschlands zählen! Rund um *Rudis Night Club* finden sich übrigens etliche Stundenhotels, weil diese Bar in unmittelbarer Nachbarschaft zum Straßenstrich auf St. Georg liegt.

## HARALDS HOTEL

Das *Haralds* legte einen erstklassigen Stapellauf hin und versenkte mittelfristig die nicht einmal zweihundert Meter entfernt liegende *Exquisit-Bar*. *Haralds Hotel* wartet mit einer gediegenen, teilweise sehr zweckmäßigen Inneneinrichtung auf. So wirken z.B. die Sitzflächen ziemlich nüchtern und auf einige Besucher wenig einladend. Bei den Strichern ist diese Bar sehr beliebt. Bei den Freiern hingegen vermisst insbesondere die alte Garde das Flair früherer Stricherbars. Und das, obwohl sich der Betreiber immer wieder etwas einfallen lässt, um seine Gäste zu überraschen und zu verwöhnen. So finden im *Haralds* u.a. Sektempfänge, so genannte Operncafes oder StripteaseShows mit knackigen Boys statt. Was am Haralds allerdings am häufigsten bemängelt wird ist, dass die Kontaktaufnahme zwischen Freiern und Strichern hier nicht so leicht abläuft wie beispielsweise in *Rudis Night Club*, wo die Stricher meist für sich allein am Tresen sitzen. Im *Haralds* hingegen vereinen sich Stricher häufig zu kleinen Grüppchen und spielen Billard, Karten oder hocken gemeinsam vor einer Daddelkiste. Viele Freier trauen sich nicht, auf eine solche Gruppe zuzugehen. Sie ziehen es stattdessen lieber vor, unbefriedigt von dannen zu ziehen. Ansonsten aber ist das Haralds vorbildlich geführt und meistens gut besucht. Interessierte finden diese durchaus niveauvolle Boybar auf der Reeperbahn, direkt gegenüber vom Spielbudenplatz. Wenn man allerdings nicht die Augen offen hält, ist man schnell am *Haralds Hotel* vorbeigelaufen, weil sich dieses in der ersten Etage eines eher unauffälligen Gebäudes befindet, und von der Reeperbahn kaum einsehbar ist! Lediglich ein schmaler Treppenaufgang und eine kleine rote Leuchtreklame weisen den Weg. Die Hotel- und Stundenzimmer sind für Einrichtungen dieser Art übrigens absolute Spitzenklasse!

## DAS BERMUDA DREIECK
## EXTRATOUR / HOPPLA SIR / ROMEO

In der Zimmerpforte in Hamburg gab es zu meiner Zeit als Barstricher drei Stricherkneipen, die als das *Bermuda Dreieck* verrufen waren. Vielleicht, weil sie ähnlich dem berüchtigten Meeresgebiet im Atlantischen Ozean Dinge einfach in die Tiefe ziehen konnten. So traf man in diesen Stricherkneipen auch häufig auf jene Gestalten, deren Leben, aus den unterschiedlichsten Gründen, auf Grund gelaufen war. Von den ehemals drei Spelunken haben bis heute die Bar-Extratour und die *Romeo-Bar* überlebt. Passenderweise findet man diese Kaschemmen in einer winzigen Sackgasse, jeweils in einem Kellergeschoss, wieder. Auch heute noch trifft man hier vorrangig auf Beschaffungsstricher, deren Dienste bereits ab zwanzig Mark (Toilettennummer) oder ab fünfzig Mark (Stundenhotel) in Anspruch genommen werden können. Viele der hier ein- und ausgehenden Freier sehen so abgewrackt aus, dass es schwer zu sagen ist, wer das Geld hier nötiger hat: Stricher oder Freier?

## PINOCCHIO

Das *Pinocchio* ist eine kleine, nicht eben sehr einladende Stricherbar in der Fuggerstraße in Berlin. Ich verkehrte nur selten dort, wie ich überhaupt eher sporadisch in der Bundeshauptstadt anschaffen gegangen bin. Die Freier sind in Berlin nämlich nur selten bereit, das in Hamburg übliche Honorar zu zahlen. Was in Berliner Boybars sofort auffällt ist, dass die Stricher im Durchschnitt jünger sind als in den anderen großen, deutschen Städten. Als alternder Stricher mit überhöhten Honorarvorstellungen hatte ich in Berlin auch nur deshalb eine Chance, weil ich relativ selten dort anzutreffen war und somit in die Rubrik begehrtes Frischfleisch gehörte. Das *Pinocchio* ist eine Stricherbar der unteren Kategorie, was in Berlin die Regel ist.

## TABASCO

Eine geräumige, lang gezogene Stricherbar, die direkt an das Pinocchio angrenzt und somit ebenfalls in der Fuggerstraße zu finden ist. Das Tabasco ist allerdings in sämtlichen Belangen eine Klasse höher einzustufen als die viel kleinere Nachbarbar. Das zeigt sich bei der Einrichtung, der Einlasskontrolle, bis hin zu dem Freier- und Stricherpublikum. Im Tabasco gibt es zwei Tresen, einen Billardtisch sowie mehrere Spielautomaten. Die Stricher, die hier verkehren, stammen vornehmlich aus dem ost-europäischen Raum. Eine

Besonderheit im Berliner Strichermilieu ist die große Anzahl von türkischen Strichern. Gerade Freier, die nicht aus Berlin kommen, müssen sich an diese Tatsache erst einmal gewöhnen. So kann man in diesem Zusammenhang immer wieder beobachten, dass Freier sich türkische Stricher nicht anzusprechen trauen, weil sie sich nicht sicher sind, ob diese tatsächlich der Prostitution nachgehen. Dazu sollte man wissen, dass sich viele Türken in der Öffentlichkeit gegenüber der Homosexualität höchst verächtlich äußern, und vor allem junge Türken in diesem Zusammenhang auch schon mal handgreiflich werden! Übrigens konnte man als Freier seinerzeit, auf dem direkt neben diesem Boypuff gelegenen Spielplatz, auch an bedeutend jüngere Stricher gelangen!

## LE FIACRE

Zu meinem privaten Vergnügen bin ich gelegentlich nach Hannover gefahren, um es mir dort insbesondere in der Vulkan Sauna gut gehen zu lassen; die zu den besten und größten Gay-Saunen in ganz Europa zählt! Meist habe ich dann noch einen Abstecher ins *Le Fiacre* gemacht, der, meiner Meinung nach, einzigen erwähnenswerten Stricherbar dieser Stadt. Wenn man diese Boybar zum ersten Mal betritt, wirkt sie zunächst sehr klein und wenig originell. Doch tatsächlich ist diese Bar, die auch mit einer eigenen, empfehlenswerten Küche aufwartet, verhältnismäßig groß und durchaus reizvoll. Geht man nämlich links am Tresen vorbei und steigt einige Stufen hinauf, erreicht man zunächst einmal einen Speise- und Aufenthaltsraum. Ganz speziell wird es dann im hintersten Teil dieser Stricherbar. Hier findet sich nämlich eine Art Darkroom. Außerdem stehen einige Spielgeräte und ein Billardtisch zur Unterhaltung parat, sowie ein Fernseher. Auf jeden Fall hat das Le Fiacre seinen ganz eigenen Charme, und so manch ein Boypuff-Betreiber sollte hier ruhig einmal vorbeischauen, um sich einige Ideen abzugucken.

## STUNDENHOTEL
## MARKE: "BLASENDER ENGEL"

Ich erwähne das Stundenhotel Blasender Engel an dieser Stelle stellvertretend für all jene "Fickabsteigen", in denen ich einst mit meinen Freiern abgestiegen bin. Das soll aber nicht bedeuten, dass man sämtliche Stundenhotels in Bezug auf ihre Einrichtung, ihren Service, ihre Sauberkeit etc. über einen Kamm scheren kann. So gehörte das Stundenhotel Blasender Engel zweifelsohne zu den anspruchsvolleren Absteigen; mit sauberen Bettauflagen, Waschmöglichkeiten, Videoanimation und anderen Leistungen. Allerdings bin ich aber auch in derart verdreckten Behausungen gelandet, wo ich bereits auf dem Absatz kehrt gemacht habe. In solchen Situationen gab es tatsächlich Freier, die den Deal platzen ließen, nur weil sie nicht bereit waren, für ein anständiges Stundenzimmer zehn Mark mehr zu berappen! Das Hotel Blasender Engel wurde übrigens umbenannt und wird heute unter dem Namen Blauer Engel geführt. Der ursprüngliche Name wurde aber nicht etwa aus Gründen öffentlichen Ärgernisses verboten, sondern die Namensänderung hatte damit zu tun, weil dort der einstige Betreiber im Eifersuchtswahn seinen Liebhaber ermordet hat.
Für 30-60 Minuten Aufenthalt verlangen die Betreiber von Stundenhotels in der Regel zwischen 20-50 Mark. Duschen stehen übrigens nur in den allerwenigsten Stundenhotels zur Verfügung. Auch werden fast nirgendwo Handtücher gereicht.

**GAYLEX Markus Westberg**

Informativ und unterhaltsam, so beschreibt sich das neue Nachschlagewerk für Schwule. Recht akribisch wird hier in alphabetischer Reihenfolge alles das aufgelistet, was man als "guter" Schwuler so wissen sollte – hier wird nichts ausgelassen. (aus: GAB 9/99)

352 Seiten, DIN A5, DM 34,80
ISBN 3-9806249-3-5

**Alles für'n Arsch Marco Schneider**

Schockierende Dokumentation.
In über 150 Antworten auf Kontakt-Anzeigen werden die sexuellen Gelüste und Abgründe schwuler Männer offen dargelegt.
in „First“:
*„Euer Leben ist stinklangweilig - dann legt Euch dieses Buch zu! Eine außergewöhnliche Ansammlung homoerotischer Briefe!“*

180 Seiten, DIN A5, DM 24,90
ISBN 3-9806249-2-7

**GAY EXTREME Marco Schneider**

Nachfolger des Bestsellers: „Alles für'n Arsch“
Achtung - dieses Buch ist nichts für empfindliche Naturen, weil sich hierin extremste Sexphantasien unzensiert wiederfinden!
Diese Schock-Dokumentation berichtet über sexuelle Abgründe homosexueller Männer im Internet.

208 Seiten, DIN A5, DM 24,90
ISBN 3-9806249-7-8

**Mein Name ist Faust   citizen_b**

"Wenn du den Teufel am Schwanz packst, dann kannst du was erleben! "Der diabolische Jack bietet dem schwulen Faust den Deal seines Lebens an: Jugend! Abenteuer! Luxus! Sex! Sex! Schon stürzt Faust von einer haarsträubenden Situation in die nächste. Dann verliebt sich Faust auch noch in den blutjungen Leon! Und der teuflische Jack ist schließlich auch nicht nur hinter seiner Seele her...

250 Seiten,  DIN A5,  DM 24,80
ISBN 3-934825-02-8

**Sonne, Blut und Sterne   Arne Pahlke**

Das Schicksal führt Julian, einen coolen Ecstasydealer, und Timo, einen todgeweihten Stricher, und dessen Geliebte, eine heroinabhängige Straßenhure, sowie einen bestialischen Serienkiller, auf abenteuerliche Weise zusammen. Die verzweifelte Verfolgungsjagd ist gleichsam eine Reise in die eigene, düstere, von ihnen sorgsam verdrängte Vergangenheit.

256 Seiten,  DIN A5,  DM 29,80
ISBN 3-934825-04-X  ( November 2000)

**g@y - net - life  Ulrich Henze**

Per Mausklick in die Szene! Das Surfen durch den schwulen Internet-Dschungel wird zum Vergnügen.
G@y-net-live bietet einen Überblick von über 1000 Homepages von schwulen und schwulen-freundlichen Firmen.

200 Seiten  DIN A5  DM 26,80
ISBN  3-934825-07-9